RUTH RENDELL

Urteil in Stein

Buch

Die Coverdales sind eine glückliche Familie. Sie leben auf dem Land in einem großen Haus in idyllischer Umgebung. Um das Glück perfekt zu machen, fehlt ihnen nur noch eine tüchtige Haushaltshilfe. Auf ihre Annonce meldet sich eine etwas ältere, nicht unbedingt sympathisch wirkende Frau. Widerstrebend wird sie eingestellt – und erweist sich als absolute Perle: fleißig, genügsam, unauffällig. Sie ist zwar weder warmherzig noch besonders gesprächig, doch das stört niemanden. Als Eunice sich mit der etwas überspannten Joan Smith aus dem Krämerladen im Ort anfreundet, sind die Coverdales fast ein wenig erleichtert. Sie ahnen nicht, daß diese Bekanntschaft ihr Schicksal besiegelt und daß sie sich mit der braven Eunice den Tod ins Haus geholt haben ...

Autorin

Ruth Rendell, auch unter dem Pseudonym Barbara Vine bekannt und in Großbritannien als »Königin der Kriminalliteratur« gefeiert, ist mit ihren annähernd dreißig Romanen unbestritten eine der ganz großen zeitgenössischen englischen Autorinnen. Für ihre Romane, die in siebzehn Sprachen erscheinen, wurde sie in Europa und Amerika mit zahlreichen Preisen ausgezeichnet. Ruth Rendell wurde 1930 in einem Londoner Vorort geboren. Sie arbeitete zunächst als Journalistin, bis sie sich 1964 ganz auf die Schriftstellerei konzentrierte. Heute lebt sie mit ihrem Mann in einem Farmhaus aus dem 16. Jahrhundert in Suffolk.

Ruth Rendell im Goldmann Verlag:

Flucht ist kein Entkommen. Roman (43815/44761) · Die Herzensgabe. Roman (44363) · Der Herr des Moors. Roman (44566) · Die Tote im falschen Grab. Roman (43580/44769) · Alles Liebe vom Tod. Roman (43813/44760) · Das geheime Haus des Todes. Roman (42582) · Der Krokodilwächter. Roman (43201) · Der Liebe böser Engel. Roman (42454/44763) · Die Werbung. Roman (42015) · Mord ist ein schweres Erbe. Roman (42583/44765) · Der Kuß der Schlange. Roman (43717/44762) · Der Mord am Polterabend. Roman (42581) · Der Tod fällt aus dem Rahmen. Roman (43814/44768) · Die Besucherin. Roman (43962) · Die Brautjungfer. Roman (41240) · Die Verblendeten. Roman (43812/44771) · Eine entwaffnende Frau. Roman (42805) · Mord ist des Rätsels Lösung. Roman (43718/44764) · Phantom in Rot. Roman (43610/44766) · Schuld verjährt nicht. Roman (43482/44767) · Urteil in Stein. Roman (44225/44770) · Das Haus der geheimen Wünsche /Die Sünden des Fleisches. Zwei Romane in einem Band (41169) · Lizzies Liebhaber. Stories (43308) · Stirb glücklich! Stories (41294)

Ruth Rendell

Urteil in Stein

Roman

Aus dem Englischen
von Edith Walter

GOLDMANN

Die Originalausgabe erschien 1977 unter dem Titel
»A Judgement in Stone« bei Hutchinson, London

Umwelthinweis:
Alle bedruckten Materialien dieses Taschenbuches
sind chlorfrei und umweltschonend.

Der Goldmann Verlag
ist ein Unternehmen der Verlagsgruppe Bertelsmann

Geburtstagsausgabe 2000

Umschlaggestaltung: Design Team München
Umschlagfoto: Artothek / Bridgeman
Satz: DTP Service Apel, Hannover
Druck: Elsnerdruck, Berlin
Verlagsnummer: 44770
MD · Herstellung: Schröder
Made in Germany
ISBN 3-442-44770-4

1 3 5 7 9 10 8 6 4 2

Für Gerald Austin

1

Eunice Parchman tötete die Familie Coverdale, weil sie nicht lesen und schreiben konnte.

Es gab kein echtes Motiv und keinen Vorsatz. Es ging weder um Geld noch um Sicherheit. Die Folge des Verbrechens war, daß Eunice Parchmans Analphabetentum nicht nur einer einzigen Familie oder einer Handvoll Dorfbewohnern, sondern dem ganzen Land bekannt wurde. Sie gewann nichts dadurch, sondern beschwor nur eine Katastrophe auf sich herab, und irgendwo in ihrem wunderlichen Gehirn hatte sie von Anfang an gewußt, daß sie nichts gewinnen würde. Und dennoch war sie nicht verrückt wie ihre Begleiterin und Mittäterin. Sie besaß die schreckliche praktische Vernunft eines atavistischen Affen, der in die Gestalt einer Frau des zwanzigsten Jahrhunderts geschlüpft war.

Bildung ist einer der Grundsteine unserer Zivilisation. Weder lesen noch schreiben zu können kommt einer Mißbildung gleich. Und der Spott, der sich früher gegen den körperlich Mißgestalteten richtete, gilt heute – vielleicht berechtigter – dem Analphabeten. Wenn er oder sie ein unauffälliges Leben inmitten ungebildeter Menschen führen kann, kann alles gutgehen. Denn aus dem Land der Halbblinden wird auch der Blinde nicht verstoßen. Es war ein Unglück für Eunice Parchman und für die Opfer, daß die Leute, bei denen sie neun Monate arbeitete, besonders gebildet waren. Wäre es eine Familie von Spießbürgern gewesen, sie könnte heute noch leben, und Eunice wäre frei in ihrer mysteriösen dunklen Freiheit aus Gefühl und Instinkt, in der es das gedruckte Wort nicht gab.

Die Familie gehörte der oberen Mittelschicht an und führte in einem Landhaus das konventionelle Leben ihrer Kreise. George Coverdale war Doktor der Philosophie, leitete jedoch seit seinem dreißigsten Lebensjahr die von seinem verstorbenen Vater gegründete Firma Konservenbüchsen Coverdale in Stantwich, Suffolk. Mit seiner Frau und den drei Kindern Peter, Paula und Melinda hatte er ein großes in den dreißiger Jahren erbautes Haus am Stadtrand von Stantwich bewohnt, bis seine Frau an Krebs starb. Melinda war damals zwölf Jahre alt.

Zwei Jahre später, auf der Hochzeit von Paula und Brian Caswall, lernte George die siebenunddreißigjährige Jacqueline Mont kennen. Sie war auch verheiratet gewesen, hatte sich jedoch scheiden lassen, weil ihr Mann auf und davon war und sie mit ihrem einzigen Sohn sitzenließ. George und Jacqueline verliebten sich mehr oder weniger auf den ersten Blick ineinander und heirateten drei Monate später. George erwarb ein Landhaus in der Nähe von Stantwich und zog mit seiner jungen Frau, ihrem Sohn aus erster Ehe Giles Mont und mit Melinda dort ein. Peter Coverdale war damals schon drei Jahre verheiratet.

Als sie Eunice Parchman als Haushälterin einstellten, war George fünfzig und Jacqueline zweiundvierzig. Sie nahmen rege am gesellschaftlichen Leben der Nachbarschaft teil und schlüpften ganz unauffällig in die Rolle des Gutsherrn und seiner Frau. Ihre Ehe war ein Idyll, und Jacqueline wurde von ihren Stiefkindern geliebt.

Peter lehrte Politologie an einer Universität im Norden, Paula war inzwischen selbst Mutter geworden und lebte in London, und Melinda war zwanzig und studierte an der East-Anglia-Universität in Norwich Englisch. Jacquelines Sohn Giles, jetzt siebzehn, ging noch in die Schule.

Vier Mitglieder dieser Familie, George, Jacqueline, Melinda Coverdale und Giles Mont starben am Valentinstag, dem 14. Februar, innerhalb einer Viertelstunde. Eunice Parchman und die mit einem prosaischen Namen behaftete Joan Smith erschossen sie eines Sonntagabends, als sie sich im Fernsehen eine Opernaufführung ansahen. Zwei Wochen später wurde Eunice wegen dieses Verbrechens verhaftet – weil sie nicht lesen konnte.

Aber es verbarg sich noch mehr dahinter.

2

Der weitläufige Garten von Lowfield Hall ist jetzt verwildert, und auf der Zufahrt wuchert Unkraut unter dem Kies hervor. Ein Wohnzimmerfenster, von einem Dorfjungen eingeworfen, wurde mit Brettern vernagelt, und eine Glyzinie hängt welk und tot wie ein altes, vertrocknetes Netz über der Haustür.

Es ist ein düsteres Haus geworden, ein geeigneter Nistplatz für die Vögel, die Dickens Hoffnung, Freude, Jugend, Frieden, Ruhe, Leben, Staub, Asche, Wüste, Begierde, Verfall, Verzweiflung, Wahnsinn, Tod, Arglist, Torheit, Worte, Streit, Lumpen, Schaffell, Plünderung, Vorrang, Kauderwelsch, Schinken und Spinat nannte.

Bevor Eunice kam und Verheerung zurückließ, war Lowfield Hall nicht so. Es war genauso gepflegt wie seine im weiten Umkreis liegenden Nachbarn, genauso warm, elegant und scheinbar ein ebenso geheiligter Zufluchtsort wie sie. Die Bewohner waren geborgen und glücklich und gewiß dazu bestimmt, ein langes, ungetrübtes Leben zu führen.

Doch an einem Apriltag luden sie Eunice in ihr Haus ein.

Ein leichter, draufgängerischer Wind spielte mit den Narzissen im Obstgarten, Wellen auf goldenem Meer. Die Wolken teilten sich und schlossen sich wieder, so daß es im Garten einmal Winter und dann wieder regnerischer, ungemütlicher Sommer war. Und während der unfreundlichen Intervalle hätte es Schnee und nicht die Blüte des Schwarzdorns sein können, der die Hecke weiß färbte.

Der Winter machte vor den Fenstern halt. Die Sonne brachte Blinksignale des Sommers mit, die zu der angenehmen Wärme paßten, und es war warm genug, daß Jacqueline sich in einem kurzärmeligen Kleid an den Frühstückstisch setzte.

Sie hielt einen Brief in der linken Hand, an der sie den Ehering aus Platin und den großen Brillantring trug, den George ihr zur Verlobung geschenkt hatte.

»Ich freu mich nicht gerade darauf«, sagte sie.

»Noch etwas Kaffee, Liebling, bitte«, sagte George. Er sah ihr gern zu, wenn sie etwas für ihn tat, solange sie nicht allzuviel arbeiten mußte. Er liebte es auch, sie einfach nur anzusehen, so hübsch war sie, seine Jacqueline, so hellhaarig und schlank. Sechs Jahre Ehe, und er staunte noch immer über das Wunder, daß es ihm vergönnt gewesen war, sie zu finden. »Tut mir leid«, setzte sie hinzu.

»Du freust dich nicht darauf? Das kann ich dir nachfühlen. Aber wir haben nur diese eine Zuschrift bekommen. Die Frauen reißen sich nicht gerade darum, für uns zu arbeiten.«

Sie schüttelte den Kopf, es war eine schnelle und anmutige Bewegung. Ihr Haar war sehr blond, kurz und glatt. »Wir könnten es noch einmal versuchen. Ich weiß, du wirst sagen, ich sei albern, aber ich hatte die lächerliche Hoffnung, jemanden zu bekommen, der – nun ja, jemanden von unserer Art. Auf jeden Fall eine einigermaßen gebildete Person, die bereit ist, im Haushalt zu arbeiten, weil wir ihr dafür ein hübsches Heim bieten.«

»Eine ›Dame‹, wie man zu sagen pflegt.«

Jacqueline lächelte ein wenig beschämt. »Eva Baalham würde einen besseren Brief schreiben als diesen. E. Parchman! Wie kann eine Frau nur so unterschreiben.«

»Im viktorianischen Zeitalter war es korrekt.«

»Vielleicht, doch wir leben nicht in der Zeit der Königin Viktoria. Aber ich wünschte, wir täten es. Stell dir nur vor, daß uns jetzt ein hübsches Hausmädchen bediente und in der Küche eine Köchin brutzelte.« Und Giles, dachte sie, sprach es jedoch nicht aus, müßte sich anständig benehmen und dürfte bei Tisch nicht lesen. »Keine Einkommensteuer«, sagte sie, »und keine über das ganze Land verstreuten gräßlichen neuen Häuser.«

»Aber auch keine Elektrizität«, fuhr George fort und berührte den Heizkörper hinter sich, »kein Warmwasser. Und Paula wäre vielleicht im Kindbett gestorben.«

»Ich weiß.« Jacqueline kam wieder auf den Anfang des Gesprächs zurück. »Aber dieser Brief, Liebling, und ihre mürrische Art, als sie anrief. Ich weiß einfach, daß sie ein vulgäres, linkisches Geschöpf sein wird, das Porzellan zerschlägt und den Staub unter die Teppiche kehrt.«

»Das kannst du nicht wissen, und es ist kaum fair, sie nach einem einzigen Brief zu beurteilen. Du willst eine Haushälterin, keine Sekretärin. Schau sie dir einmal an. Du hast die Verabredung mit ihr getroffen, Paula erwartet dich, und wenn du die Chance verpaßt, wirst du es bedauern. Wenn sie auf dich einen schlechten Eindruck macht, sag ihr einfach nein, und dann überlegen wir, ob wir's noch einmal versuchen.«

Die Standuhr in der Halle schlug Viertel nach acht. George stand auf. »Komm, Giles, ich glaube, die Uhr geht ein paar Minuten nach.« Er küßte seine Frau. Sehr langsam schlug Giles das Buch zu, das am Marmeladetopf gelehnt hatte, und richtete sich dann mit konzentrierter Lethargie zu seiner beträchtlichen, mageren, knochigen Länge auf. Er murmelte etwas, das Griechisch oder auch Sanskrit sein konnte – woher sollte Jacqueline wissen, was es war? –, und gestattete seiner Mutter, ihm einen Kuß auf die pickelige Wange zu geben.

»Grüß Paula herzlich von mir«, sagte George, und dann fuhren sie in dem weißen Mercedes ab. George in die Fabrik, Giles in die Magnus-Wythen-Foundation-Schule. Schweigen breitete sich im Wagen aus, nachdem George, der es versuchte und entschlossen war, nicht aufzugeben, die Bemerkung gemacht hatte, es sei ein sehr windiger Tag. Giles antwortete darauf nur »Mmm« und las wie immer weiter. Hoffentlich ist diese Frau in Ordnung, dachte George, weil ich es nicht gestatten kann, daß Jackie sich die Mühe macht, dieses riesige Haus allein in Ordnung zu halten. Wir müßten in einen Bungalow oder eine ähnliche Hütte umziehen, und das will ich nicht, das möge Gott verhüten, also soll er bitte dafür sorgen, daß diese E. Parchman in Ordnung ist.

Es gibt in Lowfield Hall sechs Schlafzimmer, ein

Wohnzimmer, ein Speisezimmer, ein Damenzimmer, drei Badezimmer, eine Küche und mehrere Wirtschaftsräume. Zwei dieser Wirtschaftsräume dienten jetzt als Anrichte und Gewehrzimmer. An diesem Aprilmorgen war das Haus nicht gerade unsauber, aber sauber war es auch nicht. Über den dreiunddreißig Fenstern lag ein bläulicher Film, der mit Fingerabdrücken verziert war. Den Fingerabdrücken von Eva Baalham und wahrscheinlich, sogar noch jetzt, nach zwei Monaten, jenen des letzten und jämmerlichsten aller Au-pair-Mädchen. Jacqueline hatte einmal flüchtig nachgerechnet und herausgebracht, daß mehr als fünfhundert Quadratmeter Teppich den Boden bedeckten. Der jedoch war verhältnismäßig sauber. Die alte Eva schob immer fleißig den Staubsauger hin und her, während sie über ihre Verwandten klatschte. Sie benutzte auch ein Staubtuch, bis in Augenhöhe. Pech war nur, daß ihre Augen nicht höher als ungefähr einsfünfundfünfzig vom Boden entfernt waren.

Jacqueline stellte das Frühstücksgeschirr in die Spülmaschine, Milch und Butter in den Kühlschrank, der schon sechs Wochen lang nicht mehr abgetaut worden war. War der Herd je gesäubert worden? Sie stieg in den ersten Stock hinauf. Es war schrecklich, sie sollte sich schämen, das wußte sie, denn als sie über das Treppengeländer strich, war ihre Hand grau von Staub. Im kleinen Badezimmer, das sie das Kinderbadezimmer nannten, herrschte eine entsetzliche Unordnung. Giles' neuestes Mittel gegen Akne, eine grüne Paste, war im ganzen Waschbecken verschmiert. Die Betten waren noch nicht gemacht. Rasch glättete Jacqueline das rosa Bettuch, die Decken, die seidene Steppdecke auf der zwei Meter breiten Matratze, die sie mit George teilte. Giles'

Bett konnte bleiben, wie es war. Er würde es nicht einmal merken – würde nicht einmal merken, wenn die Bettwäsche plötzlich purpurfarben wäre und er eine Wärmflasche statt einer elektrischen Heizdecke bekäme.

Ihre eigene äußere Erscheinung pflegte sie ausreichend. Sie sagte sich oft, es sei ein Jammer, daß sie auf ihren Haushalt nicht ebenso stolz war wie auf sich selbst, aber so war es nun einmal; so war sie nun einmal. Bad, Haare, Nägel, Hände, ein wärmeres Kleid, hauchdünne Strumpfhose, die neuen dunkelgrünen Schuhe, das Gesicht unauffällig geschminkt, so daß es ganz natürlich aussah. Sie zog den Nerz an, den George ihr zu Weihnachten geschenkt hatte. Jetzt hinunter in den Obstgarten, um für Paula einen Armvoll Narzissen zu pflücken. Den Garten hielt sie jedenfalls in Ordnung, kein Unkraut war zu sehen, und nicht einmal im Hochsommer würde eines zu sehen sein.

Wellen auf goldenem Meer. Schneeglöckchen, die sich unter die Hecke duckten. Schon zweimal in diesem trockenen Frühling hatte sie den Rasen gemäht, und jetzt war er üppig grün. Ich möchte mich immer in frischer Luft aufhalten, dachte Jacqueline, den Wind im Gesicht. Die leichten, aber würzigen Düfte der Frühlingsblumen entzückten sie. Ich könnte stundenlang hier stehen, auf den Fluß hinausblicken, auf die Pappeln in den Flußauen, auf die Greeving Hills, auf denen sich die Wolkenschatten jagen . . . Aber sie mußte sich mit dieser Frau treffen, dieser E. Parchman. Es war Zeit aufzubrechen. Wenn sie die Hausarbeit nur so sehr liebt wie ich die Gartenarbeit . . .

Sie ging ins Haus zurück. Bildete sie es sich ein, oder roch es in der Küche nicht mehr gut? Hinaus durch den Gewehrraum, in dem die übliche Unordnung herrschte, die Tür abschließen und Lowfield Hall dem Staub und dem Moder überlassen, die während ihrer Abwesenheit noch zunehmen würden

Jacqueline legte die Narzissen auf den Rücksitz ihres Ford und startete zu der Siebzigmeilenfahrt nach London.

George Coverdale war ein ungewöhnlich gut aussehender Mann mit klassischen Zügen; er hatte auch noch dieselbe straffe Figur wie 1939, als er für seine Universität gerudert hatte. Von seinen drei Kindern hatte nur eines sein Aussehen geerbt. Aber dieses eine Kind war nicht Paula Caswall. Ein warmherziger Ausdruck und sanfte Augen bewahrten sie davor, unscheinbar zu wirken. Doch Schwangerschaften bekamen ihr nicht, und sie erwartete eben ihr zweites Kind und war im achten Monat. Sie hatte einen lebhaften, übermütigen kleinen Jungen, ein ziemlich großes Haus in Kensington und einen anspruchsvollen Mann zu versorgen, und sie war unförmig, müde und hatte geschwollene Fußknöchel. Außerdem hatte sie Angst. Patricks Geburt war ein schmerzhafter Alptraum gewesen, und sie sah der bevorstehenden Entbindung mit Grauen entgegen. Ihr wäre lieber gewesen, wenn niemand sie besucht hätte. Sie wollte niemanden sehen. Aber sie sah ein, daß ihr Haus der praktischste Treffpunkt für eine Unterredung mit dieser in London lebenden künftigen Haushälterin war, und da sie die liebenswürdigen Manieren aller Coverdales hatte, begrüßte sie ihre Stiefmutter herzlich, bedankte sich entzückt für die Narzissen und bewunderte Jacquelines Kleid. Sie lunchten zusammen, und Paula hörte mitfühlend zu, als Jacqueline ihr erzählte, welche Zweifel und bösen Ahnungen sie wegen dieser Unterredung um zwei Uhr plagten.

Paula war jedoch fest entschlossen, nicht daran teilzunehmen. Patrick machte sein Nachmittagsschläfchen, und als es zwei Minuten vor zwei klingelte, beschränkte sie sich darauf, die Frau im marineblauen Regenmantel ins Wohnzimmer zu führen. Dort überließ sie sie Jacqueline und ging hinauf, um sich hinzulegen. Doch in den wenigen Sekunden, die sie mit Eunice Parchman verbrachte, wurde sie von einer heftigen Abneigung gegen sie erfaßt. Eunice hatte in diesem Augenblick dieselbe Wirkung auf sie, die schon viele andere Menschen zu spüren bekommen hatten. Es war, als gehe eine Kälte, ein fast eisiger Hauch von ihr aus. Wo immer sie war, brachte sie ein Frösteln in die warme Luft. Später sollte sich Paula an diesen ersten Eindruck erinnern und sich, von Schmerz und Schuldbewußtsein gepeinigt, den Vorwurf machen, daß sie ihren Vater nicht gewarnt, ihm nichts von der Vorahnung gesagt hatte, die sich bewahrheiten sollte. Sie tat nichts. Sie ging in ihr Schlafzimmer und schlief nach ein paar Minuten tief.

Jacquelines Reaktion war ganz anders. War sie leidenschaftlich voreingenommen gewesen, solange sie die Frau nicht gesehen hatte, änderte sie ihre Meinung innerhalb von zwei Minuten völlig. Zwei Faktoren – oder vielmehr zwei ihrer Schwächen trugen dazu bei und trafen für sie die Entscheidung. Ihre Eitelkeit und ihr Snobismus.

Sie erhob sich, als die Frau den Raum betrat, und reichte ihr die Hand.

»Guten Tag. Sie sind sehr pünktlich.«

»Guten Tag, gnädige Frau.«

Außer von einigen Verkäuferinnen in ein paar altmodischen Geschäften in Stantwich war Jacqueline seit vielen Jahren nicht mehr gnädige Frau genannt worden. Sie war entzückt. Sie lächelte.

»Sind Sie Frau oder Fräulein Parchman?«

»Fräulein Parchman. Eunice Parchman.«

»Nehmen Sie doch Platz.«

Keine abstoßende Kälte wehte Jacqueline an, und sie bekam auch keine Gänsehaut, wie Melinda es ausgedrückt hätte. Sie war die letzte in der Familie, die diese Kälte fühlte, vielleicht, weil sie sie nicht fühlen wollte, denn beinah vom ersten Augenblick an war sie entschlossen, Eunice Parchman einzustellen und zu behalten. Vor sich sah sie ein Geschöpf, das einen ruhigen Eindruck machte, einen fast zu kleinen Kopf, ein blasses Gesicht mit festen Zügen, braunes, mit Grau vermischtes Haar, kleine blaue Augen und einen massigen, formlosen Körper hatte. Die Hände waren groß, gut geformt, die kurzen Fingernägel sehr sauber. Die kräftigen, gutgeformten Beine steckten in dicken Nylonstrümpfen und die großen Füße in leicht ausgetretenen schwarzen Schuhen. Nachdem Eunice Parchman sich gesetzt hatte, öffnete sie die Mantelknöpfe, und darunter kam der Polokragen eines mittelblauen, gerippten Jumpers zum Vorschein. Gelassen saß sie da und blickte auf ihre im Schoß gefalteten Hände.

Ohne es sich selbst je einzugestehen, hatte Jacqueline Coverdale eine Vorliebe für gutaussehende Männer und unscheinbare Frauen. Sie kam mit Melinda gut aus, aber nicht so gut wie mit der weniger attraktiven Paula und Peters hübsch-häßlicher Frau Audrey. Sie litt an etwas, das man eventuell mit Gwendolen-Komplex bezeichnen konnte, denn wie Oscar Wildes Figur Miss Fairfax waren ihr Frauen am liebsten, die über zweiundvierzig und für ihr Alter zu farblos waren. Eunice Parchman war mindestens so alt wie sie selbst, wenn nicht älter, obwohl man sie schwer schätzen konnte, und an ihrer Farblosigkeit bestand kein Zweifel. Hätte sie ihrer Gesellschaftsschicht angehört, hätte Jacqueline sich gefragt, warum sie kein Make-up auflegte, nicht Diät hielt und sich das scheckige Haar nicht färben ließ. Aber als Bedienstete sah sie genauso aus, wie sie sollte.

Angesichts des respektvollen Schweigens dieser ihr so uneingeschränkt sympathischen Erscheinung, vergaß Jacqueline völlig die Fragen, die sie eigentlich stellen wollte. Und anstatt die Bewerberin zu examinieren, anstatt wenigstens den Versuch zu machen, sich zu überzeugen, ob diese Frau sich dazu eignete, in ihrem Haus zu arbeiten, ob sie zu den Coverdales paßte, bemühte sie sich, Eunice Parchman den Beweis zu erbringen, daß sie zu ihr passen würden.

»Das Haus ist groß, aber wir leben nur noch zu dritt darin, und übers Wochenende ist noch meine Stieftochter zu Hause. Die Zugehfrau kommt dreimal in der Woche, und ich koche natürlich selbst.«

»Ich kann kochen, gnädige Frau«, sagte Eunice.

»Das wäre wirklich nicht nötig. Wir haben eine Geschirrspülmaschine und einen Tiefkühlschrank. Mein Mann und ich erledigen alle Einkäufe.« Jacqueline war beeindruckt, daß die Stimme der Frau, obwohl monoton und ungebildet, keine Spur eines Cockneyakzents aufwies. »Wir haben ziemlich oft Gäste«, sagte sie beinahe furchtsam.

Eunice stellte die Füße dicht nebeneinander. Sie nickte bedächtig. »Daran bin ich gewöhnt. Ich kann hart arbeiten.«

An diesem Punkt hätte Jacqueline fragen sollen, warum Eunice ihre augenblickliche Stellung aufgab, hätte zumindest ein paar Informationen über diese Stellung einholen sollen.

Schließlich war es durchaus möglich, daß es gar keine derartige Stellung gab. Sie fragte nicht. Die »gnädige Frau« hatte ihren Verstand benebelt, sie geriet in Erregung über den Unterschied zwischen dieser Frau und Eva Baalham, dieser Frau und dem letzten kecken, viel zu hübschen Au-pair-Mädchen. Es war alles so völlig anders, als sie erwartet hatte.

Eifrig sagte sie: »Wann können Sie anfangen?«

Eunices ausdrucksloses Gesicht zeigte eine Spur von Überraschung, die nicht unberechtigt war.

»Sie wollen doch bestimmt eine Empfehlung«, sagte sie.

»O ja«, sagte Jacqueline hastig. »Natürlich will ich die.«

Eunice holte aus ihrer großen schwarzen Handtasche eine weiße Karte heraus. Darauf stand: Mrs. Chichester, 24 Willow Vale, London, S. W. 18. Und eine Telefonnummer. Die Karte trug dieselbe Handschrift wie der Brief, über den Jacqueline so bestürzt gewesen war. Die Adresse war ebenfalls dieselbe wie auf dem Brief.

»Das ist in Wimbledon, nicht wahr?«

Eunice nickte. Zweifellos war sie über diesen Trugschluß höchst erfreut. Sie besprachen die Höhe des Gehalts, das Datum ihres Arbeitsantritts, und Jacqueline nannte ihr die günstigste Verbindung nach Stantwich. Alles, warf sie hastig ein, hänge natürlich davon ab, ob die Referenzen günstig ausfielen.

Endlich lächelte Eunice. Ihre Augen blieben zwar kalt und starr, doch ihr Mund verzog sich. Es war ganz gewiß ein Lächeln. »Mrs. Chichester wäre es recht, wenn Sie heute vor neun Uhr abends anrufen könnten. Sie ist eine alte Dame und geht früh zu Bett.«

Dieser Beweis zarter Rücksichtnahme auf Wünsche und Marotten ihrer Arbeitgeberin war höchst angenehm.

»Sie können sich darauf verlassen«, sagte Jacqueline.

Es war erst zwanzig nach zwei, und die Unterredung war zu Ende.

»Danke, gnädige Frau«, sagte Eunice, »ich finde schon hinaus.« Das schien Jacqueline ein dezenter Hinweis darauf, daß sie wußte, wo ihr Platz war. Festen Schrittes verließ Eunice Parchman das Zimmer, ohne sich einmal umzublicken.

Hätte Jacqueline in Groß-London besser Bescheid gewußt, wäre ihr schnell klargeworden, daß Eunice Parchman sie schon belogen oder zumindest ein Mißverständnis zugelassen hatte. Denn der Postbezirk von Wimbledon ist S. W. 19, nicht S. W. 18, das den wesentlich weniger wohlhabenden Bezirk von Wandsworth umfaßt. Doch sie wußte es nicht, und sie prüfte es nicht nach, und als sie kurz nach sechs, fünf Minuten nach George, Lowfield Hall betrat, zeigte sie ihm die weiße Karte nicht einmal.

»Ich bin überzeugt, sie ist ideal, Liebling«, begeisterte sie sich. »Wirklich noch die altmodische Dienerin, von der wir glaubten, sie sei längst ausgestorben. Ich kann dir nicht sagen, wie ruhig und respektvoll sie war, überhaupt nicht aufdringlich. Ich fürchte nur, sie könnte allzu unterwürfig sein. Aber ich weiß, daß sie schwer arbeiten wird.«

George legte den Arm um seine Frau und küßte sie. Er sagte nichts über ihre Volte, trumpfte nicht mit einem: »Ich hab dir's ja gesagt!« auf. Er war an Jacquelines Vorurteile gewöhnt, die oft von wilder Begeisterung verdrängt wurden, und er liebte sie ihrer Impulsivität wegen, die sie in seinen Augen jung, süß und weiblich machte. Er sagte nur: »Mir ist egal, ob sie zu unterwürfig oder aufdringlich ist. Wenn sie dir nur die viele Arbeit abnimmt.«

Bevor sie dort anrief, hatte sich Jacqueline, die eine lebhafte Phantasie besaß, bereits ein Bild von dem Haushalt gemacht, in dem Eunice Parchman beschäftigt war. Auch die alte Dame stellte sie sich ganz genau vor. Willow Vale, dachte sie, ist bestimmt eine stille, von Bäumen gesäumte Straße in der Nähe von Wimbledon Common. Nummer 24 ein großes viktorianisches Gebäude, Mrs. Chichester eine ältere Adelige mit strengen Richtlinien für angemessenes Benehmen, herrschsüchtig, aber gerecht. Ihre Angestellte verließ sie nur, weil sie es sich nicht leisten konnte, ihr in diesen inflationären Zeiten ein angemessenes Gehalt zu zahlen.

Um acht Uhr wählte sie die Nummer. Eunice Parchman nahm den Anruf entgegen und meldete sich korrekt. Wieder nannte sie Jacqueline »gnädige Frau« und ersuchte sie, am Apparat zu bleiben, während sie Mrs. Chichester hole. Jacqueline stellte sich vor, daß sie eine düstere, mit Möbeln vollgestopfte Halle durchquerte und einen großen, kühlen Salon betrat, in dem eine alte Dame saß und klassische Musik hörte oder die Todesanzeigen in einer renommierten Tageszeitung las. Auf der Schwelle blieb sie stehen und sagte in ihrer ehrerbietigen Art:

»Mrs. Coverdale ist am Apparat, gnädige Frau.«

Die Wirklichkeit sah anders aus.

Das Telefon hing an der Wand im ersten Zwischenstock eines Mietshauses mit möblierten Zimmern. Das Mietshaus stand in Earlsfield. Eunice hatte seit fünf Uhr geduldig neben dem Apparat gewartet, damit kein anderer Mieter ihr zuvorkam, wenn er klingelte. Mrs. Chichester arbeitete an einer Werkzeugmaschine und war Anfang Fünfzig. Sie hieß Annie Cole und tat Eunice hin und wieder einen kleinen Gefallen als Gegenleistung dafür, daß Eunice sich einverstanden erklärt hatte, der Post nicht zu verraten, wie Annie es fertiggebracht hatte, noch ein Jahr nach dem Tod ihrer Mutter die Rente der alten Frau zu beziehen. Annie hatte den Brief und die Adresse auf der Karte geschrieben, und Eunice holte sie jetzt aus ihrem möblierten Zimmer in Nr. 6, Willow Vale 24, S. W. 18 ans Telefon.

»Es tut mir unendlich leid, Miss Parchman zu verlieren, Mrs. Coverdale«, sagte Annie Cole. »Sie hat meinem Haus sieben Jahre lang vorgestanden und alles zur Perfektion erledigt. Sie kann arbeiten wie keine zweite, und sie kocht wunderbar. Und sie verwendet eine geradezu übertriebene Sorgfalt an den Haushalt. Wirklich, wenn sie einen Fehler hat, dann ist es der, daß sie zu peinlich genau ist.«

Sogar Jacqueline hatte das Gefühl, das sei ein bißchen zu dick aufgetragen. Und die Stimme klang merkwürdig munter – Annie Cole konnte Eunice nicht schnell genug loswerden – und hatte einen Unterton, der sogar Jacqueline auffiel. Sie war vernünftig genug zu fragen, warum dieser Ausbund an Tugend und Tüchtigkeit seine Stellung aufgab.

»Weil ich England verlasse.« Die Antwort kam ohne Zögern. »Ich gehe zu meinem Sohn nach Neuseeland. Die Lebenshaltungskosten sind hier viel zu hoch, nicht wahr? Miss Parchman könnte mich begleiten, mir wäre der Gedanke sogar sehr angenehm, aber sie ist ziemlich konservativ. Sie zieht es vor hierzubleiben. Ich wäre beruhigt, wenn sie in einer netten Familie wie der Ihren unterkäme.« Jacqueline war zufriedengestellt.

»Ist die Sache mit Miss Parchman perfekt?« fragte George.

»Ach, Liebling, das habe ich ja ganz vergessen. Ich muß ihr schreiben.«

»Ruf doch noch einmal an.«

Warum rufst du nicht noch einmal an, Jacqueline? Wähl jetzt, in diesem Augenblick, die Nummer. Ein junger Mann, der in sein Zimmer neben dem von Annie Cole zurückkehrt und seinen Fuß auf die letzte Stufe dieser Treppe setzt, wird den Hörer abnehmen und sich melden. Und wenn du nach Miss Parchman fragst, wird er dir sagen, er habe nie von ihr gehört. »Dann geben Sie mir Mrs. Chichester.« Die gebe es hier nicht, wird der junge Mann dir sagen, nur einen Mr. Chichester, und das sei der Hauswirt, der unter dieser Nummer zwar im Telefonbuch stehe, aber in Croydon wohne. Nimm den Telefonhörer in die Hand, Jacqueline . . .

»Ich halte es für besser, die Vereinbarung schriftlich zu bestätigen.«

»Wie du willst, Liebling.«

Der Augenblick verrann, und die Chance war dahin. George hob den Telefonhörer ab, doch er tat es nur, um Paula anzurufen, denn was ihm seine Frau über das Befinden der Tochter berichtet hatte, beunruhigte ihn. Während er mit ihr sprach, schrieb Jacqueline den Brief.

Und die anderen, die Zufall, Schicksal und Eigeninitiative am 14. Februar zum Zweck der Vernichtung von vier Menschenleben zusammenführen sollten? Joan Smith predigte auf der Schwelle eines Cottages. Melinda Coverdale saß in ihrem Zimmer in Norwich und bemühte sich, den Sinn von »Sir Gawain und der Grüne Ritter« zu begreifen. Giles Mont zitierte Mantras, um seine Meditation zu vertiefen.

Aber sie gehörten schon alle zusammen. In dem Augenblick, in dem Jacqueline es ablehnte zu telefonieren, fing ein unsichtbares Lasso sie ein und fesselte sie aneinander, verknüpfte sie enger als die Bande des Blutes.

3

George und Jacqueline waren verschwiegen und prahlten nicht mit ihrem Glück. Aber Jacqueline erwähnte es ihrer Freundin Lady Royston gegenüber, die mit Mrs. Cairne darüber sprach, als man sich darüber unterhielt, wie schwierig es doch war, heutzutage jemanden zu finden, der das Haus sauberhielt. Die Neuigkeit sickerte zu den Higgs, den Meadows, Baalhams und Newsteads durch und wurde zum Thema Nummer eins im *Blue Boar,* übertraf noch die Schauermärchen über die letzten Exzesse von Joan Smith.

Eva Baalham beeilte sich, Jacqueline auf Umwegen begreiflich zu machen, daß sie Bescheid wußte. »Sie geben ihr einen Fernseher?«

»Wem denn?« fragte Jacqueline errötend.

»Na, der aus London. Weil, wenn Sie ihr einen geben wollen, kann ich von meinem Cousin Meadows billig ein'n kriegen, wo den Elektroladen in Gosburry hat. Is von einem Laster runtergefallen, glaub ich, aber stellen Sie keine Fragen, dann kriegen Sie keine Lügen zu hören.«

»Besten Dank«, sagte Jacqueline, mehr als nur ein bißchen verärgert. »Tatsache ist, daß wir uns einen Farbfernseher kaufen und Miss Parchman unseren alten bekommt.«

»Parchman«, sagte Eva und spuckte auf eine Fensterscheibe, bevor sie mit dem Schürzenzipfel nachpolierte. »Is das 'n Londoner Name?«

»Das weiß ich wirklich nicht, Mrs. Baalham. Wenn Sie mit dem fertig sind, was Sie mit diesem Fenster anstellen, gehen wir miteinander hinauf und richten ihr Zimmer her.«

»Na schön«, erklärte Eva sich gnädig einverstanden. Sie nannte Jacqueline nie »gnädige Frau«. Es wäre ihr nicht einmal in den Sinn gekommen. In ihren Augen gab es zwischen ihr und den Coverdales nur einen Unterschied – Geld. In manch anderer Beziehung war sie ihnen sogar überlegen, denn sie waren neu zugezogen und gehörten nicht einmal dem Adel an, sondern waren Geschäftsleute. Während ihre Vorfahren freie Bauern gewesen und seit fünfhundert Jahren in Greeving ansässig waren. Sie beneidete die Coverdales auch nicht um ihr Geld. Sie hatte genug, und das Haus, das sie billig von der Gemeinde gemietet hatte, war ihr lieber als Lowfield Hall, diese riesige Scheune, deren Unterhalt ein Vermögen verschlingen mußte. Sie konnte Jacqueline nicht leiden, die sie für ein altes Schaf hielt, das sich als Lämmchen aufspielte und für die Frau eines Blechbüchsenfabrikanten mächtig eingebildet war. Immer diese übertriebene Freundlichkeit!

Wie sie wohl mit dieser Parchman auskommen wird? Und wie werde ich mit ihr auskommen? Nun, ich kann ja jederzeit gehen. Mrs. Jameson-Kerr bittet mich schon seit langem kniefällig, ich soll zu ihr kommen. Und sie zahlt sechzig Pence für die Stunde.

»Gott helfe Miss Parchmans Beinen«, sagte Eva, als sie die Treppe hinaufstieg.

Im obersten Stockwerk war vor langer Zeit ein Labyrinth kleiner und enger Mansardenzimmerchen in zwei große Schlafzimmer mit Bad umgebaut worden. Aus ihren Fenstern hatte man einen der schönsten Ausblicke in Ostanglia. Einst hatte Constable am Ufer des Flusses Beal gesessen und diese Aussicht gemalt, aber, wie es seine Art war, ein paar Kirchtürme versetzt, damit sie besser in seine Komposition paßten. Sie war schön genug, wenn die Kirchtürme da standen, wo sie hingehörten. Weite, heitere Wiesen und kleine Wälder im Schmuck des Wonnemonats Mai.

»Sie wird hier schlafen, nich?« sagte Eva und trabte in das größere und sonnigere der beiden Zimmer.

»Nein, das wird sie nicht.« Jacqueline merkte, daß Eva sich zur Sprecherin der unterdrückten Gilde der Hausangestellten machen wollte. »Dieses Zimmer ist für die Enkelkinder meines Mannes vorgesehen, die uns ja oft besuchen.«

»Sie werden es ihr schon gemütlich machen müssen, wenn Sie wollen, daß sie bleibt.« Eva öffnete ein Fenster. »Schöner Tag. Gibt 'n heißen Sommer. Gott is auf unserer Seite, wie mein Cousin, wo die Farm hat, immer sagt. Da fährt der junge Giles mit Ihrem Wagen auf und davon, ohne Ihnen auch nur ein Wort gesagt zu haben, schätz ich.«

Jacqueline war wütend. Sie fand, daß Eva Giles »Mr. Mont« oder zumindest »Ihr Sohn« nennen müßte. Doch sie war viel zu glücklich, weil Giles, der über die Ferien zu Hause war, sein freiwilliges Gefängnis verließ, um wenigstens ein bißchen frische Luft zu schnappen.

»Wenn Sie so freundlich wären, Mrs. Baalham, dann könnten wir jetzt anfangen, die Möbel umzustellen.«

Giles fuhr die von Roßkastanienbäumen gesäumte Zufahrt entlang und bog in die Greeving Lane ein, eine unbefestigte Straße, die gerade breit genug ist, daß zwei Wagen aneinander vorbeifahren können, wenn sie es sehr langsam und vorsichtig tun. Schwarzdorn war dem Weißdorn gewichen, und die Hecken schimmerten in ihrer Blütenpracht cremefarben. Blauer Himmel, hellgrüner Weizen, ein Kuckuck – der im Mai den ganzen Tag ruft – und der Jubelgesang der Vögel, die der Welt aus jedem Baum ihre territorialen Rechte verkündeten.

Trotz seines Credos lehnte Giles es ab, mit dieser Einheit eins zu sein, und fuhr, indem er so tat, als sei all das nicht vorhanden, über die Brücke des Flusses. Er hatte sich vorgenommen, so wenig frische Luft einzuatmen, wie das irgend möglich war, wenn man sich im Freien aufhielt. Er verabscheute das Land. Es langweilte ihn. Wenn man das jemandem sagte, waren die Leute gewöhnlich schockiert, wahrscheinlich deshalb, weil ihnen nicht klar war, daß man höchstens eine Stunde am Tag damit verbringen konnte, die Sterne zu betrachten, in den Feldern spazierenzugehen oder an Flußufern zu sitzen. Außerdem war es fast immer kalt oder schlammig. Er verabscheute es, zu jagen und zu fischen, zu reiten oder der Meute zu folgen. George, der versucht hatte, ihn dazu zu ermuntern, hatte vielleicht endlich eingesehen, daß das vergebliche Liebesmüh war. Giles ging auf dem Land nie – aber auch nie! – spazieren. Wenn er gezwungen war, von Lowfield Hall zur Schulbushaltestelle zu Fuß zu gehen, blickte er starr zu Boden. Er hatte sogar versucht, die Augen zu schließen, war aber gegen einen Baum geprallt.

London liebte er. Zurückblickend bildete er sich ein, er sei in London glücklich gewesen. Er hatte eine Internatsschule in einer großen Stadt besuchen wollen, aber seine Mutter hatte es ihm nicht erlaubt, weil irgendein

Psychologe erklärt hatte, er sei gestört und brauche die Geborgenheit des Familienlebens. Daß er gestört war, machte ihm nichts aus, und er tat alles, um den Eindruck des zerstreuten, leicht verrückten, immer in Gedanken verlorenen Intellektuellen noch zu verstärken. Er war überdurchschnittlich intelligent. Im vergangenen Jahr hatte er in der Schule so gute Noten gehabt, daß sogar eine überregionale Zeitung einen Artikel über ihn brachte. Ein Platz in Oxford war ihm sicher, und er konnte genauso gut Latein wie der Mann, der vorgab, es ihn in der Schule zu lehren; und in Griechisch war er wahrscheinlich noch besser.

Er hatte keine Freunde in der Schule, und er verachtete die Jungen aus dem Dorf, die sich nur für Motorräder, Pornographie und den *Blue Boar* interessierten. Ian und Christopher Cairne und ein paar andere waren durch elterliche Anordnung zu seinen Freunden bestimmt worden, aber er sah sie nur selten, da sie Internatsschulen besuchten. Weder die Dorfjungen noch seine Schulkameraden versuchten je, ihn zu verprügeln. Er war über einsachtzig groß und wuchs noch weiter. Er litt unter einer scheußlichen Akne, und sein Haar war einen Tag nach der Kopfwäsche wieder fettig.

Jetzt war er unterwegs nach Sudbury, um sich ein Paket orangegelber Farbe zu kaufen. Er wollte, seiner Religion zuliebe, seine Jeans und T-Shirts orangegelb färben. Es handelte sich um eine Abart des Buddhismus. Wenn er genug Geld gespart hatte, wollte er mit dem Bus nach Indien reisen und, abgesehen von Melinda, niemand von der Familie wiedersehen. Nun, vielleicht seine Mutter. Aber nicht seinen Vater und nicht den steifen alten George, nicht den selbstgerechten Peter oder diese Bande ungebildeter Bauern. Natürlich nur, wenn er nicht vorher zum katholischen Glauben überwechselte. Er hatte eben ein Buch über den Katholizismus gelesen und angefangen sich zu fragen, ob es nicht besser war, als Katholik nach Oxford zu gehen und Weihrauch auf der Treppe zu verbrennen.

Besser als was? Besser als Indien natürlich. Doch seine Jeans und T-Shirts wollte er auf jeden Fall färben.

Bei Meadows' Garage in Greeving hielt er an und tankte.

»Wann kommt denn die Dame aus London?« fragte Jim Meadows.

»Mmm?« machte Giles.

Jim wollte es wissen, damit er heute abend im Pub damit angeben konnte. Er versuchte es noch einmal. Giles überlegte widerwillig. »Ist heute Mittwoch?«

»Na, klar doch.« Und weil er sich für besonders witzig hielt, setzte er hinzu: »Den ganzen Tag.«

»Sie haben gesagt, am Samstag«, antwortete Giles schließlich. »Denke ich wenigstens.«

Kann sein, kann auch nicht sein, dachte Jim. Bei diesem Knaben wußte man das nie. Sollte sich mal den Kopf untersuchen lassen. Ein Wunder, daß sie ihn allein auf die Straße ließen, vom Steuer eines so guten Wagens ganz zu schweigen. »Wahrscheinlich wird Melinda nach Hause kommen, um sie zu begutachten.«

»Mmm«, machte Giles und fuhr los.

Melinda kam nach Hause. Er wußte nicht, ob das erfreulich oder beunruhigend war. Rein äußerlich war seine Beziehung zu ihr oberflächlich, kühl, doch in Giles' innerstem Herzen, wo er sich oft als Poe oder Byron sah, schwelte eine inzestuöse Leidenschaft. Sie war vor sechs Monaten in Giles erwacht oder vielmehr künstlich ins Leben gerufen worden. Bis dahin war Melinda für ihn nichts anderes gewesen als eine Art Schwester. Er wußte natürlich, daß sie und ihn nichts hinderte, sich ineinander zu verlieben, da sie nicht seine Schwester, nicht einmal seine Halbschwester war. Von den drei Jahren Altersunterschied abgesehen, die später an Bedeutung verlieren würden, konnte niemand etwas dagegen haben. Seiner Mutter würde es sogar gefallen, und der alte George würde eines Tages nachgeben. Aber das war es nicht, was Giles wollte oder in seinen Phantasien sah. Darin war er ein Byron und Melinda eine Augusta Leigh, die sich ihre Liebe gestanden, während sie in einem Wetter, wie in Emily Brontës Roman »Sturmhöhe« beschrieben, auf den Hügeln von Greeving spazierengingen – eine Freizeitbeschäftigung, der sich Giles nie wirklich hingegeben hätte. Das Ganze hatte überhaupt wenig mit Realität zu tun. In seinen Phantasien sah Melinda sogar anders aus, blasser, dünner, schwindsüchtig, wie nicht von dieser Welt. Atemlos standen sie sich in der sturmgepeitschten Finsternis gegenüber und beschworen einander, ihre Liebe geheimzuhalten, diese Liebe, die nie Erfüllung finden durfte. Und obwohl sie sich beide mit anderen Partnern verheirateten, starb ihre Leidenschaft füreinander nicht.

Er kaufte die Farbe. Zwei Pakete im Ton »flammende Kapuzinerkresse«. Er kaufte auch ein Poster, auf dem ein präraffaelitisches Mädchen mit einem blaßgrünen Gesicht und rotem Haar sich über einen Balkon beugte. Das Mädchen beklagte vermutlich einen verlorenen oder treulosen Geliebten, sah aber eher so aus, als habe es während eines Italienurlaubs zuviel Pasta gegessen und müsse sich jetzt übergeben. Giles kaufte das Bild, weil das Mädchen so aussah wie Melinda im letzten Stadium der Tuberkulose.

Er kehrte zum Wagen zurück und fand einen Strafzettel hinter dem Scheibenwischer. Er benutzte nie den Parkplatz. Das hätte bedeutet, daß er hundert Meter zu Fuß gehen mußte. Als er nach Hause kam, waren Eva und seine Mutter fort. Die Mutter hatte ihm auf dem Küchentisch eine Nachricht hinterlassen. Sie begann mit »Liebling« und endete mit »liebe Grüße, Mutter«, und der Text bestand aus einer Reihe völlig überflüssiger Mitteilungen über den kalten Lunch, der im Kühlschrank für ihn bereitstand, und daß sie zu einer Versammlung des *Women's Institute* müsse. Er war verwirrt. Er wußte, wo sein Lunch war, und ihm wäre nicht einmal im Traum eingefallen, jemandem eine Nachricht zu hinterlassen. Wie alle echten Exzentriker fand er alle anderen Menschen sehr merkwürdig.

Wenig später holte er seine gesamte Kleidung herunter und legte sie mit der Farbe und etwas Wasser in zwei große Pfannen, die seine Mutter zum Einwecken benutzte. Während sie auf dem Herd brodelten, aß er Geflügelsalat und las die Memoiren eines Mystikers, der dreißig Jahre in Poona Ashram gelebt und kein einziges Wort gesprochen hatte.

Freitagnachmittag kam Melinda Coverdale nach Hause. Sie fuhr mit dem Zug von Norwich nach Stantwich und mit dem Bus bis in ein Dorf namens Gallows Corner, zwei Meilen von Lowfield Hall entfernt. Dort stieg sie aus und wartete darauf, daß jemand sie mitnahm. Um diese Zeit war immer irgendein Bekannter nach Greeving unterwegs, und so schwang Melinda sich auf Mrs. Cotleighs Gartenmauer und sonnte sich.

Sie trug überlange Jeans, die sie bis zu den Knien aufgerollt hatte, stark abgetragene rote Cowboystiefel, ein indisches Baumwollhemd und eine gelbe Autofahrermütze, Jahrgang 1920. Trotz allem jedoch gab es auf keiner Gartenmauer zwischen Stantwich und King's Lynn etwas Hübscheres zu sehen. Melinda war das Kind, das Georges Aussehen geerbt hatte – seine gerade Nase, die hohe Stirn, den sensitiven Mund, die leuchtend blauen Augen und dazu die Mähne goldenen Haares von ihrer verstorbenen Mutter.

Eine Energie, die nur versiegte, wenn es um mittelenglische Dichtung ging, hielt sie ständig in Bewegung. Sie zerrte ihre Tasche, die dem Hafersack eines Pferdes glich, neben sich auf die Mauer, zog eine Perlenkette heraus, probierte sie, schnitt den Lehrbüchern ein Gesicht, die ihr Vorhandensein in der Tasche mehr der Hoffnung als dem Lerneifer zu verdanken hatten, ließ die Tasche ins Gras plumpsen und sprang hinterher. Saß mit gekreuzten Beinen auf der Bank, als der Bus vorüberfuhr, der ihr nichts nutzte, weil sie in die entgegengesetzte Richtung mußte. Pflückte Mohnblumen, die wilden roten Mohnblumen, das Unkraut von Suffolk, das an der Ecke wucherte, an der einst der Galgen stand.

Fünf Minuten später kam der Kombi von der Geflügelfarm vorbei, und Geoff Baalham, Evas Cousin zweiten Grades, rief: »Hallo, Melinda? Wollen Sie mitfahren?«

Mit Tasche, Mütze und Mohnblumen sprang sie in den Wagen. »Ich drücke mich schon wenigstens eine halbe Stunde da rum«, sagte sie, obwohl sie höchstens ein paar Minuten gewartet hatte.

»Ihre Mütze gefällt mir.«

»Wirklich, Geoff? Sie sind süß. Ich hab sie im Oxfam-Laden gekauft.« Melinda kannte Hinz und Kunz im Dorf und nannte jeden, sogar die uralten Väterchen und Mütterchen, bei ihren Vornamen. Sie fuhr Traktoren, half bei der Obsternte und sah beim Kalben zu. In Anwesenheit ihres Vaters sprach sie mit den Jameson-Kerrs, den Archers, Cairnes und Sir Robert Royston mehr oder weniger höflich, doch sie lehnte sie als reaktionär ab. Als man sich einmal auf dem Greeving Green zur Fuchsjagd versammelt hatte, hatte sie mit einem Transparent gegen die blutigen Sportarten demonstriert. Als junger Teenager war sie mit den Dorfjungen zum Fischen gegangen und hatte in der Dämmerung die Feldhasen beobachtet. Später hatte sie mit denselben Jungen getanzt und sie hinter der Festhalle geküßt. Sie war genauso geschwätzig wie ihre Mutter und fühlte sich genauso zugehörig.

»Was ist in unserem fröhlichen alten Greeving alles passiert, während ich weg war? Erzählen Sie mir alles.« Sie war seit drei Wochen nicht mehr zu Hause gewesen. »Ich weiß, daß Mrs. Archer mit Mr. Smith durchgebrannt ist.«

Geoff Baalham grinste breit. »Armer, alter Schweinehund. Als ob er mit seiner Alten nicht alle Hände voll zu tun hätte! Warten Sie mal, lassen Sie mich überlegen. Susan Meadows, Higgs vielmehr, hat ihr Baby bekommen. Es ist ein Mädchen, und sie tauften sie Lalage.«

»Das ist doch nicht wahr!«

»Dacht ich mir doch, daß Sie das ganz schön reißen wird. Ihre Ma wurde in den Pfarrgemeinderat gewählt, aber das wissen Sie bestimmt, und – jetzt passen Sie auf! – Ihr Dad hat einen Farbfernseher gekauft.«

»Ich habe gestern abend mit ihm telefoniert. Er hat kein Wort gesagt.«

»Nun ja, er hat ihn erst heute gekriegt. Ich hab's vor einer kurzen Stunde von Tantchen Eva erfahren.« Die Leute von Greeving nahmen es mit den Verwandtschaftsbezeichnungen nicht so genau. Eine Stiefmutter hieß genauso Ma oder Mum wie die eigene Mutter, und eine weibliche Verwandte wurde, sofern sie alt genug war, unweigerlich Tantchen genannt. »Den alten kriegt eure neue Haushälterin aus London.«

»Oh, wie gemein! Daddy ist ein so gräßlicher Faschist. Das ist das Undemokratischste und Faschistischste, das ich je gehört habe, finden Sie nicht, Geoff?«

»So ist die Welt nun mal, Melinda, mein Schatz. So war sie immer, und so wird sie bleiben. Sie sollten Ihren Dad nicht beschimpfen. Ich an seiner Stelle würde Ihnen den Hintern versohlen.«

»Geoff Baalham! Wer Sie so hört, würde nie glauben, daß Sie nur ein Jahr älter sind als ich.«

»Vergessen Sie nicht, daß ich jetzt verheiratet bin, und das bringt einem sehr schnell bei, was Verantwortung bedeutet. Hier sind wir, Lowfield Hall, Madame. Ich darf mich von Ihnen verabschieden. Oh, richten Sie Ihrer Ma doch bitte aus, daß ich ihr gleich Montag früh mit Tantchen Eva die frischen Eier schicke.«

»Na, klar doch. Und danke fürs Mitnehmen, Geoff. Sie sind wirklich süß.«

»Cheerio, Melinda!«

Geoff fuhr zur Geflügelfarm weiter und zu Barbara Carter, die er im Januar geheiratet hatte, aber er dachte an Melinda, die ein verflixt nettes Mädchen war – diese Mütze, mein Gott! –, und er dachte daran, wie sie vor Jahren am Ufer des Flusses Beal spazierengegangen waren und zur Melodie klappernder Windmühlenflügel harmlose Küsse getauscht hatten.

Melinda bog in die lange Zufahrt unter den Kastanienbäumen ein, die mit ihren creme- und bronzefarbenen Kerzen prunkten, ging um das Haus herum und betrat es durch das Gewehrzimmer. Giles saß in der Küche und las das letzte Kapitel des Poona-Buches.

»Hallo, Stief.«

»Hallo«, sagte Giles. Er benutzte den Spitznamen nicht mehr, mit dem sie sich früher gegenseitig gerufen hatten. Er paßte nicht zu seinen Byronschen Phantasien, obwohl die nie Bestand hatten, wenn Melinda in Fleisch und Blut vor ihm auftauchte. Sie hatte eine Menge sehr gut proportionierten Fleisches, rote Wangen und war geradezu widerlich gesund. Und sie sprühte vor guter Laune. Giles seufzte, kratzte an seinen Pickeln und dachte daran, mit einer Bettlerschale in der Hand Indien zu durchstreifen.

»Wie hast du denn soviel rote Tinte an die Jeans gekriegt?«

»Das ist keine rote Tinte. Ich habe sie gefärbt, aber sie haben die Farbe nicht angenommen.«

»Verrückt«, sagte Melinda. Sie segelte davon, suchte Vater und Stiefmutter und fand sie im obersten Stockwerk, wo sie letzte Hand an Miss Parchmans Zimmer legten. »Hallo, meine Schätze!« Sie bekamen beide einen Kuß, aber George war als erster an der Reihe. »Daddy, du bist schön braun. Wenn ich gewußt hätte, daß du schon so bald nach Hause fährst, hätte ich vom Bahnhof aus bei dir im Büro angerufen. Geoff Baalham hat mich mitgenommen, und ich soll ausrichten, daß sein Tantchen Eva Montag früh die Eier mitbringt und daß ihr der neuen Haushälterin den alten Fernseher gebt. Ich habe ihm gesagt, ich hätte noch nie so was Faschistisches gehört. Als nächstes werdet ihr wohl sagen, daß sie allein in der Küche essen muß.«

George und Jacqueline sahen sich an.

»Aber natürlich muß sie das.«

»Wir schrecklich. Kein Wunder, daß die Revolution bald ausbricht. ›Nieder mit den Aristokraten!‹ Gefällt dir meine Mütze, Jackie? Hab ich im Oxfam-Laden erstanden. Fünfzig Cent. Guter Gott, ich verhungere. Es kommt doch heute abend keiner von diesen gräßlichen Sauriern? Keine Kerrs, keine Cairnes oder Roystons.«

»Melinda, ich glaube, das genügt.« Es waren mahnende Worte, doch der Tonfall war sanft. George war nicht imstande, sein Lieblingskind streng zu behandeln. »Wir sind tolerant gegen deine Freunde, also mußt du auch tolerant gegen unsere sein. Übrigens essen die Roystons mit uns zu Abend.«

Melinda stöhnte. Dann umarmte sie rasch den Vater, bevor er zu weiteren Vorhaltungen ansetzen konnte. »Ich werde Stephen oder Charles oder sonst jemand anrufen und ihn zwingen, mit mir essen zu gehen. Aber ich bin rechtzeitig zurück, um dir beim Aufräumen zu helfen, Jackie. Überleg mal, du brauchst es ab morgen nie wieder zu tun, wenn das alte Pergamentgesicht kommt.«

»Melinda . . .« begann George.

»Ihr Gesicht sieht wirklich irgendwie pergamenten aus«, sagte Jacqueline und mußte lachen.

Melinda fuhr mit Stephen Crutchley, dem Sohn des Arztes, nach Nunchester ins Kino. Die Roystons kamen zum Essen nach Lowfield Hall, und Jacqueline sagte: »Warten Sie bis morgen. Beneiden Sie mich nicht, Jessica?« Aber wie würde sie sein? Würde sie wirklich die hochgespannten Erwartungen erfüllen? Es war George, der heimlich zweifelte. Lieber Gott, laß sie doch die Perle sein, die Jackie in ihr sieht! Schadenfreude nährte in Sir Robert und Lady Royston die Hoffnung, daß sie keine Perle, sondern aus demselben Material geschnitzt sein würde wie ihre Anneliese, ihre Birgit und das spanische Paar, das man am besten vergaß.

Die Zeit wird es euch lehren. Wartet bis morgen.

4

Die Coverdales hatten über Eunice Parchmans Arbeitswilligkeit und ihr Verhalten ihnen gegenüber nachgedacht. Sie hatten ihr ein eigenes Bad, einen Fernseher, ein paar bequeme Sessel und ein Bett mit einer guten Federkernmatratze zugebilligt, weil man schließlich auch dafür sorgt, daß ein Arbeitspferd einen guten, trockenen Stall hat. Sie wollten, daß sie zufrieden war, denn dann würde sie bleiben. Doch sie sahen in ihr nie den Menschen. Als sie am Samstag, dem 9. Mai, aufstanden, verschwendete keiner von ihnen einen Gedanken an ihre Vergangenheit, fragte sich, ob sie jetzt wohl nervös war oder von den gleichen Hoffnungen und Befürchtungen heimgesucht wurde wie sie selbst. In diesem Stadium war Eunice für sie nicht viel mehr als eine Maschine, und die Leistung dieser Maschine hing davon ab, daß sie gut geölt wurde und keine Abneigung gegen Treppen hatte.

Aber Eunice war ein Mensch. Eunice war, wie Melinda es ausgedrückt hätte, echt.

Sie war die sonderbarste Person, die sie je kennengelernt hatten. Und hätten sie gewußt, wie ihre Vergangenheit aussah, wären sie vor ihr geflohen oder hätten die Tür vor ihr verbarrikadiert wie vor der Pest. Von der Zukunft, die jetzt unauflöslich mit der ihren verknüpft war, ganz zu schweigen.

Ihre Vergangenheit lag in dem Haus, das zu verlassen

sie sich jetzt anschickte. Ein altes Reihenhaus in der Rainbow Street in Tooting, dessen Haustür sich direkt auf den Gehsteig öffnete. Sie war vor siebenundvierzig Jahren in diesem Haus geboren worden, das einzige Kind eines Angestellten der Southern Railway und seiner Frau.

Ihre Existenz war von Anfang an beengt. Sie schien zu den Leuten zu gehören, die dazu bestimmt sind, ihr Leben im Bannkreis einiger weniger Straßen zu verbringen. Ihre Schule lag beinahe nebenan, und die Verwandten, die sie besuchte, wohnten nur einen Steinwurf entfernt. Der Ausbruch des Zweiten Weltkriegs brachte eine kurze Variante in ihr Schicksal. Mit Tausenden anderer Schulkinder aus London wurde sie aufs Land verschickt, bevor sie lesen und schreiben konnte. Aber ihre Eltern, obwohl stumpf, unwissend und wie Maulwürfe lebend, gerieten in große Sorge, als man ihnen zutrug, die Pflegemutter vernachlässige Eunice. Sie holten sie zurück, zu den Bomben, in die vom Krieg gepeinigte große Stadt.

Danach ging Eunice nur sporadisch zur Schule. In diese oder jene Schule, manchmal wochen-, manchmal monatelang, aber in jeder neuen Klasse waren ihr die anderen Schüler weit voraus. Kein Lehrer machte sich je die Mühe, die fundamentale Lücke in ihrem Wissen zu entdecken, geschweige denn, sie zu beseitigen. Verwirrt, gelangweilt, apathisch saß sie in der letzten Bankreihe und starrte die unverständlichen Zeichen auf der Buchseite oder der Tafel an, oder sie schwänzte aus »strategischen« Gründen, immer mit stillschweigender Duldung ihrer Mutter. Als sie mit vierzehn die Schule verließ, konnte sie ihren Namen schreiben und die Sätze »Die Katze saß auf der Matte« und »Jim mag Schinken, aber

Jack mag Marmelade« lesen. Und das war ungefähr alles. In der Schule hatte sie eines gelernt – mit Hilfe zahlreicher Ausflüchte und Listen zu verbergen, daß sie weder lesen noch schreiben konnte.

Sie bekam Arbeit in einem Süßwarenladen, natürlich in der Rainbow Street, und lernte einen Marsriegel von einem Crunchie unterscheiden, weil sie verschieden verpackt waren. Als sie siebzehn war, begann die Krankheit, die ihre Mutter seit Jahren bedrohte, ernste Ausmaße anzunehmen. Es war multiple Sklerose, doch es dauerte lange, bevor der Arzt der Parchmans das begriff. Mit fünfzig war Mrs. Parchman an den Rollstuhl gefesselt, und Eunice gab ihre Stellung auf, um die Mutter zu pflegen und den Haushalt zu versorgen. Sie verbrachte ihre Tage von nun an in einer engen, zwielichtigen Welt, denn Unbildung ist eine Form von Blindheit. Die Coverdales hätten, auch wenn man ihnen davon erzählt hätte, nicht geglaubt, daß es eine solche Welt überhaupt gab. Warum hat sie sich nicht selbst etwas beigebracht? hätten sie gefragt. Warum hat sie keine Abendkurse besucht? Warum hat sie keine Stellung angenommen und jemanden eingestellt, der ihre Mutter pflegte? Warum ist sie keinem Klub beigetreten, hat sie sich keine Freunde gesucht? Warum eigentlich nicht? Zwischen den Coverdales und den Parchmans klafft ein tiefer Abgrund. George sagte das selbst sehr häufig, ohne sich völlig im klaren zu sein, was es bedeutete. Für ihn war ein junges Mädchen immer eine Version von Paula oder Melinda, behütet, bewundert, gebildet, geliebt, dazu erzogen, sich zur gehobenen Schicht zu zählen. Nicht so Eunice Parchman, ein großes, derbknochiges, unscheinbares Mädchen mit einem widerspenstigen und mürrischen Ausdruck in den Augen. Sie hatte nie Musik gehört, von

Kirchenliedern und den Melodien von Gilbert und Sullivan abgesehen, die ihr Vater pfiff, wenn er sich rasierte. Sie hatte außer »Der lachende Kavalier« und der Kopie der »Mona Lisa« in der Aula ihrer Schule nie ein bedeutendes Gemälde gesehen, und ihre Unwissenheit war so groß, daß sie nur verständnislos vor sich hin gestarrt hätte, hätte man sie gefragt, wer Napoleon sei und wo Dänemark liege.

Es gab mancherlei, was Eunice konnte. Sie hatte erstaunliche manuelle Fähigkeiten. Sie konnte ausgezeichnet saubermachen, einkaufen, kochen, nähen und die Mutter im Rollstuhl spazierenfahren. War es so überraschend, daß sie nur das tun wollte, was sie konnte? Immer nur das und nichts anderes? Und war es abnormal, daß sie gern mit ihren älteren Nachbarinnen klatschte und die Gesellschaft ihrer Kinder mied, die lesen und schreiben konnten, Stellungen hatten und von Dingen sprachen, die über ihren Verstand gingen? Sie hatte ihre Vergnügungen, aß die Schokolade, die sie liebte und die sie plump machte, sie plättete, putzte Silber und Messing und besserte das Familieneinkommen auf, indem sie für die Nachbarinnen strickte. Mit dreißig war sie noch nie in einem öffentlichen Gebäude gewesen, hatte noch nie ein Theater besucht, kein größeres Restaurant als ein Café betreten, keinen Freund gehabt, weder Make-up benutzt noch sich beim Friseur die Haare legen lassen. Zweimal war sie mit Mrs. Samson von nebenan im Kino gewesen und hatte die Hochzeit und die Krönung der Königin bei Mrs. Samson im Fernsehen angeschaut. Zwischen ihrem siebten und zwölften Lebensjahr war sie zweimal mit Fernzügen gereist. Das war die Geschichte ihrer Jugend.

Tugend mag die ganz natürliche Begleiterscheinung dieser unnatürlichen Abgeschiedenheit sein. Eunice hatte nur selten Gelegenheit, Böses zu tun, aber sie fand diese Gelegenheit oder führte sie herbei.

»Eins habe ich Eunice jedenfalls beigebracht«, pflegte ihre Mutter zu sagen, »sie kann Recht von Unrecht unterscheiden.« Es war ein dahingeplappertes Klischee, so automatisch wie das Quaken einer Ente, aber bedeutungsloser. Die Parchmans hatten nicht die Fähigkeit zu denken, bevor sie sprachen, oder überhaupt viel zu denken.

Das einzige, das Eunice aus ihrer Apathie riß, war der unwiderstehliche Drang, der sie manchmal überkam. Der Drang, plötzlich alles fallenzulassen und zu gehen, stundenlang nur zu gehen. Oder ein Zimmer auszuräumen. Oder ein Kleid aufzutrennen und mit geringfügigen Änderungen wieder zusammenzunähen. Diesem Drang gab sie immer nach. Fest in ihren schäbigen Mantel eingeknöpft, einen Schal um ihr noch immer schönes, dichtes braunes Haar gebunden, lief sie Meile um Meile, manchmal sogar über die Themsebrücken bis ins West End. Auf diesen Spaziergängen erwarb sie sich ihre einzige Bildung. Sie sah Dinge, die man nicht in der Schule lernt, auch dann nicht, wenn man lesen kann. Und ihr Instinkt, der nicht durch das Lesen verbildet oder unterdrückt worden war, sagte ihr, was die Dinge bedeuteten, die sie zu sehen bekam. Im West End sah sie Prostituierte, im Park sah sie Paare, die sich liebten, auf versteckten Plätzen Homosexuelle, die sich scheu in den Schatten drückten und darauf warteten, daß jemand vorbeikam, der sich von ihnen ansprechen ließ. Eines Abends sah sie, wie ein Mann, der in der Rainbow Street wohnte, einen Jungen ansprach und mit ihm im Gebüsch verschwand. Eunice hatte das Wort Erpressung nie gehört. Sie wußte nicht, daß der beliebte Zeitvertreib, jemand zu bedrohen und dann Geld von ihm zu fordern, vom Gesetz mit schwerer Strafe belegt wird. Doch ebensowenig hatte Kain vermutlich das Wort Mord gehört, bevor er seinen Bruder erschlug. Doch im Menschen leben uralte Instinkte, die eine praktische Unterweisung in mancherlei Dingen überflüssig machen. Sehr wahrscheinlich glaubte Eunice, etwas besonders Originelles zu tun. Sie wartete, bis der Junge fort war, und sagte dann dem Nachbarn, sie würde seiner Frau alles erzählen, wenn er ihr nicht in Zukunft zehn Shilling wöchentlich zukommen ließe. In Angst und Schrecken versetzt, erklärte er sich einverstanden und gab ihr jahrelang wöchentlich die geforderte Summe.

Ihr Vater war als junger Mann sehr religiös gewesen. Er gab ihr einen alttestamentarischen Namen und betonte diese Tatsache hin und wieder im Scherz, wobei er den Namen griechisch aussprach.

»Was bekomme ich heute zum Abendessen, Eu-nicey, Mutter des Timotheus?«

Das ärgerte Eunice. Es nagte an ihr. Zog sie schon damals ganz vage die Möglichkeit in Betracht, daß sie nie Mutter werden würde? Die Gedanken der Ungebildeten sind auf Bilder und sehr einfache Worte beschränkt. Eunices Wortschatz war klein. Sie sprach in Klischees und Schlagworten, die sie von ihrer Mutter und ihrer Tante Mrs. Samson, die in derselben Straße wohnte, aufgeschnappt hatte. War sie neidisch, als ihre Cousine heiratete? War außer der Habgier auch Bitterkeit in ihrem Herzen, als sie anfing, eine verheiratete Frau, die ein Verhältnis mit einem Handelsvertreter hatte, um weitere zehn Shilling zu erpressen? Sie sprach mit niemandem über ihre Gefühle oder über ihre Ansichten.

Mrs. Parchman starb, als Eunice siebenunddreißig war, und ihr Witwer übernahm sofort ihr Erbe als Familieninvalide. Vielleicht dachte er, Eunices Dienste seien zu gut, um vergeudet zu werden. Er hatte seit jeher schwache Nieren gehabt, jetzt kultivierte er auch noch sein Asthma und legte sich ins Bett.

»Ich weiß nicht, wo ich ohne dich wäre, Eu-nicey, Mutter des Timotheus.«

Wahrscheinlich heute noch am Leben und in Tooting.

Eunices unwiderstehlicher Drang trieb sie eines Tages dazu, einen Bus zu besteigen und diesen Tag in Brighton zu verbringen; ein anderer zwang sie, das Wohnzimmer auszuräumen und die Wände rosa zu streichen. Ihr Vater kam für etwa vierzehn Tage ins Krankenhaus.

»Hauptsächlich, um Ihnen eine Atempause zu gönnen, Miss Parchman«, sagte der Arzt. »Er kann jederzeit sterben, kann aber auch noch jahrelang leben.«

Doch nichts wies darauf hin, daß er daran dachte, in nächster Zukunft hinzuscheiden. Eunice brachte ihm Fisch, machte ihm Steak- und Nierenpudding, schürte das Feuer in seinem Schlafzimmer und holte heißes Wasser, um ihn zu rasieren, während er »Der König der Liebe ist mein Hirte« und »Ich bin der HERR der höchste Richter« vor sich hin pfiff. Eines strahlenden Frühlingsmorgens setzte er sich, kräftig und mit rosigen Wangen, im Bett auf und sagte mit der klaren Stimme eines Menschen, der durch und durch gesunde Lungen hat:

»Du kannst mich einpacken, in Mas Rollstuhl setzen und in den Park fahren, Eu-nicey, Mutter des Timotheus.«

Eunice antwortete nicht. Sie zog ein Kissen unter seinem Kopf heraus und preßte es ihm fest auf das Gesicht. Er wehrte sich und schlug um sich, aber nur eine Weile, nicht sehr lange. Seine Lungen waren also doch nicht so gesund. Eunice hatte kein Telefon. Sie holte den Arzt. Er stellte keine Fragen und füllte den Totenschein aus.

Sie war frei.

Aber sie war auch vierzig Jahre alt und wußte nicht, was sie mit ihrer Freiheit anfangen sollte. Sie sollte diesen lächerlichen Mangel bei sich ausmerzen und endlich lesen und schreiben lernen, hätte George Coverdale gesagt. Sie sollte irgendeinen Beruf erlernen. Untermieter aufnehmen. Sich ein gesellschaftliches Leben schaffen. Eunice tat nichts von alldem. Sie blieb in dem Haus in der Rainbow Street, für das sie eine sehr geringe Miete zahlte, und sie hatte ihre Einkünfte als Erpresserin, die jetzt zwei Pfund pro Woche betrugen. Als seien diese dreiundzwanzig Jahre nicht gewesen, die besten Jahre ihrer Jugend wie ein Lidschlag vergangen, kehrte sie in den Süßwarenladen zurück und arbeitete dort dreimal wöchentlich.

Auf einem ihrer Spaziergänge sah sie Annie Cole mit einem Rentenbuch in der Hand ein Postamt in Merton betreten. Eunice erkannte ein Rentenbuch, wenn sie es sah. Ihr Vater hatte ihr gezeigt, wo sie als seine Bevollmächtigte unterschreiben mußte. Und sie kannte auch Annie Cole vom Sehen, hatte sie beim Verlassen des Krematoriums beobachtet, bevor Mr. Parchmans Trauerzug eingetroffen war. Annie Coles Mutter war gestorben, aber Annie Cole bezog weiterhin ihre Rente und erzählte dem Schalterbeamten, ihrer Mutter gehe es heute recht gut. Der Vorteil des Analphabetentums ist, daß man ein ausgezeichnetes visuelles Gedächtnis und ein fast absolutes Erinnerungsvermögen entwickelt.

Auf diese Weise wurde Annie Eunices nächstes Opfer und ihre Schreibhilfe. Da ihr Eunices Vorgehen in der Welt des Jeder-gegen-jeden ganz natürlich vorkam, nahm Annie es ihr auch nicht übel und wurde die engste Freundin, die Eunice je gehabt hatte. Das sollte sich erst ändern, als Joan Smith auf der Bildfläche erschien. Allerdings wurde es langsam Zeit, die Mutter auch offiziell sterben zu lassen, denn Annie bekam es langsam mit der Angst. Doch Eunice, als Nutznießerin, ließ es nicht zu. Annie beschloß daher, Eunice loszuwerden, und nachdem sie die hausfraulichen Tugenden der Erpresserin immer wieder über den grünen Klee gelobt hatte, zeigte sie ihr eines Tages ganz beiläufig das Inserat der Coverdales.

»Du könntest fünfunddreißig Pfund die Woche bei freier Kost und Logis bekommen«, sagte sie. »Ich habe schon immer gesagt, in dem Laden verschwendest du nur deine Zeit.«

Eunice kaute an ihrem gefüllten Cadbury-Riegel. »Ich weiß nicht«, sagte sie. Es war die Antwort, die man am häufigsten von ihr bekam.

»Dein Haus fällt allmählich ein. Man spricht schon lange davon, daß man diese Reihe abreißen will. Es wäre kein Verlust, dessen bin ich sicher.« Annie betrachtete die *Times,* die sie rein zufällig aus einer Abfalltonne gefischt hatte. »Es klingt doch alles richtig nett. Warum schreiben wir den Leuten nicht und warten ab, was wird? Wenn es dir nicht gefällt, brauchst du ja nicht hinzugehen.«

»Du kannst schreiben, wenn du willst«, sagte Eunice.

Wie alle näheren Bekannten vermutete Annie, daß Eunice Analphabetin oder zumindest Halbanalphabetin war, aber genau wußte es keiner. Manchmal schien Eunice Zeitschriften zu lesen, und sie leistete alle notwendigen Unterschriften. Es gibt schließlich viele Leute, die nie lesen oder schreiben, obwohl sie es können. Also schrieb Annie den Brief an Jacqueline, und sie war es auch, die Eunice auf die Unterredung entsprechend vorbereitete.

»Sag auf jeden Fall ›gnädige Frau‹ zu ihr, und sprich erst, nachdem sie dich angeredet hat. Meine Mutter war als junges Mädchen im Dienst und wußte daher genau Bescheid. Ich kann dir eine Menge von ihren Tips geben.« Arme Annie. Sie hatte ihre Mutter über alles geliebt und sich mit dem Rentenschwindel nicht nur bereichern, sondern vor allem ihre Mutter in einem gewissen Sinn am Leben erhalten wollen. »Ich kann dir auch Mutters Schuhe leihen«, sagte sie. »Sie dürften ungefähr deine Größe haben.«

Es klappte. Noch bevor Eunice zum Denken kam, war sie bei den Coverdales als Haushälterin engagiert, und obwohl sie fünfundzwanzig und nicht fünfunddreißig Pfund in der Woche bekam, kam es ihr wie ein Vermögen vor. Und doch, warum ließ sie sich so leicht überreden, sie, die wie ein wild lebendes Tier an ihre Höhle und an ihr Revier gebunden war?

Nicht, um Neuland zu erforschen, des Abenteuers oder des pekuniären Vorteils wegen, nicht einmal um zu beweisen, daß hausfrauliche Tugenden in ihr steckten. Hauptsächlich nahm sie die Stellung an, um der Verantwortung aus dem Weg zu gehen.

Solange ihr Vater am Leben war, waren die Dinge in so mancher Hinsicht zwar schlecht, in einer Beziehung jedoch gut gewesen. Er hatte die Verantwortung für die Miete, die Gemeindesteuer, die Rechnungen für Gas, Strom und Reparaturen übernommen, hatte Formulare ausgefüllt und gelesen, was gelesen werden mußte. Eunice brachte die Steuer in bar ins Rathaus, zahlte Gas- und Stromrechnung auf dieselbe Weise. Aber sie konnte keinen Fernseher mieten oder auf Raten kaufen, denn dazu hätte sie Formulare ausfüllen müssen. Briefe und Rundschreiben kamen. Sie konnte sie nicht lesen. Lowfield Hall war daher die optimale Lösung für sie, dort würde man sich auf die einzige Art und Weise um sie kümmern, die sie interessierte.

Das Haus wurde dem erstaunten und darüber hocherfreuten Hauswirt überlassen, und Mrs. Samson sorgte für den Verkauf der Möbel. Eunice beobachtete mit unergründlicher Miene, mit welcher Gleichgültigkeit der Mann ihren Besitz taxierte. Was sie behalten wollte, packte sie in zwei Koffer, die sie sich von Mrs. Samson geliehen hatte. In ihrem blauen Rock, einem handgestrickten blauen Jumper und einem marineblauen Regenmantel verabschiedete sie sich von der freundlichen Nachbarin, ihrer Beinahemutter, die dabei gewesen war, als ihre Mutter sie geboren hatte.

»Nun, ich geh jetzt«, sagte Eunice.

Mrs. Samson küßte sie auf die Wange, bat sie jedoch nicht, ihr zu schreiben, denn sie war der einzige lebende Mensch, der wußte, daß Eunice es nicht konnte.

Auf dem Bahnhof Liverpool Street sah Eunice zum erstenmal seit vierzig Jahren Züge – richtige Züge, keine Untergrundbahnen. Aber wie sollte sie den finden, den sie nehmen mußte? Der Fahrplan mit den Abfahrtszeiten, weiße Schrift auf schwarzem Grund, bestand für sie aus sinnlosen Hieroglyphen.

Sie haßte es zu fragen, doch es blieb ihr gar nichts anderes übrig.

»Auf welchem Bahnsteig fährt der Zug nach Stantwich ab?«

»Das steht auf dem Fahrplan, meine Dame.«

Und sie fragte den nächsten. »Auf welchem Bahnsteig fährt der Zug nach Stantwich ab?«

»Da steht's doch. Bahnsteig dreizehn. Können Sie nicht lesen?«

Nein, sie konnte nicht lesen, aber sie wagte nicht, es zuzugeben. Endlich saß sie im Zug, und es mußte der richtige sein, denn inzwischen hatten es ihr elf Leute gesagt. Der Zug brachte sie aufs Land hinaus und führte sie zurück in die Vergangenheit. Sie war wieder ein kleines Mädchen, fuhr mit ihrer Schule nach Taunton und in Sicherheit, und das ganze Leben lag noch vor ihr. Namenlos und fremd flogen die einzelnen Stationen vorüber. Stantwich würde sie jedoch erkennen, denn dort endeten der Zug und ihre Zukunft.

5

Sie mußte einfach versagen. Sie hatte keine Ausbildung und keine Erfahrung. Leute wie die Coverdales hatte sie bisher nie gekannt, und sie fügte sich nicht ein, war nicht anpassungsfähig. Sie war nie bei einer Party gewesen und hatte noch weniger selbst eine gegeben, nie einen Haushalt geführt – außer dem ihrer Eltern in der Rainbow Street. Das Dienen war nicht Familientradition, und niemand, den sie kannte, hatte je Bedienstete gehabt, ja, nicht einmal eine Putzfrau. Es war unvermeidlich, daß sie jämmerlich versagte.

Doch sie hatte Erfolg und übertraf ihre eigenen schwerfälligen Hoffnungen und Jacquelines Träume.

Natürlich wollte Jacqueline im Grunde gar keine Haushälterin. Sie wollte keine Organisatorin oder Managerin, sondern ein gehorsames, arbeitswilliges Mädchen für alles. Und Gehorsam und harte Arbeit war Eunice gewöhnt. Sie war genau das, was die Coverdales wollten, offenbar ohne eigene Persönlichkeit, ohne sich ihrer Rechte bewußt zu sein und ohne jene Neugier, die Angestellte dazu verführt zu schnüffeln. Sie war ruhig und respektabel, nicht paranoisch, außer in einer besonderen Beziehung, und ihr fehlte ganz und gar der heutzutage so beliebte Anspruch, sich zur selben sozialen Schicht zu zählen wie ihre Arbeitgeber. Ästhetische Wertmaßstäbe kannte sie nur im Hinblick auf Haushaltsgegenstände. Für Eunice war ein Kühlschrank schön, aber eine Blume nur eine Blume, das Material eines Vorhangs herrlich, ein Vogel oder ein Tier bestenfalls hübsch. Sie war nicht imstande zu differenzieren, soweit es ästhetische Werte betraf, kannte nicht den Unterschied zwischen einer Vase aus Meißner Porzellan und einer teflonbeschichteten Bratpfanne. Beide waren »nett« und wurden von ihr mit derselben Sorgfalt behandelt.

Das waren die Gründe für ihren Erfolg. Von Anfang an machte sie einen guten Eindruck. Nachdem sie den letzten Bounty-Riegel gegessen hatte, der noch aus Liverpool Street stammte, stieg sie aus dem Zug. Nun, da sie nichts mehr zu entziffern brauchte, war sie auch nicht mehr nervös. Das Wort »Ausgang« konnte sie lesen, das war kein Problem. Jacqueline hatte ihr nicht gesagt, woran sie George erkennen würde, aber George erkannte sie nach der nicht sehr schmeichelhaften Schilderung seiner Frau. Melinda war bei ihm, das hatte Eunice verwirrt, die nach einem einzelnen Mann Ausschau gehalten hatte.

»Ich freue mich, Sie kennenzulernen«, sagte sie, reichte ihnen die Hand, lächelte nicht, musterte sie nicht, sondern betrachtete nur den großen weißen Wagen.

George setzte sie auf den Beifahrersitz. »Auf diese Weise sehen Sie mehr von unserer schönen Landschaft, Miss Parchman.«

Das Mädchen schwatzte ununterbrochen und überfiel Eunice gelegentlich mit einer Frage. »Gefällt es Ihnen auf dem Land, Miss Parchman?« – »Waren Sie schon mal im Hochmoor?« – »Ist Ihnen in dem Mantel nicht zu warm?« – »Ich hoffe, Sie mögen gefüllte Weinblätter? Meine Stiefmutter bereitet sie für heute abend zu.«

Eunice antwortete wie betäubt mit einem einfachen Ja oder Nein. Sie wußte nicht, ob man gefüllte Weinblätter aß, ansah oder sich daraufsetzte. Aber sie antwortete mit ruhiger Höflichkeit und lächelte ab und zu auf ihre sparsame und gezwungene Art.

George gefiel diese respektvolle Zurückhaltung. Ihm gefiel auch, wie sie dasaß, die Knie beisammen, die Hände im Schoß gefaltet. Ihm gefiel sogar ihre Kleidung, die einem objektiveren Beobachter eher wie die Standardausstattung einer Gefängniswärterin vorgekommen wäre. Weder er noch Melinda hatten das Gefühl, daß etwas Kaltes und Abstoßendes von ihr ausgehe.

»Fahr den Umweg durch Greeving, Daddy, damit Miss Parchman das Dorf sieht«, sagte Melinda.

Auf diese Weise bekam Eunice das Haus ihrer zukünftigen Komplizin zu Gesicht, bevor sie das ihrer Opfer sah. Postamt und Dorfladen, Inhaberin N. Smith. Joan Smith, die unterwegs war, um religiöse Traktätchen zu verteilen, sah sie nicht.

Doch selbst wenn Joan Smith dagewesen wäre, hätte Eunice sie kaum beachtet. Menschen interessierten sie nicht. Ebensowenig die Landschaft oder eines der hübschesten Dörfer in Suffolk. Greeving war für sie nur ein Haufen alter Häuser, Dachstroh und Lehm und eine Menge Bäume, die das Licht ausschlossen. Aber sie fragte sich, was man wohl anstellte, wenn man plötzlich Appetit auf ein Stück Fisch oder – wie sie oft – auf ein Pfund Pralinen hatte?

Lowfield Hall. Für Eunice hätte es der Buckinghampalast sein können. Sie wußte nicht, daß ganz gewöhnliche Leute in solchen Häusern lebten, die einer Königin oder einem Filmstar angemessen waren. In der Halle trafen alle fünf zum erstenmal zusammen. Jacqueline, die sich zu jeder Gelegenheit umzog, trug smaragdgrüne Samthosen, ein rotes Seidenhemd und einen Schal von Gucci, um ihre neue Angestellte zu begrüßen. Sogar Giles war da. Auf der Suche nach seinem Lehrbuch für Hindi war er in diesem besonderen Augenblick durch die Halle gekommen, und seine Mutter hatte ihn festgehalten und überredet zu bleiben, damit sie ihn Miss Parchman vorstellen konnte.

»Guten Abend, Miss Parchman. Haben Sie eine gute Reise gehabt? Das ist mein Sohn Giles.«

Giles nickte zerstreut und floh, ohne ein einziges Mal zurückzublicken, die Treppe hinauf. Eunice bemerkte ihn kaum. Sie betrachtete das Haus und seinen Inhalt. Es war beinahe zuviel für sie. Sie glich der Königin von Saba, als sie König Salomon sah – es war kein Feuer mehr in ihr. Doch ihr Erstaunen malte sich weder auf ihrem Gesicht, noch drückte es sich in ihrem Verhalten aus. Sie stand inmitten von Antiquitäten, Blumenschalen und Blumenvasen auf dem dicken Teppich, und ihr Blick fiel zuerst auf die Standuhr, dann auf ihr eigenes Bild in einem riesigen Spiegel mit goldenen Schnörkeln an den

Kanten. Sie war halb betäubt. Die Coverdales verwechselten ihr Benehmen mit Haltung, der stummen, selbstgenügsamen Zurückhaltung des guten Dienstboten.

»Ich zeige Ihnen jetzt Ihr Zimmer«, sagte Jacqueline. »Heute abend haben Sie noch nichts zu tun. Wir gehen hinauf, und jemand bringt Ihnen dann Ihr Gepäck.«

Das Zimmer war groß und freundlich. Den Boden bedeckte ein olivfarbener Wilton, die Tapete war hellgelb mit weißen Längsstreifen. Zwei Lehnsessel in dunklerem Gelb, ein mit Kretonne bezogenes Sofa, ein Bett mit einer Tagesdecke aus demselben Material und ein langer Einbauschrank bildeten die Einrichtung. Aus den Fenstern hatte man eine herrliche Aussicht – die Aussicht schlechthin –, wie sie kein anderes Zimmer des Hauses bot.

»Ich hoffe, es gefällt Ihnen.«

Außer den schon genannten Möbelstücken gab es noch einen leeren Bücherschrank – der leer bleiben sollte –, eine Schale mit weißem Flieder auf einem Kaffeetischchen, zwei Lampen mit orangefarbenen Schirmen, zwei gerahmte Reproduktionen von Gemälden von Constable: »Willy Lott's Cottage« und »Das springende Pferd«. Das Badezimmer war hellgrün ausgestattet, und auf einem vorgeheizten Halter hingen olivgrüne Handtücher.

»Ihr Abendessen steht in einer halben Stunde in der Küche für Sie bereit. Es ist die Tür am Ende des Flures hinter der Treppe. Und jetzt lasse ich Sie wohl am besten eine Weile allein. Oh, hier ist mein Sohn mit Ihrem Gepäck.«

Giles war von George festgehalten und mit Schmeicheleien überredet worden, die beiden Koffer heraufzutragen. Er ließ sie auf den Boden fallen und ging. Eunice beachtete ihn nicht, ebensowenig wie sie im großen und ganzen seine Mutter beachtet hatte. Sie betrachtete den einzigen Gegenstand, der sie hier wirklich interessierte – den Fernseher. Das war es, was sie immer gewollt hatte, aber sie war nicht fähig gewesen, es zu kaufen oder zu mieten. Nachdem sich die Tür hinter Jacqueline geschlossen hatte, ging Eunice auf den Apparat zu, sah ihn an und schaltete ihn endlich mit der Miene eines Menschen ein, der entschlossen ist, etwas sehr Gefährliches zu benutzen, das explodieren konnte, aber benutzt werden mußte.

Auf dem Bildschirm erschien ein Mann mit einer Pistole. Er bedrohte eine Frau, die hinter einem Stuhl kauerte. Es folgte ein Schuß, und die Frau floh schreiend einen Flur entlang. So geschah es, daß der allererste Filmausschnitt, den Eunice in ihrem eigenen Fernseher sah, von Gewalttätigkeit und Feuerwaffen handelte. Stimulierten er und seine zahlreichen Nachfolger ihre eigene latente Gewalttätigkeit und lösten Wellen der Aggression aus? Schlug das fiktive Drama Wurzeln im Verstand der Analphabetin und trug schließlich furchtbare Früchte?

Vielleicht. Aber wenn das Fernsehen sie anregte, die Coverdales zu töten, hatte es bei dem Mord an ihrem Vater ganz gewiß keine Rolle gespielt. Als sie ihn mit dem Kissen erstickte, hatte sie nur die Hochzeit und die Krönung der Königin auf dem Bildschirm gesehen.

Obwohl sie fernsehsüchtig werden, sich mit dem Apparat einschließen und die Sommerabende mit Hilfe der dichten Vorhänge aussperren sollte, sah sie dieses erste Mal nur zehn Minuten zu. Ihr Abendessen genoß sie mit größter Vorsicht, denn was sie da vorgesetzt bekam, kannte sie nicht. Dann führte Jacqueline sie durch das

Haus und erklärte ihr ihre Pflichten. Die Arbeit machte ihr von Anfang an Spaß. Ein paar kleine Fehler waren nur natürlich. Annie Cole hatte sie gelehrt, einen Tisch zu decken, das konnte sie also, doch am ersten Morgen machte sie Tee statt Kaffee. Eunice hatte noch nie Kaffee gekocht, höchstens ab und zu eine Tasse Instant aufgebrüht. Sie fragte nicht, wie man es machte. Sie stellte nur selten Fragen. Jacqueline vermutete, sie sei eine Kaffeemaschine gewöhnt – Eunice nahm ihr diese Illusion nicht –, während sie einen Filter benutzte. Also zeigte sie ihr, wie man mit dem Filter umging. Eunice sah zu. Sie brauchte eine solche Handhabung nie zweimal zu sehen und konnte auch komplizierte Geräte schon nach der ersten Demonstration bedienen.

»Ich verstehe, gnädige Frau«, sagte sie.

Jacqueline kochte. George oder Jacqueline kauften ein. In der ersten Zeit inspizierte Eunice, wenn Jacqueline ausgegangen war, ganz ohne Hast jeden einzelnen Gegenstand in Lowfield Hall. Das Haus war ihren Maßstäben nach schmutzig gewesen. Es machte ihr großes Vergnügen, es einem gründlichen Frühjahrsputz zu unterziehen. Oh, die herrlichen Teppiche, die Vorhänge, Kissen, das Rosen-, Nußbaum- und Eichenholz, das Glas, das Silber, das Porzellan . . . Das beste von allem aber war die Küche mit Wänden und Schränken aus Kiefernholz, einem Doppelbecken aus Chromstahl, einer Waschmaschine, einem Trockner, einer Spülmaschine. Eunice genügte es nicht, das Porzellan aus dem Salon abzustauben. Es mußte gespült werden.

»Das brauchen Sie wirklich nicht zu tun, Miss Parchman.«

»Ich tue es gern«, sagte Eunice.

Nicht Altruismus, sondern die Furcht, Eunice könnte

etwas zerbrechen, hatte Jacqueline zu der Bemerkung veranlaßt. Aber Eunice zerbrach nie etwas und stellte alles wieder an seinen Platz zurück, und zwar auf den Zentimeter genau. Ihr visuelles Gedächtnis prägte ihrem Gehirn irgendwo saubere, bleibende Fotografien ein.

Die einzigen Dinge in Lowfield Hall, die sie nicht interessierten, die sie sich nicht ansah oder in die Hand nahm, waren der Inhalt des Schreibtischs im Morgenzimmer, die Bücher, Georges Briefe in Jacquelines Toilettentisch. Diese Dinge und, in diesem Stadium, zwei Pistolen.

Ihre Arbeitgeber waren überwältigt.

»Sie ist perfekt«, sagte Jacqueline, die, Georges Hemden für die Reinigung bündelnd, ihre Tätigkeit an Eunice abgeben mußte, weil sie ihr die Hemden aus der Hand nahm, wusch und erstklassig plättete. Und dazwischen entfrostete sie schnell einmal den Kühlschrank und überzog die Betten frisch. »Weißt du, was sie zu mir gesagt hat, Liebling? Sie sah mich bescheiden an, wie das so ihre Art ist, und sagte: ›Geben Sie sie mir. Ich habe jetzt Lust, ein bißchen zu plätten.‹«

Bescheiden? Eunice Parchman?

»Sie ist wirklich sehr tüchtig«, sagte George. »Und es gefällt mir, dich so glücklich und entspannt zu sehen.«

»Nun, ich habe überhaupt nichts zu tun. Abgesehen davon, daß sie uns einmal die grünen Laken auf das Bett gespannt und den Zettel, den ich ihr hinlegte, völlig ignoriert hat, kann ich ihr keinen Fehler ankreiden. Aber es ist natürlich lächerlich, nach der alten Eva und der gräßlichen Ingrid derlei Dinge Fehler zu nennen.«

»Wie kommt sie mit Eva aus?«

»Sie ignoriert sie, denke ich. Ich wünschte, ich hätte die Courage. Weißt du, daß Miss Parchman auch nähen kann? Ich wollte mir an meinem grünen Rock den Saum hochnähen, und sie hat es mir abgenommen und erstklassig gemacht.«

»Wir haben großes Glück gehabt«, sagte George.

So verging der Mai. Die Frühlingsblumen welkten, und die Baumblüte begann. Fasane fielen in die Felder ein und fraßen das grüne Korn. Im Obstgarten sang die Nachtigall. Aber nicht für Eunice. Hasen mümmelten unter den Hecken, und der Mond stieg langsam hinter den Hügeln von Greeving empor, rot und fremdartig wie eine andere Sonne. Aber nicht für Eunice. Sie schloß die Vorhänge und schaltete Lampen und Fernseher ein. Über die Abende durfte sie frei verfügen. Und so wollte sie über sie verfügen. Sie strickte. Aber sobald die Episode einer Serie, die Sportübertragung oder der Krimi sie zu packen begann, sank das Strickzeug in ihren Schoß, und sie beugte sich vor, von einer unschuldigen, kindlichen Begeisterung mitgerissen.

Sie war glücklich. Wäre sie fähig gewesen, ihre Gedanken und Gefühle zu analysieren und sich nach dem Grund zu fragen, hätte sie gesagt, dieses Leben aus zweiter Hand sei besser als das, das sie bisher geführt hatte. Doch wäre sie dazu fähig gewesen, hätte sie sich wahrscheinlich nicht damit zufriedengegeben, ihre Freizeit in dieser trügerischen Welt des Scheins zu verbringen. Ihre Sucht wirft eine Frage auf. Hätte eine soziale Einrichtung der Gesellschaft nicht ungeheuer genützt – und das Leben der Coverdales gerettet –, wenn Eunice Parchmans harmlose Sehnsüchte erkannt worden wären? Wenn man ihr ein Zimmer, eine Rente und einen Fernseher gegeben und ihr für den Rest ihres Lebens erlaubt hätte, ehrfürchtig auf den Bildschirm zu starren? Doch keine soziale Einrichtung kam mit ihr in Kontakt, bis es viel zu spät war. Kein Psychiater hatte sie je zu sehen bekommen. Und auch er hätte die Wurzeln ihrer Neurose nur entdeckt, wenn sie ihm erlaubt hätte, ihr Analphabetentum aufzuspüren. Aber sie hatte es seit der Zeit, in der man von ihr erwarten konnte, daß sie doch noch lesen und schreiben lernte, zu wahrer Meisterschaft gebracht, wenn es galt, diesen Mangel zu verbergen. Ihr Vater, der ausgezeichnet lesen konnte, der in seiner Jugend die Bibel von der ersten bis zur letzten Seite gelesen hatte, war dabei ihr Hauptverbündeter gewesen. Er, der sie zum Lernen hätte anspornen sollen, konspirierte mit ihr, wenn es galt, sich aus den vielen ärgerlichen Schwierigkeiten herauszuwinden, über die sie stolperte.

Wenn eine Nachbarin eine Zeitung brachte und sie Eunice reichte, hatte er stets gesagt: »Gib sie mir, streng dir die Augen nicht an.« Mit der Zeit glaubte jeder in ihrem engen Kreis, daß Eunice stark kurzsichtig war; die einzige Erklärung, die ungebildete, aber des Lesens und Schreibens kundige Menschen dafür finden, daß jemand es nicht kann.

»Sie kann's nicht lesen? Du meinst, sie sieht es nicht.«

Als Kind hatte sie nie das Verlangen gehabt zu lesen. Als sie älter wurde, hatte sie es lernen wollen, doch wer sollte sie unterrichten? Sich einen Lehrer zu nehmen oder es auch nur zu versuchen hätte Preisgabe bedeutet. Sie hatte angefangen, die Menschen zu meiden, die alle nur darauf aus zu sein schienen, ihr das Geheimnis zu entlocken. Nach einiger Zeit wurde es ihr zur Gewohnheit auszuweichen, sich zu isolieren, obwohl der Grund für ihre Menschenfeindlichkeit halb in Vergessenheit geraten war.

Dinge konnten sie nicht verletzen – die Möbel, Bilder

und Nippes, der Fernseher –, sie umarmte sie, sie weckten in ihr das wenige an Gefühl und Wärme, das sie empfinden konnte, während sie den Coverdales die kalte Schulter zeigte. Nicht daß sie sie abweisender behandelt hätte als alle anderen Menschen bisher. Sie benahm sich gegen sie wie zu allen anderen.

George war der erste, der es merkte. Von allen Coverdales war er der empfindsamste und daher der erste, der entdeckte, daß Eunices Vollkommenheit nicht makellos war.

6

Sie saßen am Sonntagmorgen in der Kirche, und Mr. Archer begann mit seiner Predigt. Er wählte den Text: »Das hast du wohlgetan, du guter und getreuer Knecht. Du warst getreu in manchen Dingen. Ich werde dich zum Herrscher über viele Dinge machen.« Jacqueline lächelte George zu und berührte seinen Arm, und er lächelte zufrieden zurück.

Am nächsten Tag erinnerte er sich an dieses Lächeln und dachte, es sei albern, vielleicht sogar allzu selbstzufrieden gewesen.

»Paula ist im Krankenhaus«, sagte Jacqueline, als George nach Hause kam. »Ich finde es gräßlich, wie man heute den Tag festsetzt, an dem ein Baby geboren werden soll. Sie verfrachten dich in dein Bett, geben dir eine Spritze und dann – hei presto!«

»Instantbabys«, sagte George. »Hat Brian angerufen?«

»Seit zwei Uhr nicht mehr.«

»Dann rufe ich ihn an.«

Sie wollten, wie so oft, wenn sie allein waren, im

Damenzimmer essen. Eunice kam herein, um den Tisch zu decken. George wählte, bekam jedoch keine Verbindung. Zwei Minuten nachdem er den Hörer aufgelegt hatte, klingelte das Telefon. Nachdem er Paulas Mann ein paar einsilbige Antworten gegeben und zum Schluß noch »ruf bald wieder an« gesagt hatte, ging er zu Jacqueline hinüber und nahm ihre Hand.

»Es gibt irgendeine Komplikation. Noch ist nichts entschieden, aber sie ist sehr schwach, und wahrscheinlich werden sie das Kind mit einem Kaiserschnitt holen.«

»Liebling, das tut mir so leid, was für ein Kummer!« Sie sagte ihm nicht, er solle sich keine Sorgen machen, es werde bestimmt alles gutgehen, und dafür war er ihr dankbar. »Warum rufst du nicht Dr. Crutchley an? Vielleicht kann er dich beruhigen.«

»Das tu ich. Sofort.«

Eunice verließ das Zimmer. George zollte ihrem taktvollen Schweigen heimlich Anerkennung. Er rief den Arzt an, der sagte, er könne einen Fall, den er nicht kenne, nicht beurteilen, und tröstete George nur insofern, als er ihm sagte, daß heute im allgemeinen keine Frau mehr bei der Geburt eines Kindes sterbe.

Sie aßen zu Abend – oder vielmehr, Giles aß, Jacqueline stocherte im Essen, und George ließ das seine unberührt. Giles machte dem Ernst der Lage und der Sorge der anderen ein einziges Zugeständnis. Er hörte auf zu lesen und starrte ins Leere. Später, als die quälende Ungewißheit vorbei war, sagte Jacqueline lachend zu ihrem Mann, eine solche Geste von Giles sei der aufmunternden Rede und der Flasche Brandy vergleichbar, mit denen jemand anders Zuspruch spendete.

Die Ungewißheit dauerte nicht lange. Brian rief noch zweimal an, und eine halbe Stunde nach dem letzten

Anruf meldete er sich wieder und berichtete, Paula sei durch Kaiserschnitt von einem sieben Pfund schweren Jungen entbunden worden und fühle sich wohl.

Eunice räumte den Tisch ab. Sie mußte alles gehört haben, Georges »Gott sei Dank!«, Jacquelines »Das ist wunderbar, Liebling, ich freue mich so für dich« und Giles' »sehr gut«, bevor er in sein Zimmer hinaufging. Sie mußte die Erleichterung gehört, die Freude gesehen haben. Doch ohne die geringste Reaktion zu zeigen, verließ sie den Raum und schloß die Tür hinter sich.

Jacqueline legte die Arme um George und zog ihn an sich. In diesem Augenblick dachte er nicht an Eunice. Erst als er ins Bett ging und über sich ganz leise den Ton ihres Fernsehers hörte, fiel ihm ihr sonderbar kaltes Verhalten ein. Während sie sich alle geängstigt hatten, hatte sie kein einziges mitfühlendes Wort gefunden, und als die Gefahr vorbei war, kein Wort der Erleichterung. Er hatte nicht bewußt darauf gewartet; hatte zu diesem Zeitpunkt nicht erwartet, daß sie sagte: »Ich freu mich zu hören, daß es Ihrer Tochter gutgeht, Sir«, doch jetzt machte ihn die Unterlassung nachdenklich. Sie beunruhigte ihn. Mangel an Mitgefühl für eine andere Frau, Mangel an Besorgnis für die Menschen, in deren Haus man lebte, waren bei einer Frau unnatürlich. »Das hast du wohlgetan, du guter und getreuer Knecht . . .« Aber das hatte Eunice durchaus nicht wohlgetan.

Um nichts in der Welt hätte George über das Unbehagen, das er empfand, mit Jacqueline gesprochen, die mit ihrer Angestellten so glücklich und zufrieden war. Außerdem hätte er auch keine Bedienstete gewollt, die sich anbiederte, die Angelegenheiten der Familie zu den ihren machte und sich Vertraulichkeiten herausnahm. Er beschloß, die ganze Sache zu vergessen.

Und das tat er auch recht erfolgreich – bis zur Taufe des neuen Babys einen Monat später.

Patrick war in Greeving getauft worden. Der Vikar Mr. Archer war mit den Coverdales befreundet, und im Sommer ist eine Taufe auf dem Land viel schöner als in der Stadt. Paula und Brian und ihre beiden Kinder trafen Ende Juni an einem Samstag in Lowfield Hall ein und blieben bis zum Sonntag. Samstag nachmittag gaben sie eine ziemlich große Taufgesellschaft. Brians Eltern und Geschwister waren ebenso anwesend wie die Roystons, die Jameson-Kerrs, eine Tante von Jacqueline aus Bury und ein paar Cousins von George aus New Market. Die Speisen und Getränke, die Eunice unter Jacquelines Anleitung den Gästen vorsetzte, waren hervorragend. Das Haus hatte noch nie so hübsch ausgesehen, die Champagnergläser waren noch nie so tadellos poliert gewesen. Jacqueline hatte gar nicht gewußt, daß sie so viele weiße Damastservietten besaßen, hatte sie noch nie alle auf einmal und noch nie so frisch gestärkt gesehen. Früher war sie manchmal sogar gezwungen gewesen, Papierservietten zu benutzen.

Bevor sie zur Kirche aufbrachen, kam Melinda in den Salon, um Eunice das Baby zu zeigen. Es sollte Giles getauft werden, und Giles Mont, der jetzt von der Idee geradezu entsetzt war, hatte sich, noch bevor er wußte, wie ihm geschah, dazu verlocken lassen, den Paten zu spielen. Der Kleine trug schon das lange, kostbar bestickte Taufkleid, das auch Melinda, ihr Bruder, ihre Schwester und auch George selbst getragen hatten. Er war ein hübsches Baby, kräftig und rot und frisch. Auf dem Tisch, neben der Torte, lag das Taufbuch der Coverdales, in dem die Namen aller Babys standen, die in dem Kleid getauft worden waren, wann und wo die Taufe stattgefunden hatte und so weiter. Es war aufgeschlagen, damit der neueste Erdenbürger eingetragen werden konnte.

»Ist er nicht süß, Miss Parchman?«

Eunice stand stumm und stocksteif da. George spürte die Kälte, die sie ausstrahlte. Es war, als sei die Sonne untergegangen. Sie lächelte nicht, sie beugte sich nicht über das Baby, berührte nicht sein Kleidchen. Sie sah es an. Es war aber nicht der begeisterte Blick, mit dem sie, wie George beobachtet hatte, beim Tischdecken die Silberlöffel musterte. Nachdem sie den Kleinen flüchtig betrachtet hatte, sagte sie:

»Ich muß weitermachen. Hab viel zu tun.«

Nicht ein einziges Wort bekam er oder Jacqueline im Lauf des Nachmittags über das Baby von ihr zu hören. Sie machte auch keine Bemerkung über das schöne Wetter oder das Glück der jungen Eltern. Kalt, dachte er, sie ist unnatürlich kalt. Oder ist sie einfach nur entsetzlich scheu?

Eunice war nicht scheu. Auch hatte sie sich nicht von dem Kind abgewandt, weil sie vor dem Buch Angst hatte. Nicht direkt. Das Baby interessierte sie einfach nicht. Es träfe jedoch zu, wenn man sagte, sie sei an Babys uninteressiert, weil es auf der Welt Bücher gibt.

Das gedruckte Wort war etwas Entsetzliches für sie, eine persönliche Bedrohung. Sie mußte sich von ihm fernhalten, es meiden, allen ausweichen, die sie damit in Verbindung bringen wollten. Dieses Ausweichen war tief in ihr verwurzelt, geschah nicht mehr bewußt. Alle Quellen der Wärme, die Fähigkeit, Zuneigung zu empfinden, waren dadurch längst vertrocknet. Sich zu isolieren war für sie jetzt etwas ganz Natürliches, und ihr war nicht klar, daß es damit begonnen hatte, daß sie sich vom gedruckten Wort, von Büchern und Handschrift isoliert hatte.

Das Analphabetentum hatte ihr Mitgefühl vertrocknen lassen und ihre Phantasie ausgehungert. Diese beiden und das, was die Psychologen Affekt nennen, die Fähigkeit, sich auf die Gefühle anderer einzustimmen, hatten keinen Platz in ihrem geistig-seelischen Habitus.

General Gordon, der die Moral der Bewohner der belagerten Stadt Khartum heben wollte, erzählte ihnen, Gott sei, als er die Angst unter den Menschen verteilte, am Ende auch zu ihm gekommen. Doch da habe Gott keine Angst mehr übrig gehabt, also sei Gordon erschaffen worden, ohne das Gefühl der Angst in sich zu tragen. Dieses schöne Gleichnis kann man für Eunice variieren. Als Gott zu ihr kam, hatte er keine Phantasie, kein Mitgefühl und keinen Affekt mehr zu verteilen.

Die Coverdales mischten sich geradezu mit Leidenschaft in die Angelegenheiten anderer Leute ein. Sie taten es mit der besten Absicht, andere glücklich zu machen. Wenn es – um einen Lieblingsautor von Giles Mont zu zitieren – nicht das Schlimmste wäre, was man von einem Menschen behaupten kann, dann hätte man sagen können, sie meinten es gut. Sie hatten Angst davor, selbstsüchtig zu sein, denn sie begriffen nie, was Giles instinktiv wußte, daß es nicht Selbstsucht ist, so zu leben, wie man leben möchte. Selbstsucht ist, wenn man das Leben anderer nach seinen Wünschen gestalten will.

»Ich mache mir Sorgen um unser altes Pergamentgesicht«, sagte Melinda. »Findet ihr nicht, daß sie ein gräßliches Leben führt?«

»Ich weiß nicht«, erwiderte Giles. Melinda stattete seinem Zimmer einen ihrer seltenen Besuche ab, saß tatsächlich auf seinem Bett, und das machte ihn glücklich und jagte ihm zugleich Angst ein. »Mir ist nichts aufgefallen.«

»Ach, du – dir fällt ja nie was auf. Aber ich sage dir, es ist so. Sie hat, seit sie bei uns ist, noch nicht ein einziges Mal einen freien Tag genommen. Sie sitzt nur ununterbrochen vor dem Fernseher. Hör zu, er läuft auch jetzt.« Sie ließ eine dramatische Pause eintreten und verdrehte die Augen zur Zimmerdecke. Giles fuhr mit der Tätigkeit fort, der er sich hingegeben hatte, als sie hereingekommen war. Er pinnte Dinge an die Korkplatten, die eine Wand zur Hälfte bedeckten. »Sie muß schrecklich allein sein«, sagte Melinda. »Sie muß ihre Freunde vermissen.« Sie packte Giles am Arm und schwenkte ihn zu sich herum. »Interessiert dich das nicht?«

Ihre Berührung durchfuhr ihn wie ein Schreck, und er wurde rot. »Laß sie in Ruhe. Sie fühlt sich wohl.«

»Das tut sie nicht. Das ist unmöglich.«

»Manche Menschen sind gern allein.« Vage blickte er sich im Zimmer um, auf den unordentlichen Haufen orangefarbener Kleidung, das Durcheinander aus Büchern und Wörterbüchern, die Stapel halb fertiger Aufsätze über Themen, die nicht in seiner Schule behandelt wurden. Er liebte es. Es war besser als jeder andere Ort der Welt, ausgenommen vielleicht die London Library, in die ein gelehrter Verwandter ihn einmal mitgenommen hatte. Leider konnte man in der London Library kein Zimmer mieten, sonst hätte Giles sich längst in ihre Warteliste eingetragen. »Ich bin gern allein«, sagte er.

»Wenn das ein Wink mit dem Zaunpfahl sein soll . . .«

»Nein, nein, ganz bestimmt nicht«, sagte er hastig; und entschlossen, sich ihr zu erklären, begann er mit hoher, erregter Stimme: »Melinda . . .«

»Was? Wo hast du nur dieses gräßliche Poster her? Ist das grüne Gesicht Absicht?«

Giles seufzte. Der Augenblick war dahin. »Lies mein ›Wort des Monats‹.«

Es war mit grüner Tinte auf ein Stück Papier geschrieben, das an der Korkwand hing. Melinda las laut: »Warum sollen sich die Generationen überhaupt überschneiden? Warum können wir nicht als Eier in hübsche, kleine Zellen eingepflanzt werden, eingehüllt in zehn oder zwanzig Tausendpfundnoten der Bank von England, und aufwachen wie die Grabwespen, um festzustellen, daß Papa und Mama einen nicht nur glänzend versorgt haben, sondern ein paar Wochen vorher von Spatzen verschlungen worden sind?«

»Gut, nicht wahr? Es stammt von Samuel Butler.«

»Das kannst du dir nicht an die Wand hängen, Stief. Wenn Daddy oder Jackie es sehen, flippen sie total aus. Außerdem dachte ich, du sollst dich mit den Klassikern beschäftigen.«

»Ich werde mich vielleicht mit gar nichts beschäftigen«, sagte Giles. »Ich gehe vielleicht nach Indien. Du« – das war wirklich wagemutig – »hast wohl keine Lust mitzukommen?«

Melinda verzog das Gesicht. »Ich wette, du gehst nicht. Du weißt, daß du's nicht tust. Du versuchst nur, einem Thema auszuweichen, das dir menschliche Teilnahme abverlangen könnte. Ich wollte dich bitten, mit mir hinunterzugehen, Daddy zu stellen und ihn zu zwingen, etwas für sie zu tun. Aber ich wette, du sagst gleich, daß du nicht mitgehst.«

Giles fuhr sich mit den Fingern durch das Haar. Er hätte ihr gern einen Gefallen getan. Sie war der einzige Mensch, für den er gern etwas getan hätte. Doch es gab

Grenzen. Nicht einmal ihretwegen konnte er gegen seine Grundsätze handeln und seine Natur verleugnen. »Nein«, sagte er, und düster, fast bekümmert, etwas wie Hoffnungslosigkeit im Gesicht, »nein, das tu ich nicht.«

»Verrückt«, sagte Melinda und hüpfte hinaus.

Ihr Vater und Jacqueline schlenderten in der mittsommerlichen Dämmerung durch den Garten und betrachteten, was Jacqueline während des Tages getan hatte. Der schwere Duft der ersten Tabaksblüten hing in der Luft.

»Ich habe nachgedacht, meine Schätze«, sagte Melinda. »Wir sollten wegen des armen alten Pergamentgesichts etwas unternehmen, mit ihr wegfahren, sie für irgend etwas interessieren.«

Ihre Stiefmutter lächelte kühl. In mancher Beziehung füllte Jacqueline die Rolle der Überempfindlichen aus, die Giles ihr zugedacht hatte. »Nicht jeder ist so extravertiert wie du.«

»Und ich finde, du hast das ›Pergamentgesicht‹ – schon ein bißchen überstrapaziert, Melinda«, sagte George. »Du bist nicht mehr das ungezogenste Mädchen der sechsten Klasse.«

»Jetzt weichst du mir aus.«

»Nein, das tun wir nicht. Jackie und ich haben schon darüber gesprochen. Wir wissen sehr gut, daß Miss Parchman ihren freien Tag noch nie beansprucht hat, aber vielleicht weiß sie nicht, wohin sie sollte, und ohne Wagen ist es auch schwierig.«

»Dann leih ihr einen Wagen. Wir haben zwei.«

»Das wollen wir. Möglich, daß sie zu schüchtern ist zu fragen. Ich halte sie für sehr schüchtern.«

»Unterdrückt von der herrschenden Klasse«, sagte Melinda.

Es war Jacqueline, die Eunice den Vorschlag unterbreitete.

»Ich kann nicht fahren«, antwortete Eunice. Es machte ihr nichts aus, das zu sagen. Es gab nur zwei Dinge, die sie um keinen Preis der Welt zugegeben hätte. In ihrem Bekanntenkreis hatte kaum jemand Auto fahren können, und in der Rainbow Street hatte man Frauen am Steuer als sehr seltsame Wesen angesehen. »Ich habe es nie gelernt.«

»Wie schade. Ich wollte Ihnen nämlich sagen, daß Sie sich meinen Wagen ausleihen könnten. Ich weiß wirklich nicht, wie Sie ohne Fahrzeug ein bißchen herumkommen sollen.«

»Ich kann mit dem Bus fahren.« Eunice vermutete unklar, daß ein roter Doppeldecker über die schmalen Landstraßen schaukelte, so häufig und so regelmäßig wie der Achtundachtziger in Tooting.

»Genau das können Sie nicht. Die nächste Bushaltestelle ist zwei Meilen entfernt, und der Bus fährt nur dreimal täglich.«

Ebenso wie George einen Fehler an seiner perfekten Haushälterin entdeckt hatte, glaubte Eunice jetzt am Horizont eine kleine Wolke zu sehen, die ihr friedliches Leben bedrohte. Zum erstenmal ließ ein Coverdale Anzeichen erkennen, daß er es ändern wollte. Voller Unbehagen wartete sie auf den nächsten Schritt; und sie mußte nicht lange warten.

Als Oberhaupt aller Coverdales war George der Erzeinmischer. Angestellte wurden in sein Büro zitiert, in Eheangelegenheiten beraten, bekamen Tips, wie sie ihre Hypotheken schneller abtragen und ihren Kindern eine bessere Ausbildung zukommen lassen konnten. Die Matronen der Familien Meadows, Higgs und Carter waren es gewohnt, daß er in ihren Cottages auftauchte und ihnen sagte, sie sollten endlich diesen oder jenen Handwerker bestellen und diese und jene Gemüsesorte in ihrem Gärtchen nicht anpflanzen. Ein riesig netter Mann war das, dieser Mr. Coverdale, doch auf das, was er sagte, brauchte man gar nicht zu hören. »Als meine Großmutter noch lebte, war das natürlich anders. Damals war der Squire der Squire, doch die alten Zeiten sind vorbei. Gott sei Dank!« George aber mischte sich weiterhin ein, zum Wohl der anderen.

Er suchte die Löwin in ihrer Höhle auf. Sie sah sehr zahm aus und war auf durch und durch weibliche Art beschäftigt. Sie plättete Georges Hemden.

»Ja, Sir?« Das scheckige Haar war ordentlich gekämmt, und sie trug ein blau-weiß kariertes Baumwollkleid.

Sein Leben lang war George von Frauen umhegt worden, doch bisher hatte noch keine versucht, seine Frackhemden zu waschen, zu stärken und zu plätten. Wenn George überhaupt je daran dachte, dann glaubte er, mit diesen Handlungen sei etwas Mystisches verbunden, und deshalb könnten sie nur in einer Wäscherei von einer klugen Maschine durchgeführt werden. Er lächelte anerkennend: »Wie ich sehe, störe ich eine Expertin bei ihrer äußerst diffizilen Aufgabe. Sie machen das großartig, Miss Parchman.«

»Ich plätte gern«, sagte Eunice.

»Das freut mich, aber ich glaube nicht, daß es Ihnen ebensogut gefällt, die ganze Zeit in Lowfield Hall eingesperrt zu sein, nicht wahr? Deswegen möchte ich mit Ihnen sprechen. Meine Frau hat mir erzählt, Sie hätten in Ihrem fleißigen Leben nie Zeit gehabt, Auto fahren zu lernen. Hab ich recht?«

»Ja«, sagte Eunice.

»Ich verstehe. Nun, das könnten wir ändern. Wie wäre es, wenn Sie Fahrstunden nehmen würden? Die ich selbstverständlich bezahle. Sie sorgen gut für uns, und wir würden gern etwas für Sie tun.«

»Es geht nicht«, sagte Eunice, die schwer nachgedacht hatte. Und dann folgte ihre Lieblingsentschuldigung. »Ich habe schlechte Augen.«

»Sie tragen doch keine Brille.«

»Das sollte ich aber. Ich warte darauf, daß ich eine neue bekomme.«

Bei eingehenderer Befragung entlockte er Eunice, daß sie eine Brille tragen sollte, und eine neue gebraucht hätte, als sie nach Greeving kam, die Sache aber »schleifen ließ«. Sie könne jedoch nicht einmal mit Brille ein Nummern- oder ein Straßenschild lesen. Sie müsse sich sofort die Augen untersuchen lassen, sagte George. Er wolle selbst dafür sorgen und sie nach Stantwich fahren.

»Ich schäme mich«, sagte er später zu Jacqueline. »Die ganze Zeit über war die arme Frau so blind wie eine Fledermaus. Jetzt, da ich den Grund dafür kenne, kann ich dir ja gestehen, daß ich ihre Zurückhaltung allmählich ziemlich abstoßend fand.«

Schreck malte sich in ihrem Blick. »O George, das darfst du nicht sagen! Seit wir sie haben, hat sich unser Leben sehr zum Guten verändert.«

»Ich sage gar nichts, Liebling. Ich verstehe ja, daß sie viel zu schüchtern ist, um uns zu gestehen, wie kurzsichtig sie ist.«

»Die arbeitenden Klassen sind in dieser Beziehung einfach lächerlich«, sagte Jacqueline, die gern alle Qualen der Hölle erduldet hätte, um Kontaktlinsen tragen zu können, und lieber in sämtliche Wände hineingerannt wäre, als eine Brille aufzusetzen.

Mit Georges Entdeckung waren sie beide sehr zufrieden, und keinem von beiden kam der Gedanke, daß eine halbblinde Frau weder ein Fenster so putzen konnte, daß es funkelte wie ein Diamant, noch Abend für Abend drei Stunden vor dem Fernseher sitzen würde.

7

Eunice hatte mit ihren siebenundvierzig Jahren eine viel bessere Sehkraft als Giles Mont mit siebzehn. Als sie neben George im Wagen saß, überlegte sie, was sie tun sollte, falls er darauf bestand, sie zum Optiker zu begleiten. Sie war nicht imstande, eine Ausrede zu erfinden, mit der sie ihn daran hindern konnte, und sie hatte zu wenig Lebenserfahrung, um zu wissen, daß konservative Grundbesitzer mittleren Alters im allgemeinen ihre weiblichen Angestellten mittleren Alters nicht bis ins Sprechzimmer eines Arztes verfolgen, und das Geschäft eines Augenoptikers fiel in dieselbe Kategorie. Verdrossenheit und Groll stiegen in ihr auf. Der letzte Mann, der ihr das Leben unerträglich machen wollte, hatte mit einem Kissen auf dem Gesicht geendet.

Sie bekam ein wenig Auftrieb, als sie endlich Läden erblickte, die vertrauten, wunderbaren Schatzkammern, die sie schon für immer verloren geglaubt hatte. Und ihre Stimmung hob sich noch mehr, als George sie mit dem Versprechen verließ, in einer halben Stunde wieder zurückzusein, und ihr auftrug, die Rechnung an ihn schikken zu lassen.

Sobald der Wagen außer Sicht war, ging Eunice um die

nächste Ecke, wo sie einen Süßwarenladen entdeckt hatte. Sie kaufte zwei Kit-Kats, einen Marsriegel, eine Tüte mit türkischem Honig und ging dann in eine Teestube. Dort trank sie eine Tasse Tee, aß ein Rosinenbrötchen und ein Schokoladeéclair, was nach all den *cassoulets,* dem Weinlaub und den anderen ausgefallenen Speisen in Lowfield Hall eine angenehme Abwechslung war. Eunice war an diesem Samstagvormittag ein Bild der Respektabilität, saß stocksteif da, im marineblauen Kostüm, Nylonstrümpfen und den Schuhen von Annie Coles Mutter, ein »unsichtbares« Netz auf dem Haar. Niemand hätte vermutet, daß sie sich in Gedanken nur mit Lug und Trug beschäftigte – mit Lug und Trug, die keinem schwerfallen, der lesen und schreiben kann und einen IQ von hundertzwanzig hat. Doch endlich hatte sie sich einen Plan zurechtgelegt. Sie ging über die Straße in Boot's Warenhaus und kaufte zwei Sonnenbrillen. Keine dunklen, sondern nur leicht getönte, mit Gestellen aus kristallblauem Kunststoff und falschem Schildpatt. Und dann hinein in die Handtasche mit ihnen, aus der sie erst eine Woche später hervorgeholt werden sollten.

Die Coverdales schienen überrascht, daß die Brillen so schnell fertig sein würden. Das zweitemal brachte Jacqueline sie in die Stadt, ging glücklicherweise jedoch auch nicht mit ihr zum Optiker, weil sie vor dem Laden nicht parken durfte. Die Strafmandate, die Giles bekam, kosteten schon genug. Eunice kaufte wieder Schokolade und verzehrte weitere Kuchen. Sie zeigte Jacqueline die Brillen und ging sogar soweit, die kristallblaue aufzusetzen. Sie kam sich damit wie eine Idiotin vor. Mußte sie sie jetzt wirklich ununterbrochen tragen, obwohl sie im hundert Meter entfernten Obstgarten die einzelnen Federn an einem Spatzenflügel sehen konnte? Und wurde jetzt von ihr erwartet, daß sie las?

Niemand lebt wirklich in der Gegenwart. Eunice tat es – mehr als andere Menschen. Wenn sie jetzt das Abendessen fünf Minuten zu spät auf den Tisch brachte, hatte das für sie eine größere Bedeutung als ein großer Kummer, der zehn Jahre zurücklag, und an die Zukunft hatte sie nie viele Gedanken verschwendet. Doch seit sie die Brillen besaß, seit sie sie gelegentlich sogar aufsetzte, wurde sie sich des gedruckten Wortes sehr bewußt, das sie überall umgab und zu dem sie irgendwann in der Zukunft vielleicht sogar Stellung beziehen sollte.

In Lowfield Hall gab es unzählige Bücher. So viele Bücher wie in der Gemeindebücherei von Tooting, wohin sie einmal – ein einziges Mal nur – für Mrs. Samson ein längst überfälliges Buch zurückgebracht hatte. In ihren Augen waren es kleine, flache Schachteln, vollgepackt mit Bedrohung und Geheimnis. Im Damenzimmer bedeckten die Bücherregale eine ganze Wand. Im Salon standen links und rechts vom offenen Kamin große, verglaste Bücherschränke, und in den Zwillingsalkoven gab es noch mehr Regale. Bücher füllten die Ständer. Und die Coverdales lasen ununterbrochen. Es kam ihr so vor, als läsen sie nur, um sie zu provozieren, denn niemand, nicht einmal ein Lehrer, konnte aus purem Vergnügen so viel lesen. Giles sah man nie ohne ein Buch in der Hand. Er brachte seinen Lesestoff sogar in ihre Küche mit und las, die Ellbogen auf den Tisch gestützt, taub für die Welt. Jacqueline las jeden neuen Roman von Bedeutung, und sie und George lasen noch einmal alle viktorianischen Romane. Oft lasen sie gleichzeitig ein Werk von Dikkens, Thackeray oder George Eliot, um später über einen Charakter oder eine bestimmte Szene diskutieren zu können. Ausgerechnet Melinda, die Studentin der englischen Literatur, las am wenigsten, doch auch sie lag oft genug im Garten oder auf dem Boden des Damenzimmers und steckte die Nase in ein Grammatikbuch. Sie tat es nicht freiwillig, sondern nur, weil ihr Tutor ihr drohend gesagt hatte: »Wenn wir das Examen schaffen wollen, müssen wir vor dem nächsten Semester wohl oder übel die angelsächsischen Pronomina büffeln, nicht wahr?« Aber woher sollte Eunice das wissen?

Sie war glücklich gewesen, doch die Brillen hatten ihr Glück zerstört. Sie war mit dem Haus und den schönen Dingen zufrieden gewesen, das es enthielt. Die Coverdales hatten für sie praktisch nicht existiert, so wenig Notiz hatte sie von ihnen genommen. Jetzt konnte sie kaum erwarten, daß sie endlich in die Sommerferien reisten, die sie planten und von denen sie ständig redeten.

Doch bevor sie reisten, und das war erst Anfang August, bevor ihre Abreise Eunice Gelegenheit gab, sich in der Gegend umzusehen und Joan Smith kennenzulernen, passierten drei unangenehme Dinge.

Das erste war an sich bedeutungslos, doch das, wozu es führte, beunruhigte Eunice. Sie ließ eines der von Geoff Baalham gelieferten Eier fallen, und es zerbrach auf dem Küchenboden. Jaqueline, die es sah, sagte nur: »Ach, du meine Güte!« Und Eunice wischte die Bescherung blitzschnell auf. Aber am nächsten Morgen ging sie hinauf, um Giles' Zimmer aufzuräumen, was immer eine scheußliche Arbeit war, und zum erstenmal gestattete sie sich, einen Blick auf seine Korkwand zu werfen. Warum? Sie hätte wahrscheinlich selbst keine Antwort darauf gewußt. Aber vielleicht tat sie es deshalb, weil sie sich verletzlicher fühlte, seit sie mit dem Rüstzeug versehen war, das ihr ermöglicht hätte zu lesen und das ihr die erdrückende Übermacht der Bücher in diesem Haus ständig vor Augen führte. Neben dem scheußlichen Poster hing ein Zettel mit einer Nachricht an der Wand. Sie begann mit »Warum«. Sie konnte dieses Wort in Druckschrift ohne große Schwierigkeiten lesen. »Ein« konnte sie auch lesen und »Eier« ebenfalls. Die Nachricht hatte Giles ganz offensichtlich für sie aufgeschrieben, und zwar warf er ihr vor, daß sie das Ei zerbrochen hatte. Vorwürfe interessierten sie nicht, doch angenommen, er brach sein Schweigen – er sprach nie mit ihr – und fragte sie, warum. Warum hatte sie auf seine »Warum«-Nachricht nicht geantwortet? Er erzählte es vielleicht sogar seinem Stiefvater, und Eunice saß ohnehin immer wie auf Kohlen, wenn George sie ansah und sie keine Brille trug.

Endlich wurde die Nachricht abgenommen, gleichzeitig aber durch eine andere ersetzt. Eunice war wie gelähmt und hielt sich eine Woche lang in Giles' Zimmer nur auf, um schnell sein Bett zu machen und das Fenster zu öffnen. Sie fürchtete diese Zettel wie eine andere sich gefürchtet hätte, wenn Giles sich eine Schlange im Zimmer gehalten hätte.

Viel mehr noch fürchtete sie sich aber vor Jacquelines schriftlicher Notiz, dem dritten unangenehmen Zwischenfall. Sie wurde eines Morgens auf den Küchentisch gelegt, während Eunice im obersten Stockwerk war und ihr Bett machte. Als sie hinunterkam, war Jacqueline nach London gefahren, um Paula zu besuchen, sich das Haar schneiden zu lassen und ein paar Sachen für den Urlaub einzukaufen.

Jacqueline hatte ihr schon früher kurze Nachrichten hingelegt und sich immer gewundert, warum die sonst so gewissenhafte Miss Parchman die schriftlichen Anordnungen nie befolgte. Damals konnte diese Tatsache noch mit ihrer geringen Sehkraft erklärt werden, doch jetzt hatte Eunice ihre Brille. Die sie selbstverständlich nie trug, die oben war und dort auf dem Grund ihres Strickbeutels ruhte. Sie starrte den Zettel an, der für sie genausoviel Bedeutung hatte wie eine griechisch geschriebene Nachricht für Jacqueline – ganz genausoviel sogar, denn Jacqueline hätte ein Alpha, ein Omega und ein Pi erkannt. Auch Eunice kannte ja einige Großbuchstaben und das eine oder andere einsilbige Wort. Doch die Wörter miteinander in Verbindung zu bringen, längere zu entziffern, irgendeinen Sinn aus ihnen herauszulesen, das überstieg ihre Fähigkeiten. In London hätte sie Annie Cole gehabt, die ihr helfen konnte. Hier hatte sie niemanden, nur Giles, der durch die Küche das Haus verließ, um sich von irgend jemandem nach Stantwich mitnehmen zu lassen, dort vor den Läden herumzulümmeln und schließlich den Nachmittag in einem dunklen Kino zu verbringen. Er sah Eunice nicht an, und sie hätte ihn um keinen Preis der Welt gebeten, ihr zu helfen.

Eva Baalham kam heute auch nicht. Konnte sie den Zettel »verlieren«? Einfallsreichtum gehörte nicht zu ihren Talenten. Es hatte ihre gesamten geringen Kräfte aufgezehrt, George zu überzeugen, daß die Rechnung des Augenoptikers nicht kam, weil sie sie selbst bezahlt hatte, unabhängig sein und niemandem verpflichtet sein wollte.

Und dann kam Melinda.

Eunice hatte vergessen, daß sie im Haus war, sie konnte sich einfach nicht daran gewöhnen, daß diese jungen Leute schon im Juni Sommerferien hatten. Melinda tanzte gegen Mittag herein, die hübsche, gesunde, heitere Melinda in zu engen Jeans, einem Mickymaus-

T-Shirt, das gelbe Haar zu zwei Zöpfen geflochten und mit bloßen Füßen. Die Sonne schien, der Wind wehte, und Melinda wollte mit zwei Jungen und einem anderen Mädchen in einem orange und lila lackierten Kombi zum Strand hinunterfahren. Sie nahm den Zettel in die Hand und las ihn laut.

»Was ist denn das? ›Seien Sie doch bitte so freundlich, mein gelbes Seidenkleid mit dem Faltenrock zu plätten – wenn Sie die Zeit erübrigen können. Es hängt irgendwo rechts in meinem Schrank, und ich möchte es heute abend tragen. Besten Dank. J. C.‹ Das muß für Sie sein, Miss Parchman. Glauben Sie, Sie können auch noch meinen roten Rock plätten? Ginge das?«

»Aber natürlich, es macht mir überhaupt keine Mühe«, sagte sehr erleichtert Eunice mit einem breiten Lächeln.

»Sie sind süß«, sagte Melinda.

Der August brachte eine Hitzewelle, und Mr. Meadows, der Farmer, dessen Felder an Georges Ländereien grenzten, begann mit der Weizenernte. Der neue Mähdrescher ließ Strohballen fallen, die wie Scheiben von Schweizer Brötchen aussahen. Melinda pflückte mit den Dorffrauen Obst, Giles hängte ein neues »Wort des Monats« auf, wieder von Samuel Butler, Jacqueline jätete Unkraut im Garten und fand einen Stechapfel, giftig, aber wunderschön, mit einer einzigen weißen Trompetenblüte. Er stand inmitten der Zinnien.

Und endlich war der Abreisetag da. Der 7. August.

»Ich vergesse bestimmt nicht, Ihnen eine Karte zu schreiben«, sagte Melinda, die sich von Zeit zu Zeit daran erinnerte, daß es ihre Pflicht war, das alte Pergamentgesicht aufzuheitern.

»Sie finden alle Nummern und Adressen, die Sie brauchen, im Telefonverzeichnis.« Das kam von Jacqueline, und George sagte: »In einem dringenden Notfall können Sie uns jederzeit ein Telegramm schicken.«

Alles sinnlos, aber das ahnten sie ja nicht.

Eunice begleitete sie bis zur Haustür. Um sich Vorwürfe zu ersparen, trug sie die kristallblaue Brille. Leichter Dunst lag um diese frühe Stunde noch über Greeving, ein Dunst, der durch Rauch noch dichter wurde, denn Mr. Meadows brannte seine Stoppelfelder ab. Eunice blieb nicht stehen, um die großen violetten Dahlien zu bewundern, auf denen der Morgentau funkelte, sie hörte auch nicht den Kuckuck rufen. Sie ging rasch ins Haus, um in Besitz zu nehmen, worauf sie sich gefreut hatte.

Es war nicht ihre Absicht, ihre Arbeit zu vernachlässigen, und sie tat alles, was auch sonst am Freitag getan werden mußte, aber sie tat noch ein bißchen mehr. Sie zog die Betten ab, warf die mehr oder weniger welken Blumenarrangements weg. Sie waren ohnehin nur lästig und häßlich und ließen ständig die Blätter fallen. Dann versteckte Eunice, so gut sie konnte, jedes Buch, jede Zeitschrift, jede Zeitung. Am liebsten hätte sie die Bücherschränke mit Bettlaken verhängt, aber so etwas tun nur Verrückte, und Eunice war nicht verrückt.

Dann kochte sie sich ein Dinner. Die Coverdales hätten es Lunch genannt, denn sie aß es um ein Uhr mittags. Sie sollten nie erfahren, wie schrecklich ihre Haushälterin eine gute, solide warme Mahlzeit in der Tagesmitte vermißt hatte. Eunice briet – sie briet, sie grillte nicht – ein großes Steak aus dem Tiefkühlschrank, briet Kartoffeln und ließ inzwischen die grünen Bohnen, die Karotten und die Pastinakwurzeln kochen. Apfelpudding und Biskuit, Käse und starker schwarzer Tee bildeten den

Abschluß des Essens. Eunice spülte das Geschirr, trocknete es ab und räumte es auf. Es war eine Erleichterung, die Spülmaschine nicht benutzen zu müssen. Ihr hatte die Vorstellung noch nie gefallen, daß schmutzige Teller mit Soßenresten und voller Krümel den ganzen Tag in diesem Apparat hingen, und es war ihr egal, daß die Tür geschlossen war und man die Sachen nicht sehen konnte.

Mrs. Samson pflegte zu sagen, die Arbeit einer Frau sei nie getan. Nicht einmal ein leibhaftiger Putzteufel hätte an diesem Tag in Lowfield Hall noch mehr tun können. Morgen wollte Eunice die Vorhänge im Morgenzimmer abnehmen, aber nicht heute, nicht jetzt. Jetzt wollte sie ihrer Leidenschaft frönen, in einer wahren Fernsehorgie schwelgen.

Der 7. August ging als der heißeste Tag in die Geschichte des Jahres ein. Die Quecksilbersäule kletterte auf fünfundzwanzig und achtundzwanzig Grad und hatte um zwei Uhr nachmittags dreißig Grad erreicht. In Greeving verließen Marmelade einkochende Hausfrauen ihre Küchen und nahmen auf der Hintertreppe ein Sonnenbad. Das Wehr am Fluß Beal wurde zum Schwimmbekken für kleine Higgs und Baalhams. Die Hunde auf den Farmen ließen die Zungen heraushängen. Mrs. Cairne vergaß allen Anstand und legte sich im Bikini auf den Rasen vor ihrem Haus. Joan Smith hielt mit einer Büchse Hundekuchen die Tür ihres Ladens offen und fächelte sich mit der Fliegenklappe Luft zu. Aber Eunice ging hinauf, zog die Vorhänge zu und machte es sich tief zufrieden mit ihrem Strickzeug vor dem Fernseher gemütlich. Ihr fehlte nur noch eine Tafel Schokolade zum vollkommenen Glück, doch die, die sie in Stantwich gekauft hatte, hatte sie längst gegessen.

Zuerst Sport. Leute schwammen und Leute rannten durch große Stadien. Es folgte eine Serie über Menschen, wie Eunice sie aus der Rainbow Street kannte, ein Kinderprogramm, die Nachrichten, die Wettervorhersage. Die Nachrichten interessierten sie nicht, und jeder sah und spürte am eigenen Leib, wie das Wetter war und bleiben würde. Sie ging hinunter, machte sich Sandwichs mit Marmelade zurecht und holte sich Schokoladeeis aus dem Tiefkühlschrank. Um acht Uhr begann ihr Lieblingsprogramm, eine Serie über Polizisten in Los Angeles. Schwer zu sagen, warum Eunice es so liebte. Auf jeden Fall strafte sie jene Psychoanalytiker Lügen, die behaupten, die Zuschauer müßten sich identifizieren. Eunice konnte sich weder mit dem jungen Polizeileutnant noch mit seiner zwanzigjährigen Freundin, noch mit den Gangstern, Industriebossen, Filmstars, Callgirls, Spielern und Trunkenbolden identifizieren, die in jeder Folge vorkamen. Vielleicht war es der rasche, witzige Dialog, der ihr gefiel, die unvermeidliche Verfolgungsjagd im Auto, die unerläßliche Schießerei. Es hatte sie unvorstellbar geärgert, daß sie so häufig eine Folge verpaßt hatte, weil die Coverdales immer ausgerechnet am Freitag Gäste einluden.

Diesmal sollte sie keiner stören. Sie legte das Strickzeug beiseite, um sich besser konzentrieren zu können. Schon der Anfang der neuen Episode sagte ihr, daß es eine besonders gute Story war. Eine Leiche in den ersten zwei Minuten und eine Verfolgungsjagd mit dem Auto in den ersten fünf. Der Wagen des Killers prallte gegen einen Laternenmast und stellte sich senkrecht auf. Die Tür öffnete sich, der Killer sprang mit einem Satz heraus, jagte über die Straße, schoß wild um sich, nahm vor den Kugeln eines Polizisten Deckung hinter einer Verandabrüstung, hielt ein erschrockenes Mädchen als lebenden Schild vor sich, zielte wieder ... Plötzlich schwand der Ton, das Bild begann zu zittern, zu schrumpfen, als würde es von einem schwarzen Fleck mitten auf dem Bildschirm eingesaugt wie Wasser, das in einem Loch versickert. Der Fleck leuchtete auf wie ein Stein, ein winziger Lichtpunkt, der hell brannte und ausging.

Eunice schaltete den Apparat aus und wieder ein. Nichts geschah. Sie drehte an den Knöpfen vorn und an den Knöpfen hinten, die sie auf keinen Fall anfassen sollte. Nichts passierte. Sie schraubte den Stecker auf und sah nach, ob alle Drähte noch da waren, wo sie sein sollten, sie tauschte die Sicherungen aus.

Der Bildschirm blieb leer oder war vielmehr zum Spiegel geworden, der ihr bestürztes Gesicht und den glühend roten Sonnenuntergang zurückwarf, der durch einen Spalt in den geschlossenen Vorhängen hereinbrannte.

8

Es kam ihr nie in den Sinn, den Farbfernseher im Damenzimmer zu benutzen. Sie wußte, daß er funktionierte, aber er gehörte ihnen. Ein wunderlicher Zug von Eunice Parchmans Charakter war es, daß sie zwar nicht vor Erpressung und Mord zurückschreckte, jedoch nie etwas stahl und sich nie etwas auslieh, ohne den Eigentümer um Erlaubnis gefragt zu haben. Gegenstände waren, wie gewisse Lebenssphären, bestimmten Menschen zugeordnet und nur für sie bestimmt. Eunice wollte die Ordnung der Dinge ebensowenig stören wie George.

Ein paar Tage lang hoffte Eunice, daß der Apparat von

selbst wieder in Ordnung kommen würde, genauso plötzlich wie er kaputtgegangen war. Doch wenn sie einschaltete, blieb der Bildschirm leer und stumm. Sie wußte natürlich, daß man so ein Ding reparieren lassen konnte. In Tooting ging man zum Eisenwarenhändler oder zu den Elektrikern. Aber hier? Allein mit einem Telefon und einer nicht zu entziffernden Liste mit Namen und Zahlen, einem nutzlosen Verzeichnis?

Samstag, Sonntag, Montag. Der Milchmann kam, und Geoff Baalham brachte die Eier. Sollte sie sie fragen und zur Antwort bekommen, sie brauche sich nur die und die Nummer aus dem Telefonbuch herauszusuchen? Sie langweilte sich grausam, war völlig frustriert. Es gab keine Nachbarinnen, mit denen sie schwatzen, keine belebte Straße, die sie beobachten konnte, keine Busse, keine Teestuben. Sie nahm die Vorhänge ab, wusch und plättete sie, wusch Wände ab, reinigte Teppiche mit Schaum, tat alles nur Erdenkliche, um die langsam verstreichende, schwerfällig dahinfließende Zeit totzuschlagen.

Es war Eva Baalham, die mittwochs kam und entdeckte, was passiert war, und zwar einfach deshalb, weil sie Eunice fragte, ob sie am Abend vorher den großen Boxkampf gesehen habe. Und Eva fragte eigentlich nur, um überhaupt etwas zu sagen, denn mit Miss Parchman zu reden, war eine äußerst schwierige Angelegenheit.

»Kaputt?« sagte Eva. »Nun, dann müssen Sie ihn reparieren lassen, schätz ich. Mein Cousin Meadows, der wo das Elektrogeschäft in Sudbury hat, macht das schon für Sie. Ich sag Ihnen was, ich heb mir das olle Silber, das ich putzen soll, bis zum Freitag auf und ruf jetz' meinen Cousin an.«

Ein langer Dialog mit jemand namens Rodge entspann

sich. Eva erkundigte sich nach Doris, nach Mum, nach »dem Jungen« und nach »dem Mädel« (letztere ein junges Ehepaar, das selbst schon Kinder hatte) und bekam schließlich die Zusicherung, daß Rodge helfen würde.

»Er sagt, er kommt nach Geschäftsschluß vorbei.«

»Ich hoffe, er muß ihn nicht mitnehmen«, sagte Eunice.

»Na, bei diesen alten Apparaten kann man nie nich wissen. Dann lesen Sie eben ein paar Tage die Zeitung.«

Wir haben die Fähigkeit zu lesen und zu schreiben im Blut. Wir sprechen in jedem zweiten Satz davon. Es ist fast unmöglich, ein richtiges Gespräch zu führen, in dem man sich nicht in irgendeiner Weise auf das gedruckte Wort bezieht oder erwähnt, daß dieser oder jener das oder jenes lesen sollte.

Rodge Meadows kam und mußte den Fernseher mitnehmen.

»Kann zwei Tage, kann aber auch 'ne Woche dauern. Rufen Sie mich an, wenn Sie nicht von Tantchen Eva Bescheid bekommen. Ich steh im Telefonbuch.«

Zwei Tage später überkam Eunice in der Einsamkeit und Stille von Lowfield Hall einer ihrer unwiderstehlichen Zwänge. Ohne zu wissen, wohin sie ging oder warum sie ging, zog sie das blauweiß karierte Hauskleid aus und das Kostüm an und machte dann ihren ersten selbständigen Ausflug in die Welt. Sie schloß alle Fenster, verriegelte die Haustür, sperrte die Tür des Gewehrraumes ab und brach auf.

Es war der 14. August. Wäre der Fernseher nicht kaputtgegangen, hätte sie nie das Haus verlassen. Früher oder später hätten ihr »Drang« oder die Coverdales sie aus diesem Haus getrieben, aber sie wäre am Abend oder am Sonntagnachmittag gegangen, und um diese Zeit wären das Postamt in Greeving und der Dorfladen, Inhaberin N. Smith, geschlossen gewesen. Wenn, wenn, wenn . . . Hätte sie lesen können, hätte das Fernsehen für sie noch immer seine Reize gehabt, doch sie hätte den Fernsehtechniker anrufen können und hätte den Apparat am Dienstag oder Mittwoch zurückbekommen. Rodge brachte ihn am Samstag, dem 15. August, zurück, aber da war es schon zu spät, das Unheil geschehen.

Sie wußte nicht, wohin sie ging. Sogar da noch stand es auf Messers Schneide, ob sie überhaupt nach Greeving kam, denn sie nahm die erste Abzweigung an der Straße und war eine dreiviertel Stunde später in Cockfield St. Jude, einem winzigen Dörfchen mit einer riesigen Kirche, aber ohne Laden. Eunice kam an eine Straßenkreuzung. Der Wegweiser sagte ihr nichts, doch sie hatte keine Angst, sich zu verlaufen. Gott sorgt für die Seinen und hatte sie – vielleicht als Ausgleich für ihre »Behinderung« – mit einem Orientierungssinn ausgestattet, der beinahe so gut war wie der eines Tieres. Daher schlug sie jetzt die schmalste Straße ein, die von der Kreuzung abzweigte. Sie führte zu einem entlegenen Hohlweg, einem Heckenweg, kaum zweieinhalb Meter breit, vom dichten, dunklen Spätsommerlaub der Eschen und Eichen überhangen, auf dem zwei Autos nicht aneinander vorbeikamen, wenn das eine sich nicht tief in die Hecke drückte.

Eunice war noch nie an einem ähnlichen Ort gewesen. Eine Kuh mit einem Gesicht wie ein großes weißes Gespenst schob den Kopf über eine Hecke und muhte. Auf einem sonnigen Fleckchen, in einer Lücke zwischen dem Gesträuch, schritt arrogant ein Fasanenhahn auf und ab und prahlte mit seinem schillernden Gefieder aus vergoldetem Rotbraun und funkelndem Grün. Sie marschierte weiter, den Kopf hoch erhoben, erschrocken, aber resolut und in dem Bewußtsein, auf dem rechten Weg zu sein.

Und so erreichte sie endlich Greeving und die Mitte des Dorfes, denn der Weg endete gegenüber vom *Blue Boar.* Sie wandte sich nach rechts, und nachdem sie die Reihenhäuser passiert hatte, die von verschiedenen Higgs und Newsteads und Carters bewohnt wurden, nachdem sie an dem kleinen georgianischen Landhaus von Mrs. Cairne und der sehr zweckmäßig aussehenden Tankstelle vorbeigekommen war, die Jim Meadows betrieb, fand sie sich auf einem kleinen Rasendreieck vor dem Dorfladen wieder.

Der Laden hatte zwei Fronten und war im Erdgeschoß eines weitläufigen, sehr alten Cottage untergebracht, dessen Frontgiebel halb aus Holz war und der ein stark reparaturbedürftiges Strohdach hatte. Dahinter lag ein Garten, sanft zum Ufer des Beal abfallend, der hier eine Schleife machte, die Wiesen hinter sich ließ und sich unter der Brücke von Greeving hindurchzwängte. Der Dorfladen wird jetzt von dem sehr tüchtigen Ehepaar Mann geführt, aber zu jener Zeit enthielten die beiden großen Schaufenster ein paar staubige Haferflockenpakete, Obst in Büchsen und Körbe mit nicht allzu frisch aussehenden Tomaten und anderen Gemüsen. Eunice näherte sich einem Schaufenster und blickte in den Laden. Er war leer. Er war häufig leer, denn die Smiths nahmen hohe Preise und hatten stets nur eine sehr beschränkte Auswahl an Waren vorrätig. Die Einwohner von Greeving zogen es vor, sofern sie Autos hatten, in den Supermärkten von Stantwich und Nunchester einzukaufen, und bedienten sich nur der postalischen Einrichtungen in ihrem Dorfladen.

Eunice ging hinein. Auf der linken Seite war ein Selbstbedienungsladen, und ein paar Einkaufskörbe standen bereit. Auf der rechten Seite die typische Landpoststelle mit Schalter und Sprechgitter, und daneben lagen Zigaretten und Süßigkeiten. Früher hatte es eine Ladenklingel gegeben, die gebimmelt hatte, sobald die Tür geöffnet wurde, doch sie war kaputtgegangen, und die Smiths hatten sie nie reparieren lassen. Daher hörte niemand Eunice eintreten. Sie betrachtete interessiert die Regale und stellte fest, daß es verschiedene Artikel gab, die sie von ihren Einkäufen in London her kannte. Aber sie konnte sie nicht lesen. Doch wer liest schon den Namen eines Produkts oder den seines Herstellers auf einem Paket oder einer Büchse? Man richtet sich nach Farbe, Form und dem Bild darauf, egal, ob man Professor der Etymologie oder Analphabet ist.

Es war einen Monat her, seit Eunice etwas Süßes gegessen hatte. Jetzt dachte sie, das Ersehnenswerteste auf dieser Welt sei eine Schachtel Pralinen. Sie begab sich also zu dem Tresen links vom Sprechgitter, und nachdem sie ein paar Minuten vergeblich gewartet hatte, hustete sie. Ihr Husten bewirkte, daß sich im Hintergrund des Ladens eine Tür öffnete und eine Frau erschien, die ein paar Jahre älter war als sie selbst.

Joan Smith war zu dieser Zeit fünfzig, mager wie ein halbverhungerter Vogel, mit Streichholzbeinen und einer Haut, die aussah wie die eines gerupften Huhns. Ihr Haar hatte dieselbe Farbe wie das von Jacqueline Coverdale, wobei beide natürlich versuchten, mit künstlichen Mitteln Melindas feinen Goldton zu erzielen. Jacqueline war darin erfolgreicher, denn sie hatte mehr Geld. Joan Smiths Frisur, drahtig, steif und glitzernd, hatte Ähnlichkeit mit einem jener Topfreiniger aus gelbem Metall, die in ihren Regalen lagen. Ihr Gesicht war auf gut Glück geschminkt, die Hände rot, rauh und ungepflegt. Mit ihrer schrillen Stimme, Cockney, das sich hinter einer gekünstelten Vornehmheit verstecken wollte – einer Stimme, die so ähnlich klang wie die von Annie Cole –, fragte sie Eunice, was sie für sie tun könne.

Zum erstenmal sahen die beiden Frauen sich an, kleine blaue Augen begegneten scharfen grauen.

»Eine Pfundpackung ›Schwarzer Zauber‹ bitte.«

Tausende von Paaren, die später Leidenschaft, Schmerz, das Streben nach Profit oder eine Tragödie verband, haben ihre Beziehung mit so banalen Worten eingeleitet.

Joan brachte die Pralinen. Sie war immer munter, gab sich jedoch schüchtern, schelmisch und mädchenhaft. Es war ihr einfach nicht möglich, jemandem nur die gewünschte Ware auszuhändigen und das Geld entgegenzunehmen. Sie tat es nie ohne ein paar kunstvolle Schnörkel – mit einem Lächeln, den Kopf spitzbübisch zur Seite geneigt, und einem kleinen Hopser, bei dem ihr fast die Minnie-Maus-Schuhe von den Füßen fielen. Sogar wenn es um ihre Religion ging, legte sie diese penetrante Fröhlichkeit an den Tag. Der HERR war ihr Freund, grausam zu den Abtrünnigen, aber ein Kumpel der Auserwählten, ein Freund, mit dem man ins Kino gehen und hinterher bei einer guten Tasse Tee über den Film kichern konnte.

»Fünfundachtzig Pennychen«, sagte sie, »wenn's genehm ist.« Sie tippte den Betrag in die Registrierkasse und musterte Eunice mit einem seltsamen Lächeln. »Und wie gefällt es denen im Urlaub? Oder haben sie noch nichts von sich hören lassen?«

Eunice war verblüfft. Sie wußte nicht und sollte es

auch nie erfahren, daß in einem kleinen englischen Dorf nicht viel geheimgehalten werden kann. In Greeving wußte nicht nur jeder, wann und wohin die Coverdales gereist waren, wann sie zurückkamen und was die Reise ungefähr kostete, man wußte auch, daß Eunice zum erstenmal im Dorf war. Nellie Higgs und Jim Meadows hatten sie entdeckt, und dann hatte die Buschtrommel eingesetzt, und am Abend würde man im *Blue Boar* über ihr Aussehen und das Motiv für ihren Spaziergang höchst ernsthafte Gespräche führen. Aber für Eunice war die Tatsache, daß Joan Smith sie erkannte und wußte, wo sie arbeitete, nicht viel weniger als Hellseherei. Staunende Bewunderung erfüllte sie. Sie war der Grundstein für ihre Abhängigkeit von Joan und für ihren Glauben, daß – ganz allgemein gesprochen – alles gut und richtig war, was Joan sagte.

Doch alles, was sie jetzt sagte, war: »Ich habe noch nichts von ihnen gehört.«

»Nun, wahrscheinlich ist es noch zu früh dafür. Herrlich, drei Wochen verreisen zu können, nicht wahr? 's wäre eine feine Sache. Nette Familie das, nicht wahr? Mr. Coverdale ist, was ich einen echten Gentleman der alten Schule nenne, und sie ist eine echte Dame. Kein Mensch würde glauben, daß sie schon achtundvierzig ist.« Joan machte die arme Jacqueline damit um ganze sechs Jahre älter, und zwar aus reiner Bosheit. Tatsächlich verabscheute sie die Coverdales nämlich aus ganzem Herzen, weil sie sich nie in ihrem Laden blicken ließen und George sogar die Stirn gehabt hatte, Kritik an der Art zu üben, wie sie die Poststelle leitete. Doch sie hatte nicht die Absicht, ihre wahren Gefühle vor Eunice preiszugeben, solange sie nicht wußte, wie der Hase lief. »Sie haben wirklich Glück, daß Sie dort arbeiten dürfen, aber nach allem, was ich so gehört habe, sind Sie für die Coverdales auch ein wahrer Glückstreffer.« – »Ach, ich weiß nicht«, sagte Eunice.

»Sie sind zu bescheiden, das seh ich schon. Ein kleines Vögelchen hat mir gepiepst, daß Lowfield Hall noch nie so tipptopp in Ordnung war wie jetzt. Ich kann mir vorstellen, daß das eine angenehme Abwechslung ist, nachdem sich die Sachen bei der alten Eva jahrelang damit zufriedengeben mußten, flüchtig abgestaubt und auf später vertröstet zu werden. Aber fühlen Sie sich nicht ein bißchen einsam?«

»Ich habe den Fernseher«, sagte Eunice, die anfing, aus sich herauszugehen. »Und außerdem gibt es immer irgendwas zu tun.«

»Da haben Sie recht. Ich muß ja auch hier den ganzen Tag auf den Beinen sein, es ist dauernd was los. Kirchgängerin sind Sie wohl nicht? Nein, ich hätte Sie gesehen, wenn Sie mit der Familie in St. Mary gewesen wären.«

»Ich bin nicht religiös. Scheine nie Zeit dazu gehabt zu haben.«

»Da ahnen Sie ja gar nicht, was Ihnen entgeht«, sagte die Bekehrerin Joan mit erhobenem Zeigefinger. »Aber vergessen Sie nicht – es ist nie zu spät. Die Geduld des HERRN ist unendlich, und der Bräutigam ist immer bereit, Sie bei seinem Fest willkommen zu heißen. Schönes Wetter schickt er uns, nicht wahr, besonders für jene, die nicht wie die Sklaven für andere schuften müssen.«

»Ich muß mich jetzt auf den Heimweg machen«, sagte Eunice.

»Ein Jammer, daß Norm den Lieferwagen hat, sonst könnte ich Sie schnell nach Hause fahren.« Joan begleitete Eunice zur Tür und hängte das Schild mit der Aufschrift »Geschlossen« auf. »Haben Sie Ihre Pralinen? Gut so. Und vergessen Sie nicht, wenn Sie mal nichts mit sich anzufangen wissen, ich bin immer hier. Haben Sie keine Angst, daß Sie mir auf den Wecker fallen könnten. Für eine Freundin habe ich immer eine Tasse Tee und ein aufmunterndes Wort.«

Joan winkte Eunice fröhlich nach.

Eunice überquerte die Brücke und marschierte unverzagt die Straße nach Lowfield Hall entlang. Sie nahm die Pralinenschachtel aus der Tüte, warf die Tüte über eine Hecke und steckte eine Praline mit Orangencremefüllung in den Mund. Es war recht angenehm gewesen, wieder mal ein bißchen schwatzen zu können. Joan Smith gehörte zu den Leuten, mit denen sie am besten auskam, obwohl ihre versteckten Andeutungen über die Kirche nach Einmischung geklungen hatten. Und daß sich jemand in ihr Leben einmischte, hatte Eunice bisher nie geduldet. Andererseits hatte ihre Unterhaltung etwas ungewöhnlich Beruhigendes für sie gehabt. Mit keiner Silbe war das gedruckte oder geschriebene Wort erwähnt worden.

Doch nachdem Eunices Fernseher repariert und so gut wie neu war, wäre ihr nie in den Sinn gekommen, Joan Smith aufzusuchen, wenn Joan Smith nicht zuerst zu ihr gekommen wäre.

Das vogelähnliche, hellhaarige und geistig rege kleine Geschöpf wurde von einer unstillbaren Neugier verzehrt, die seinen Mitmenschen galt. Man konnte getrost sagen, daß diese Neugier genauso groß war wie Eunices Gleichgültigkeit. Außerdem litt Joan Smith an einer besonderen Form der Paranoia. Sie projizierte alle Gefühle auf Gott. Eine gläubige Frau mußte Barmherzigkeit üben, und deshalb äußerte sich ihre Abneigung gegen die Menschen nur selten in boshaftem Klatsch. Nicht sie war es ja, die ihr Tun mißbilligte und sie haßte, es war Gott. Nicht sie, Gott war es, den sie gekränkt und beleidigt hatten. »Die Rache ist mein, sprach der HERR.« Joan Smith war nur sein demütiges und sehr energisches Instrument.

Schon lange hatte sie mehr über Lowfield Hall und über das Leben seiner Bewohner wissen wollen. Mehr – das hieß mehr, als sie dadurch erfuhr, daß sie hin und wieder ihre Post über Wasserdampf öffnete. Nun war ihre Chance da. Sie hatte Eunice kennengelernt, ihre erste Begegnung war erfreulich verlaufen, und hier war eine Postkarte von Melinda Coverdale. Sie kam aus Kreta und war an Miss E. Parchman adressiert. Joan hielt die Karte zurück und ließ sie nicht von der Postbotin zustellen. Am Montag brachte sie sie selbst nach Lowfield Hall.

Eunice war überrascht und verärgert, als sie Joan sah. Sie wich vor der Ansichtskarte zurück wie vor einem Insekt mit einem Stachel und rettete sich in die übliche Ausrede:

»Ich kann das ohne Brille nicht lesen.«

»Ich lese es Ihnen vor, soll ich? Oder haben Sie etwas dagegen?« Die Frage war rein rhetorisch gemeint, denn sie begann noch im gleichen Atemzug: »›Kreta ist einfach super. Die Temperatur bewegt sich zwischen fünfunddreißig und vierzig Grad. Wir waren im Tempel von Knossos, wo Theseus den Minotaurus getötet hat. Auf baldiges Wiedersehen. Melinda.‹ – Wie reizend! Wer ist dieser Theseus? Ich muß die Nachricht von dem Mord in der Zeitung übersehen haben. An diesen exotischen Orten wird immer so viel gekämpft und gemordet, nicht wahr? Was für eine hübsche Küche! Und Sie halten sie blitzblank. Bei Ihnen könnte man wirklich vom Fußboden essen.«

Erleichtert und dankbar ging Eunice weit genug aus sich selbst heraus, um zu sagen: »Ich wollte mir eben eine Tasse Tee machen.«

»O nein, besten Dank, ich kann mich nicht lange aufhalten. Norm ist ganz allein im Laden. Wenn man sich vorstellt, daß sie nur mit ›Melinda‹ unterschreibt. Ganz einfach so. Nun ja, soviel steht fest, sie ist kein Snob, obwohl dem HERRN an ihrem Lebenswandel so manches mißfällt.« Joan sagte das so sachlich und nüchtern, als habe Gott ihr seine Meinung kundgetan, als er sich bei ihr zu einem Schwätzchen einfand. Sie spähte durch die geöffnete Tür in den Flur. »Ein großes Haus, nicht wahr? Dürfte ich nur einen einzigen Blick in den Salon werfen?«

»Wenn Sie wollen«, sagte Eunice. »Ich habe nichts dagegen.«

»Sie hätten bestimmt nichts dagegen. Wir sind alle Freunde in diesem Dorf. Und da ich selbst sündig bin, würde ich mich nie über jene erheben, die das Tor des Heils noch nicht durchschritten haben. Nein, Sie werden mich nie sagen hören: ›Dem HERRN sei Dank, daß ich nicht bin wie die anderen!‹ Die Einrichtung ist wunderschön, nicht wahr? Und so geschmackvoll.«

Das Ende vom Lied war, daß Joan das ganze Haus besichtigen durfte. Eunice, die von Joans gelehrten Reden leicht eingeschüchtert war, wollte sich mit dem brüsten, was sie konnte, und Joan dankte es ihr durch häufige bewundernde Ausrufe. Sie gingen weiter, als es erlaubt gewesen wäre, denn Eunice öffnete die Schränke und holte Jacquelines Abendkleider heraus. In Giles' Zimmer betrachtete Joan erstaunt die Korkwand.

»Wie exzentrisch«, sagte sie.

»Er ist eben noch ein halber Junge«, sagte Eunice.

»Gräßlich, diese Pickel, die er hat, sie entstellen ihn richtig. Sein Vater ist in einer Anstalt für Alkoholiker. Aber das wissen Sie natürlich.« Eunice wußte es nicht, was auch für alle anderen Menschen galt. Jeffrey Mont selbst eingeschlossen. »Er ließ sich von ihr scheiden, und der Scheidungsgrund war Mr. Coverdale, obwohl seine Frau erst sechs Monate tot war. Ich verurteile nicht und richte nicht, aber ich kann die Bibel lesen. ›Wer eine geschiedene Frau zum Weibe nimmt, der begehet Ehebruch.‹ Was soll denn der Zettel dort bedeuten?«

»Der ist immer da«, sagte Eunice. Sollte sie endlich erfahren, was Giles ihr mitzuteilen hatte?

Sie erfuhr es.

Mit schriller, erstaunter und empörter Stimme las Joan laut vor: »›Warburgs Freund sagte zu Warburg, als seine Frau erkrankt war: Sollte es Gottes Wille sein, einen von uns beiden zu sich zu nehmen, werde ich hinterher in Paris leben.‹«

Das Zitat von Samuel Butler hatte keinerlei Bezug auf Giles' Leben, doch es gefiel ihm, und er mußte immer lachen, wenn er es las.

»Blasphemie!« sagte Joan vernichtend. »Wahrscheinlich muß er das für die Schule lernen. Ein Jammer, daß die Lehrer sich nicht mehr um das Seelenheil der ihnen anvertrauten Menschen kümmern.«

Es war also etwas, das er für die Schule lernen mußte. Eunice hegte inzwischen warme Empfindungen für Joan Smith, die von einer freundlichen Macht gesandt schien, um sie zu erleuchten und zu beruhigen.

»Sagen Sie noch immer nein, wenn ich Ihnen jetzt eine Tasse Tee anbiete?« fragte sie, nachdem sie Teppich,

Fernseher und Bad im obersten Stockwerk besichtigt hatten und wieder in der Küche waren. Recht hübsch, hatte Joan gemeint, aber nicht gut genug für eine so erstklassige Haushälterin wie Eunice.

»Ich dürfte eigentlich nicht bleiben, da Norm doch ganz allein ist, aber bevor ich mich mit Gewalt zwingen lasse . . .«

Joan Smith blieb noch eine Stunde, in der sie Eunice eine Unzahl von Lügen über das Privatleben der Coverdales erzählte. Sie bemühte sich, ihrer Gastgeberin auch ein paar Informationen aus ihrem Leben zu entlocken, doch Eunice war kaum mitteilsamer als bei ihrer ersten Begegnung. Obwohl diese Frau ihr geholfen hatte, würde sie ihr nichts von Mum und Dad, der Rainbow Street und dem Süßwarenladen erzählen. Sie nicht. Sie war auch nicht bereit, Joan am nächsten Sonntag zu einer Gebetsstunde in Nunchester zu begleiten. Wie, sie sollte auf ihre sonntägliche Spionageserie verzichten und statt dessen mit ein paar Spinnern Kirchenlieder singen?

Joan war nicht beleidigt.

»Ich bedanke mich für die wunderbare Führung durch das Haus und für Ihre Gastfreundschaft. Und jetzt muß ich los, sonst glaubt Norm noch, ich hätte einen Unfall gehabt.«

Sie lachte vergnügt bei der Vorstellung, ihr Mann könnte sich um sie sorgen, und fuhr mit dem Kombi davon. Die ganze Zufahrt entlang winkte sie zurück und rief: »Wiedersehchen! Wiedersehchen . . .«

9

Die Beziehung zwischen Eunice Parchman und Joan Smith war nie lesbischer Natur gewesen. Sie hatten keinerlei Ähnlichkeiten mit den Schwestern Papin, die in Le Mans Köchin und Hausmädchen bei einer Frau und ihrer Tochter waren und 1933 ihre Arbeitgeberinnen ermordeten. Eunice hatte mit diesen beiden nur gemeinsam, daß sie eine Frau und Hausangestellte war. Sie war ein fast geschlechtsloses Wesen ohne normale oder abnormale Triebe, ein Wesen, dessen unbestimmte Rastlosigkeit längst zur Ruhe gekommen war. Joan Smith hatte ihre sexuelle Kapazität erschöpft. Es ist durchaus wahrscheinlich, daß Eunice, wie Königin Viktoria in der Anekdote, trotz ihrer abenteuerlichen Wanderungen nicht wußte, was lesbische Liebe war. Joan Smith wußte es bestimmt und hatte sehr wahrscheinlich damit herumexperimentiert – wie mit den meisten anderen Dingen, die es gab.

In den ersten sechzehn Jahren führte Joan Smith – oder Skinner, wie sie damals hieß – ein Leben, von dem jeder Psychologe behauptet hätte, es sei ein Musterbeispiel für die Entstehung eines angepaßten, würdigen und verantwortungsvollen Mitglieds unserer Gesellschaft. Sie wurde weder geprügelt noch vernachlässigt, noch im Stich gelassen. Im Gegenteil, sie wurde geliebt, behütet und ermutigt. Ihr Vater war Versicherungskaufmann und recht erfolgreich. Die Familie lebte im besten Viertel von Kilburn in einem eigenen Haus, die Eltern waren glücklich verheiratet, und Joan hatte drei ältere Brüder, die ihre kleine Schwester sehr gern hatten und sie verwöhnten. Mrs. und Mr. Skinner hatten sich nach einer Tochter gesehnt und gerieten völlig aus dem Häuschen, als sie eine bekamen. Weil sie nur selten sich selbst überlassen blieb, weil man fast von Geburt an mit ihr sprach und spielte, lernte sie mit vier Jahren lesen und marschierte glücklich in die Schule, bevor sie fünf war. Im Alter von zehn Jahren versprach sie, klüger zu werden als ihre Brüder zusammen. Sie bekam ein Stipendium und besuchte die High-School. Da ihre Leistungen so hervorragend waren, gab man ihr später das Abschlußzeugnis, ohne daß sie ein Examen ablegen mußte, was höchst ungewöhnlich war.

Es war Krieg, und Joan wurde – wie Eunice Parchman – mit der Schule aufs Land geschickt. Aber zu Pflegeeltern, die ebenso gütig und liebevoll waren wie ihre eigenen. Aus keinem erkennbaren Grund, ganz aus heiterem Himmel, betrat sie eines Tages das Dienstgebäude der Ortspolizei in Wiltshire und beschuldigte ihren Pflegevater, sie mißbraucht und geschlagen zu haben, und sie zeigte die blauen Flecke und Blutergüsse, um ihre Behauptung zu untermauern. Es wurde festgestellt, daß Joan nicht mehr Jungfrau war. Der Pflegevater wurde wegen Verführung Minderjähriger angeklagt, aber freigesprochen, weil er ein hieb- und stichfestes Alibi hatte. Joan wurde von ihren Eltern nach Hause geholt, die selbstverständlich an einen Justizirrtum glaubten. Doch sie blieb nur eine Woche und brannte dann zu dem Mann durch, dem sie ihre Verletzungen zu verdanken gehabt hatte. Er war Austräger bei einem Bäcker in Salisbury, war verheiratet, verließ seine Frau, und Joan lebte fünf Jahre mit ihm. Als man ihn einsperrte, weil er seiner Frau und den beiden Kindern den Unterhalt schuldig blieb, kehrte Joan nach London zurück. Aber nicht zu ihren Eltern, deren Briefe sie nie beantwortet hatte.

Zwei weitere Jahre vergingen. Joan arbeitete als Barfrau, wurde jedoch entlassen, weil sie sich selbst aus der Kasse bedient hatte, und fristete von da an ihr Leben als Vorstadtprostituierte. Sie und ein anderes Mädchen mieteten zusammen zwei Zimmer in Shepherd's Bush, wo sie ihre Freier empfingen – hauptsächlich Handwerker, die ihnen für ihre Dienste unglaublich wenig bezahlten. Aus diesem Leben wurde Joan, als sie dreißig war, von Norman Smith gerettet.

Norman, ein schwacher und argloser Mensch, war Joan begegnet, als sie zu einem Friseur nach Harlesden ging, um sich das Haar färben und eine frische Dauerwelle legen zu lassen. Eine Hälfte des Etablissements war ein Damen-, die andere ein Herrensalon, und Norman schwatzte gern und häufig mit Joan, während sie unter der Haube saß. Sie war fast die erste Frau, die er ansah. Aber sie war so freundlich, so lieb und gut, daß er sich überhaupt nicht eingeschüchtert fühlte. Er verliebte sich leidenschaftlich in sie, und als er das zweitemal mit ihr allein war, bat er sie, ihn zu heiraten. Joan nahm bereitwillig an.

Norman hatte keine Ahnung, auf welche Weise sie ihren Lebensunterhalt verdiente, und glaubte ihr, als sie ihm erzählte, sie habe Schreibarbeiten in Heimarbeit übernommen und hin und wieder als selbständige Sekretärin in Firmen ausgeholfen. Sie wohnten bei seiner Mutter. Nach einem oder zwei Jahren furchtbarer Streitereien mit Mrs. Smith fand Joan, daß man die alte Frau am besten zum Schweigen brachte, wenn man ihre bisher kontrollierte Zuneigung zur Flasche förderte. Nach und nach bekam sie Mrs. Smith so weit, daß sie ihre Ersparnisse für eine halbe Flasche Whisky täglich ausgab.

»Wenn Norman das erfährt, bringt es ihn um«, sagte Joan.

»Sag ihm nichts, bitte, Joanie!«

»Dann bleib am besten im Bett, wenn er nach Hause kommt. Für den Ärmsten bist du eine Heilige, er stellt dich auf ein Piedestal. Es würde ihm das Herz brechen, wenn er wüßte, daß du von früh bis abends säufst – und noch dazu unter seinem Dach.«

Also flüchtete sich Mrs. Smith, von Joan ermutigt und unterstützt, in das Leben einer Invalidin. Den größten Teil eines jeden Tages verbrachte sie mit ihrem Whisky im Bett, und Joan half ein bißchen nach, indem sie ihr in den Zucker oder in den Tee drei oder vier von den Tranquilizern gab, die ihr der Arzt für »die Nerven« verordnet hatte. Da ihre Schwiegermutter tagsüber mehr oder weniger bewußtlos vor sich hindämmerte, kehrte Joan stundenweise zu ihrem alten Leben in Shepherd's Bush zurück. Sie verdiente sehr wenig, und die Freier mit ihren Wünschen waren ihr widerlich geworden. Bemerkenswert an Joan war, daß sie, obwohl sie mit Hunderten von Männern und ihrem Mann sexuelle Beziehungen gehabt hatte, noch nie zu ihrem eigenen Vergnügen mit jemandem im Bett gewesen war und, außer mit dem Bäckereiangestellten in Salisbury, nie eine »konventionelle« verbotene Affäre gehabt hatte. Es war schwer zu begreifen, warum sie als Prostituierte weiterarbeitete. Vielleicht aus Perversität oder um sich gegen Normans ungewöhnliche Arbeiterklassen-Respektabilität aufzulehnen.

Wenn das zutraf, dann war es eine heimliche Art der Auflehnung, denn er merkte nie etwas davon. Sie war es, die ihm eines Tages unerschrocken und fast prahlerisch alles gestand.

Und sie tat es im Zuge ihrer religiösen Bekehrung. Seit ihrem vierzehnten Lebensjahr – und sie war jetzt vierzig – hatte sie nie einen Gedanken an Religion verschwendet. Doch um sie in eine schwärmerische Betschwester zu verwandeln, bedurfte es nur des missionarischen Besuchs eines Mannes, der eine Sekte vertrat, die sich die »Epiphanier« nannte.

»Nicht heute, besten Dank«, sagte Joan, doch da sie an jenem Nachmittag nichts Besseres zu tun hatte, blätterte sie in dem Traktat, das er ihr vor die Tür gelegt hatte. Durch einen ganz alltäglichen Zufall kam sie am nächsten Tag am Tempel der Epiphanier vorbei. Es war natürlich kein Zufall. Sie war schon Hunderte von Malen daran vorbeigegangen, hatte bisher jedoch nie darauf geachtet, was das für ein Gebäude war. Eine Gebetsstunde begann eben. Aus Neugier trat Joan ein – und wurde bekehrt und gerettet.

Die Sekte der Epiphanier wurde in den zwanziger Jahren in Kalifornien von einem pensionierten Leichenbestatter namens Elroy Camps gegründet. Das Epiphaniefest wird am 6. Januar gefeiert, dem Tag, an dem die Heiligen Drei Könige angeblich in Bethlehem eintrafen, um Zeugen der Geburt Christi zu sein und dem Kind in der Krippe ihre Gaben darzubringen. Elroy Camps und seine Anhänger sahen sich als »weise Männer«, denen eine besondere Offenbarung zuteil geworden war. Das bedeutete, daß sie und nur sie Zeugen der göttlichen Menschwerdung geworden waren und mit einer elitären Gruppe Auserwählter erlöst werden würden. Elroy Camps glaubte tatsächlich, die Reinkarnation jenes Königs aus dem Morgenland zu sein, der allgemein unter dem Namen Balthasar bekannt ist.

Strenge Glaubensregeln wurden aufgestellt. Die Mitglieder der Sekte mußten den Tempel besuchen, wenigstens hundert missionarische Hausbesuche jährlich machen und daran glauben, daß ein zweites Epiphaniefest nahe war, bei dem sie, die Weisen, von Gott auserwählt würden und der Rest der Welt in schreckliche Finsternis gestürzt werden sollte. Ihre Andachten waren lärmend und dramatisch, aber auch vergnüglich, mit Tee, Kuchen und Filmvorführungen. Neue Mitglieder wurden aufgerufen, ihre Sünden öffentlich zu bekennen, wonach die übrige Bruderschaft in spontane Kommentare ausbrach, die man mit dem Absingen von Kirchenliedern beschloß. Die meisten dieser Lieder hatte Balthasar selbst geschrieben.

Hier ein Beispiel:

»Wie die Drei Weisen aus dem Morgenland
nach Bethlehem geritten kamen,
so reiten auch wir durch die Welt
in unseres Herrn Jesu Namen.
Wir tragen unsere Sünden
wie die für ihn bestimmten Gaben.
Und seine heil'ge Gegenwart
wird diese Sünden bald weißgewaschen haben.«

Zunächst scheint es rätselhaft, warum das auf Joan einen so tiefen Eindruck machte. Aber sie hatte seit jeher eine Schwäche für dramatische Auftritte, besonders solche, die Menschen schockierten. Sie hörte eine Frau ihre Sünden bekennen, hörte sie laut verkünden, daß sie »schwarz« in der U-Bahn und mit dem Bus gefahren sei, ein paar Pfund von ihrem Haushaltsgeld beiseite gebracht und ein bestimmtes Theater besucht habe. Da hatte sie doch wahrhaftig andere Sünden auf Lager! Sie war vierzig, und sogar sie mußte zugeben, daß sie mit ihrem farblos gewordenen Haar und der feinen blassen Haut älter aussah. Wie sollte ihr Leben weitergehen? Sollte sie in einer schrecklichen, obskuren Häuslichkeit mit der alten Mrs. Smith in Harlesden verkümmern oder von der Herrlichkeit des Ruhmes kosten, zu dem ihr die Epiphanier verhelfen konnten? Außerdem war all das vielleicht sogar wahr! Sehr bald sollte sie glauben, daß es die Wahrheit und nichts als die Wahrheit war.

Es wurde das Bekenntnis des Jahres. Alles kam heraus. Die Versammlung war wie betäubt, als Joan ihre Exzesse enthüllte, doch ihr war Verzeihung verheißen worden, und ihr wurde verziehen, genauso rückhaltlos wie der Frau, die ohne Fahrkarte in der Untergrundbahn gefahren war.

Joan, die treulose Ehefrau, öffnete ihr Herz dem wie vom Blitz getroffenen, tief enttäuschten Norman. Joan, die Evangelistin, ging in Harlesden, in Wood Lane und Shepherd's Bush von Haus zu Haus und verteilte nicht nur Traktätchen, sondern schilderte ihren Zuhörern, wie sie gelebt hatte, ehe der HERR sie rief. Eine Dirne, eine scharlachrot gekleidete Hure.

»Ich habe mich mit Purpur und Scharlach geschmückt«, sagte Joan auf der Schwelle. »Ich hielt einen goldenen Becher in der Hand, der gefüllt war mit den Widerwärtigkeiten und dem Schmutz meiner Hurerei. Ich war das Gefäß jedes unreinen Geistes, ein Käfig für jeden unreinen und abscheulichen Vogel.«

Es dauerte nicht lange, bis ein Witzbold im Friseursessel ironische Anspielungen über unreine und abscheuliche Vögel machte. Vergeblich bat Norman seine Frau, endlich aufzuhören. Er hatte genug gelitten, als er von ihrem Vorleben erfuhr, aber das war zuviel. In der Straße blühte der Klatsch, und die Jungen schrien ihm Obszönitäten nach, wenn er zur Arbeit ging.

Doch wie sollte man einer Frau beikommen, die bekehrt worden war, die jeden Vorwurf demütig hinnahm? »Das weiß ich ja, Norm, ich weiß, daß ich in Gemeinheit und Schmutz watete. Ich habe gegen dich und gegen meinen HERRN gesündigt. Ich war eine verlorene Seele, steckte tief im Sumpf des Lasters.«

»Ich möchte ja nur, daß du es nicht weitererzählst«, sagte Norman.

»Balthasar predigt, daß es keine versteckte Buße gibt.«

Dann starb die alte Mrs. Smith. Joan war nie mehr daheim, und die alte Frau blieb allein in dem kalten und schmutzigen Haus zurück. Sie stieg aus dem Bett, stürzte und lag sieben Stunden lang in einem dünnen Nachthemd auf dem Boden. Sie starb, schon bald nachdem Norman sie gefunden und ins Krankenhaus gebracht hatte. Todesursache: Hypothermie. Sie war an Unterkühlung gestorben. Wieder schwirrten die Gerüchte in der Straße, und jetzt waren es nicht nur die Schuljungen, die hinter Norman herschrien.

Seine Mutter hatte ihm das Haus und tausend Pfund hinterlassen. Norman gehörte zu jenen Leuten – und sie sind Legion –, die den Ehrgeiz haben, ein Gasthaus oder einen Laden auf dem Land zu betreiben. Er hatte nie auf dem Land gelebt oder einen Lebensmittelladen geführt, aber genau das wünschte er sich. Er ließ sich umschulen, um die Poststelle übernehmen zu können, und ungefähr zu derselben Zeit, zu der die Coverdales Lowfield Hall erwarben, wurden er und Joan stolze Besitzer des Dorfladens von Greeving, denn der einzige andere Epiphaniertempel im Land stand in Nunchester.

Die Smiths führten den Laden mit geradezu verheerender Untüchtigkeit. Manchmal öffneten sie um neun, manchmal um elf. Die Poststelle war natürlich zu den vorgeschriebenen Zeiten geöffnet, aber Joan ließ – obwohl sie Eunice gegenüber etwas anderes behauptete – Norman oft stundenlang allein, und er konnte den kleinen Verschlag hinter dem Schalterfenster nicht verlassen, um die anderen Kunden zu bedienen. Die Stammkunden blieben aus, die anderen, die gezwungen waren, weiterhin bei den Smiths einzukaufen, weil sie keinen Wagen hatten, murrten und waren unzufrieden. Joan schnüffelte in der Post. Sie untersuchte sie und behauptete, das sei ihre Pflicht. Sie müsse die Sünder entdecken, in deren Mitte sie lebe. Sie öffnete Briefe über Wasserdampf und klebte sie wieder zu. Norman stand unglücklich und verzweifelt dabei, wünschte sich, er hätte den Mut, sie zu schlagen, und hoffte wider seine Natur, daß er diesen Mut eines Tages finden würde.

Sie hatten keine Kinder, und zur Zeit machte Joan durch, was sie »verfrühte Wechseljahre« nannte. Wenn man berücksichtigte, daß sie fünfzig war, hätte man der Meinung sein können, daß das Klimakterium bei ihr weder zu früh noch zu spät eingetreten sei, sondern genau zur rechten Zeit.

»Norm und ich haben uns immer nach Kinderchen gesehnt«, pflegte sie zu sagen, »aber sie wurden uns nicht geschenkt. Der HERR wird wissen warum, und wir dürfen nicht kritisieren, was er uns auferlegt.«

Zweifellos wußte der HERR wirklich, warum. Man fragt sich, was Joan Smith wohl mit Kindern angefangen hätte. Sie gefressen, wahrscheinlich.

10

Schon seit geraumer Zeit hatte George Coverdale vermutet, daß einer der beiden Smiths sich an seiner Post zu schaffen machte. Eine Woche bevor er auf Urlaub fuhr, war das Couvert, in dem ein Brief seines Sohnes Peter steckte, mit Klebstoff verschmiert gewesen, und ein Päckchen des Buchklubs, bei dem Jacqueline Mitglied war, war offensichtlich geöffnet und anschließend mit einem Bindfaden verschnürt worden. Aber George zögerte, etwas zu unternehmen, solange er keinen hieb- und stichfesten Beweis hatte.

Er hatte den Fuß nicht mehr in den Laden oder in die Poststelle gesetzt, seit ihm Joan vor etwa drei Jahren vor einem höchst interessiert lauschenden Publikum, den Frauen von Landarbeitern, fröhlich vorgeworfen hatte, er lebe mit einer geschiedenen Frau zusammen. Es sei an der Zeit, dem sündigen Leben zu widersagen und zu Gott zu finden. Danach hatte er seine Briefe in Stantwich aufgegeben und Joan nur steif zugenickt, wenn er ihr im Dorf begegnete. Er wäre entsetzt gewesen, hätte er gewußt, daß sie in seinem Schlafzimmer gewesen war und die Kleider seiner Frau befingert hatte.

Aber als er und seine Familie aus dem Urlaub zurückkamen, gab es nirgends ein Anzeichen dafür, daß Eunice von ihrem Weg abgewichen war.

»Ich glaube, sie hat kein einziges Mal das Haus verlassen, Liebling«, sagte Jacqueline.

»Doch, das hat sie.« Der Dorfklatsch erreichte sie durch Melinda. »Geoff hat es mir erzählt. Er hat es von Mrs. Higgs – der Mrs. Higgs, die immer auf dem Fahrrad fährt. Sie ist die Schwägerin seiner Oma. Die hat das alte

Pergamentgesicht auf einem Spaziergang in Greeving gesehen.«

»Gut«, sagte George. »Wenn es sie glücklich macht, im Dorf umherzuwandern, werde ich sie nicht mehr wegen der Fahrstunden drängen. Aber falls ihr hintenherum vielleicht erfahren solltet, daß sie gern fahren lernen möchte, dann sagt mir bitte Bescheid, ja?«

Spätsommer und Frühherbst, und die Vegetation schien so üppig zu werden, daß nicht einmal die Natur selbst sie unter Kontrolle halten konnte. Die Blumen schossen in die Höhe und wucherten ohne Maß und Ziel, die Hecken waren zu dicht belaubt, die Ranken der Hagebutten und Bryonien, der wilden Klematis und des Mannshartes überzogen alles mit einem hauchdünnen Schleier. Melinda ging Blaubeeren pflücken, und Jacqueline kochte Brombeergelee. Eunice hatte noch nie gesehen, wie man Marmelade machte. Soweit sie wußte, konnte man sie nur in Gläsern in einem Laden kaufen, wenn sie nicht gerade wie Manna vom Himmel fiel. Giles pflückte keine Blaubeeren, er ging auch nicht zum Erntedankfest in die Kirche. An die Korkwand heftete er einen selbstverfaßten Text, eine Zeile, die ebensogut für ihn hätte geschrieben werden können: »Es gibt Menschen, die sagen, das Leben sei das Wahre, aber ich lese lieber.« Und er vertiefte sich wieder in seine altindischen philosophischen Episteln.

Die Fasanenjagd begann. Eunice sah George den Gewehrraum betreten. Er nahm die Vogelflinten von der Wand und reinigte und lud sie, während die Küchentür offenstand. Eunice schaute interessiert, aber völlig arglos zu, ahnungslos, daß sie sie eines Tages benutzen würde.

George reinigte und lud beide Waffen, doch nicht, weil er hoffte, daß Giles ihn begleiten würde. Er hatte das zweite Gewehr für seinen Stiefsohn gekauft, genauso wie eine Angelausrüstung und das dicke weiße Pferd, das ihm jetzt gewissermaßen die Haare vom Kopf fraß. Drei Jahre der Apathie und dann offener Widerstand von Giles hatten ihn gelehrt zu begreifen, daß er aus Giles nie einen Sportsmann machen konnte. Daher lieh er das zweite Gewehr jedes Jahr Francis Jameson-Kerr, dem Sohn des Brigadiers.

Es gab Unmengen von Fasanen, und vom Küchenfenster aus und später aus dem Küchengarten, wo sie einen Kohlkopf schneiden wollte, beobachtete Eunice, wie die Jäger vier Paare und eine Henne in ihren Jagdtaschen verstauten. Zwei Vögel für die Jameson-Kerrs, zwei für Peter und Paula, die übrigen für Lowfield Hall. Eunice fragte sich, wie lange die blutigen Federbündel im Vorratsraum abhängen mußten, bevor sie das Vergnügen haben würde, das ihr bisher unbekannte Fleisch zu kosten. Aber fragen würde sie nicht. O nein! Eine Woche später wurden die Vögel von Jacqueline gebraten, und als Eunice in das dicke Bruststück schnitt, das auf ihrem Teller lag, rollten ihr drei kleine Schrotkugeln entgegen und tauchten in der Soße unter.

Die Einkäufe für den Haushalt erledigte Jacqueline entweder selbst oder bestellte die Waren telefonisch in Stantwich, und George holte sie später ab. Eine nie versiegende Quelle der Angst war für Eunice, daß man ihr eines Tages auftragen könnte, die Einkaufsliste durchzutelefonieren. Und eines Dienstags Ende September war es soweit.

Das Telefon klingelte um acht Uhr morgens. Es war Lady Royston, die sagte, sie sei gestürzt und glaube, sie habe sich den Arm gebrochen. Könnte Jacqueline sie wohl nach Nunchester ins Krankenhaus fahren? Sir Robert habe einen Wagen genommen, ihr Sohn den anderen, und sie habe es sich in den Kopf gesetzt gehabt, um halb acht Uhr morgens mit dem Apfelpflücken zu beginnen, sei auf einer zerbrochenen Leitersprosse ausgerutscht und – nun ja . . .

Die Coverdales saßen noch beim Frühstück. »Arme Jessica«, sagte Jacqueline, »es klang, als habe sie starke Schmerzen. Ich fahre sofort hinüber. Die Einkaufsliste ist fertig, George, also kann Miss Parchman sie durchtelefonieren, sobald der Laden öffnet. Sei bitte ein Engel und hol die Sachen später ab, ja?«

George und Giles beendeten das Frühstück schweigend, nur einmal sagte George, der sich immer Mühe gab, ein guter Stiefvater zu sein, ein so herrlicher Morgen bedeute wahrscheinlich nur, daß es im Lauf des Tages regnen würde. Giles, der an ein Inserat dachte, das er in »Time Out« gesehen hatte und in dem ein zehnter Mitfahrer für einen Minibus nach Poona gesucht wurde sagte: »Tatsächlich? Leider habe ich keine Ahnung von Meteorologie.« Eunice kam herein, um den Tisch abzuräumen.

»Meine Frau ist zu einem Freundschaftsdienst unterwegs«, sagte George, den Eunices strenge, düstere Gegenwart dazu brachte, sich geschwollener auszudrükken, als es seine Art war. »Seien Sie also so gut, diese Nummer anzurufen und zu bestellen, was auf dieser Liste steht.«

»Ja, Sir«, sagte Eunice automatisch.

»Bist du in fünf Minuten fertig, Giles? Warten Sie bis halb zehn, ja, Miss Parchman? Die Läden öffnen heutzutage nicht mehr so früh wie in unserer Jugend.«

Eunice starrte die Liste an. Sie konnte die Telefonnummer lesen, das war ungefähr alles. George war inzwischen verschwunden, um den Mercedes aus der Garage zu holen. Giles war oben. Melinda verbrachte ihre letzte Ferienwoche bei einer Freundin in Lowestoft. Leichte Panik begann sich in Eunice zu regen, und sie dachte daran, sich die Liste von Giles vorlesen zu lassen – einmal, das war für ihr ausgezeichnetes Gedächtnis genug. Sie wollte ihm sagen, sie habe ihre Brille oben in ihrem Zimmer vergessen. Doch der Vorwand war ihr nicht triftig genug, da sie eine Stunde Zeit hatte, um die Brille herunterzuholen, und überdies durchquerte Giles jetzt in seiner üblichen schlafwandlerischen Art die Halle, verließ das Haus und knallte die Tür hinter sich zu. Verzweifelt ließ sie sich in der Küche zwischen dem schmutzigen Geschirr nieder.

Ihre Bemühungen konzentrierten sich darauf, einen Funken aus dem bei ihr völlig verkümmerten Organ – der Phantasie – zu schlagen. Eine erfinderische Frau hätte inzwischen längst Möglichkeiten gefunden, mit dem Problem fertigzuwerden. Sie hätte gesagt, sie habe ihre Lesebrille zerbrochen (und wäre zum Beweis vorher daraufgetreten), oder sie hätte Krankheit geheuchelt oder behauptet, sie habe einen Anruf aus London erhalten und müsse dringend zu einem kranken Verwandten. Eunice fiel als einzige Lösung ein, die Einkaufsliste selbst nach Stantwich zu bringen und dem Geschäftsführer zu übergeben. Aber wie kam sie in die Stadt? Sie wußte, daß ein Bus verkehrte, wußte aber nicht, wo er hielt, nur daß die Haltestelle zwei Meilen entfernt war. Sie hatte auch keine Ahnung, wann und wohin genau der Bus fuhr und wo das Geschäft lag. Kurz darauf drängte Gewohnheit sie dazu, das schmutzige Geschirr in die Spülmaschine einzuordnen, die glatten Oberflächen zu polieren, hinaufzugehen, die Betten zu machen und mürrisch Giles' »Wort des Monats« anzustarren, das eine merkwürdige ironische Anspielung auf sie selbst enthielt, von der sie, da sie das Zitat nicht lesen konnte, natürlich nichts ahnte. Viertel nach neun. Eva Baalham kam dienstags nicht, der Milchmann war schon dagewesen. Nicht, daß Eunice gewagt hätte, sich diesen Leuten anzuvertrauen und preiszugeben, indem sie sie um Hilfe bat. Sie mußte Jacqueline eben sagen, sie habe vergessen anzurufen, und wenn Jacqueline noch rechtzeitig zurückkam, würde sie es bestimmt selbst tun ... Sie blickte wieder zu der Korkwand hinauf, und plötzlich erinnerte sie sich, daß sie mit Joan Smith hier gestanden hatte.

Joan Smith ...

Ein undeutlicher Plan formte sich in ihr. Eunice wollte ihr Geheimnis Joan Smith zwar ebensowenig preisgeben wie Eva oder dem Milchmann oder Jacqueline. Aber Joan hatte einen Lebensmittelladen, und wenn sie die Liste erst einmal in der Hand hatte, gab es vielleicht eine Möglichkeit. Sie zog ihre beste handgestrickte Jacke über das rosafarbene Baumwollkleid und brach nach Greeving auf.

»Lange nich geseh'n«, sagte Joan Smith strahlend. »Sie sind schon fast wieder 'ne Fremde. Das hier ist Norman, meine bessere Hälfte. Norm, das ist Miss Parchman aus Lowfield Hall, von der ich dir schon so viel erzählt habe.«

»Erfreut, Sie kennenzulernen«, sagte Norman Smith hinter dem Postschalter hervor. Von Gittern eingeschlossen, sah er aus wie ein trübsinniges, nachdenkliches Tier. Eine Ziege oder ein Lama vielleicht, die zu lange in Gefangenschaft leben, um sich an die Freiheit zu erinnern, in ihren Käfigen aber dennoch kläglich dahinvegetieren. Er hatte ein keilförmiges, weißes und knochiges Gesicht und graumeliertes sandfarbenes Haar. Er kaute ununterbrochen Spearmint, als wolle er den Eindruck des Wiederkäuers noch vertiefen.

»Nun, welchem Umstand haben wir das Vergnügen Ihres Besuchs zu verdanken?« fragte Joan. »Sagen Sie bloß nicht, die Coverdales wollten endlich unser bescheidenes Etablissement beehren? Der Tag müßte rot im Kalender stehen.«

»Ich habe eine Liste.« Eunice sah sich auf den Regalen um und reichte Joan die Liste.

»Na, sehen wir mal nach! Wir haben das glatte Mehl, die Haferflocken, das weiß ich. Aber, du meine Güte, weiße Bohnen und Basilikumblätter und Knoblauch?« Die Ausrede des schlechten Kaufmanns kam Joan zu Hilfe. »Die Sachen sind uns ausgegangen und müssen jeden Tag hereinkommen«, sagte sie. »Aber wissen Sie was, Sie lesen mir die Liste vor, und ich sehe nach, was wir haben.«

»Nein, Sie lesen, und ich sehe nach.«

»Wie kann ich denn schon wieder so taktlos sein! Ich vergesse ganz Ihre Augenbeschwerden, nicht wahr? Also los, fangen wir an!«

Eunice, die nachsah und nur zwei Artikel vorrätig fand, wußte, daß sie gerettet war, denn Joan hatte ihr jeden einzelnen Posten laut und langsam vorgelesen. Das genügte ihr. Sie kaufte das Mehl und die Haferflocken, die sie natürlich verstecken und von ihrem Geld bezahlen mußte. Aber das war egal. Ein warmes Gefühl für Joan, die ihr wieder aus dem Schlamassel geholfen hatte, wallte in Eunice auf. Unklar erinnerte sie sich, daß sie Ähnliches vor langer, langer Zeit für ihre Mutter empfunden hatte, bevor Mrs. Parchman krank und hilflos geworden war. Ja, sagte sie, sie nehme gern eine Tasse Tee an, um sich ein paar Minuten auszuruhen.

»Sie brauchen nur das Geschäft in Stantwich anzurufen«, sagte Joan, die zu durchschauen glaubte, daß Eunice aus eigenem Antrieb in ihren Laden gekommen war. »Benutzen Sie ruhig unser Telefon, zieren Sie sich nicht. Hier ist die Liste. Haben Sie Ihre Brille dabei?«

Eunice nickte. Es war die mit dem Gestell aus falschem Schildpatt. Während Joan mit den Teetassen klapperte, erledigte sie, beinahe schwindlig vor Glück, ihren Anruf. Sich den Anschein zu geben, etwas laut zu lesen, das sie aus dem Gedächtnis hersagte, erfüllte sie mit einer Freude, dem Stolz eines Reisenden vergleichbar, der die einzige französische Redewendung, die er beherrscht, so passend und so rechtzeitig anbringt, daß sein Geschäftspartner seine Sprachkenntnisse nicht in Zweifel zieht. Sie hatte selten Gelegenheit zu beweisen, daß sie lesen konnte. Und als sie den Telefonhörer auflegte, empfand sie für Joan, was wir für Menschen empfinden, denen wir unsere Fähigkeit auf einem Gebiet demonstrieren konnten, das eigentlich nicht unserer Begabung entspricht. Sie empfand Wärme, in Bescheidenheit gehüllten Stolz, Bereitschaft zur Großmut. Sie bewunderte den »schönen, alten Raum« und ignorierte, daß er unordentlich, fast schmutzig war, und sie war so gerührt, daß sie Joan ein Kompliment über ihr Haar, ihr geblümtes Kleid und die Qualität ihrer Schokoladenbiskuits machte.

»Wenn man sich vorstellt, daß die erwarten, Sie sollen das ganze Zeug nach Hause schleppen«, sagte Joan, obwohl sie genau wußte, daß das nicht zutraf. »Nun ja, es heißt, er sei ein harter Mann und ernte, wo er nicht gesät habe. Soll ich Sie nach Hause fahren?«

»Ich möchte Ihnen keine Umstände machen.«

»Aber das tun Sie nicht, es ist mir ein Vergnügen.« Joan bugsierte Eunice durch den Laden und ignorierte ihren Mann, der sich eine Tüte wie einen Hafersack vor das Gesicht hielt und hineinspähte. Der alte grüne Kombi startete nach einigen mühsamen Manipulationen mit dem Choke und wiederholtem Gasgeben. »Heimzu, James, und schonen Sie die Pferde nicht!«

Der Kombi quälte sich hustend die ansteigende Straße hinauf. Joan brachte Eunice zum Haupteingang von Lowfield Hall. »So, und da jede gute Tat eines Lohnes wert ist, möchte ich, daß Sie dieses kleine Büchlein hier lesen.« Sie holte ein Traktätchen mit dem Titel »Gott möchte Dich zu einem Weisen machen« hervor und legte es Eunice auf die Knie. »Und das nächste Mal begleiten Sie mich zu unserer Gebetsstunde, ja? Sonntagabend. Ich hole Sie nicht ab, aber wenn Sie um halb fünf unten an der Straße warten, werde ich auch da sein. Okay?«

»In Ordnung«, sagte Eunice.

»Es wird Ihnen gefallen. Wir haben keine Gebetsbücher wie diese Kirchenleute, wir singen nur und lieben einander und sagen ganz einfach, wie's uns ums Herz ist. Und dann gibt's Tee und einen kleinen Schwatz mit den Brüdern und Schwestern. Gott will, daß wir fröhlich sind, meine Liebe, nachdem wir uns ihm geweiht haben. Doch für jene, die ihn leugnen, wird nur Heulen und Zähneklappern sein. Haben Sie die Jacke etwa selbst gestrickt? Ich finde sie todschick. Vergessen Sie nicht das Mehl und die Haferflocken.«

Sehr zufrieden mit sich selbst fuhr Joan zu Norman und dem Laden zurück. Es mag den Anschein haben, als hätte sie durch eine Freundschaft mit Eunice Parchman nichts gewinnen können, tatsächlich brauchte sie jedoch dringend eine Vasallin im Dorf. Norman war zu einer Null herabgesunken, war seit den Enthüllungen seiner Frau nicht viel mehr als die Attrappe eines Mannes. Sie sprachen in jener Zeit kaum noch miteinander, und Joan hatte es aufgegeben, vor ihren Bekannten so zu tun, als seien sie ein ideales Paar. Tatsächlich verkündete sie jedermann, Norman sei das Kreuz, das sie zu tragen habe, aber da sie seine Frau sei, sei das ihre Pflicht. Er habe Gott jedoch den Rücken gekehrt und sei daher kein Gefährte für eine Frau wie sie. Sein Wandel mißfiel dem HERRN, und sie, als des HERRN Magd, mußte dieses Mißfallen teilen. Diese Behauptungen hatten, zusammen mit anderen, in denen Joan andeutete, sie sei als Gottes Gehilfin unfehlbar, die Higgs, Baalhams und Newsteads abgeschreckt, die sich sonst mit ihr angefreundet hätten. Die Leute grüßten sie, schnitten sie aber darüber hinaus. Sie hielten sie für verrückt, was sie vermutlich damals auch schon war.

Sie hielt Eunice für gefügig und unbedarft. Aber auch – um ihr Gerechtigkeit angedeihen zu lassen – für ein verlorenes Schaf, das in den Pferch von Nunchester geholt werden konnte. Es wäre für sie ein Triumph und sehr angenehm gewesen, den Epiphaniern eine getreue Jüngerin vorstellen zu können und im heidnischen Greeving eine gute Freundin zu haben.

Vom Erfolg beflügelt, nahm Eunice sich das Damenzimmer gründlich vor und wusch tatsächlich die elfenbeinfarben gestrichenen Wände ab, als Jacqueline zurückkam.

»Du lieber Himmel, was für eine Hetze! Die arme Lady Royston hat den linken Arm mehrfach gebrochen.

Frühjahrsputz im September? Sie sind wirklich eine unermüdliche Arbeiterin, Miss Parchman. Ich wage kaum zu fragen, ob Sie die Bestellung aufgegeben haben.«

»O ja, Madam. Mr. Coverdale holt die Sachen um fünf Uhr ab.«

»Das ist großartig. Und jetzt trinke ich vor dem Lunch einen Riesensherry. Warum machen Sie nicht mal ganz kurz Pause und halten mit?«

Doch das lehnte Eunice ab. Von einem Glas Wein bei einer Verwandtenhochzeit oder -beerdigung abgesehen, hatte Eunice noch nie Alkohol getrunken. Das war eines der wenigen Dinge, die sie mit Joan Smith gemeinsam hatte, denn Joan hatte zwar in ihrer Shepherd's-Bush-Zeit einen Gin oder ein Glas Guinness nicht gerade verachtet, war jedoch zur Antialkoholikerin geworden, als sie das Glaubensbekenntnis der Epiphanier unterschrieben hatte.

»Gott möchte Dich zu einem weisen Mann machen« blieb natürlich ungelesen, aber Eunice ging zu der Versammlung, bei der niemand von ihr erwartete, daß sie etwas las. Sie genoß die Fahrt in Joans Wagen, das Singen und den Tee, und als sie wieder in Greeving waren, war sie bei den Smiths für Mittwochabend zum Essen eingeladen, und die beiden Frauen nannten sich Joan und Eunice. Sie waren Freundinnen. In der sterilen Existenz von Eunice Parchman hatten Mrs. Samson und Annie Cole eine Nachfolgerin.

Melinda kehrte ins College zurück, George schoß noch mehr Fasanen, Jacqueline pflanzte Blumenzwiebeln, trimmte die Büsche und heiterte Lady Royston auf. Giles erfuhr zu seinem größten Ärger, daß der zehnte Platz in dem Bus nach Poona schon besetzt war. Die Blätter färbten sich aus dunklem Grün in blasses Gold, die Äpfel waren gepflückt, und die Haselnüsse reiften. Der Kukkuck war längst davongeflogen, und jetzt reisten die Schwalben und die Fliegenschnäpper nach dem Süden.

Auf dem Greeving Green traf sich die Jagdgesellschaft und ritt die Straße entlang, und zwei Stunden später wurde in Marleigh Wood zum Halali geblasen.

»Guten Morgen, Master«, sagte George an seinem Tor förmlich zu Sir Robert Royston; George, der ihn sonst immer Bob nannte.

Und »guten Morgen, Sir« erwiderte Bob, der ein schwarzes Reitjackett und einen Zylinder trug.

Oktober mit seinem vorgetäuschten Sommer, der warmen Traurigkeit, den Nebelschleiern, dem Reichtum an Früchten und mit einer Sonne, die den Dunst golden färbte, der über dem Fluß Beal hing.

11

Wäre Melinda zu Hause gewesen, hätte sie erfahren, daß Eunice immer Joan Smith besuchte, wenn sie ausging, was jetzt ziemlich häufig geschah, und daß jeden Sonntag am Spätnachmittag der Kombi der Smiths am Ende der Zufahrt von Lowfield Hall wartete. Aber Melinda war wieder im College und hatte seit ihrer Abreise vor einem Monat die Eltern nur einmal besucht. Sie war jedoch ungewöhnlich still und geistesabwesend gewesen, war nicht ausgegangen, hatte Platten gehört oder tief in Gedanken versunken dagesessen. Denn Melinda war verliebt.

Obwohl also jeder Bewohner von Greeving, sofern er kein Kleinkind oder senil war, die Parchman-Smith-Allianz mit größtem Interesse verfolgte, ahnten die Coverdales nichts davon. Sie wußten oft nicht einmal, daß Eunice nicht da war, so unauffällig bewegte sie sich durch das Haus. Sie wußten gleichfalls nicht, daß Joan Smith nach Lowfield Hall kam, wenn sie ausgingen, und so manchen vergnüglichen Abend dort verbrachte, mit Eunice Tee trank und vor dem Fernseher saß. Giles war natürlich immer zu Hause. Doch sie waren vorsichtig genug, auf der Treppe nicht zu sprechen. Der dicke Teppich schluckte das Geräusch ihrer Schritte, und so gelangten die beiden Frauen in Eunices Zimmer, ohne daß er sie sah oder hörte. Waren sie einmal dort, schaltete Eunice den Fernseher ein, der ihre Stimmen übertönte.

Und doch hätte diese Freundschaft, wenn es nach Eunice gegangen wäre, sehr bald wieder ein Ende gefunden. Die Wärme, die sie für Joan empfand, kühlte sich ab, sobald ihre Freude darüber nachließ, daß sie ihr mit der Einkaufsliste geholfen hatte, und sie begann Joan zu betrachten, wie sie seit jeher die meisten Leute betrachtet hatte – als jemanden, den man benutzen konnte. Es ging ihr diesmal nicht darum, Geld zu erpressen. Sie wollte jedoch versuchen, eine ähnliche Macht über sie zu gewinnen wie über Annie Cole, so daß sie sich stets auf sie als Dolmetscherin verlassen und sicher sein konnte, ihr Geheimnis gut gehütet zu wissen, selbst wenn Joan es einmal entdecken sollte.

Es sah so aus, als habe Eva Baalham ihr Joan in die Hände gespielt.

Eva war in diesen Tagen verärgert, denn obwohl sie jetzt eine bessere Stellung bei Mrs. Jameson-Kerr hatte, war sie gekränkt, weil sie in Lowfield Hall nur noch einen Vormittag pro Woche arbeiten durfte. Und diese Demütigung hatte sie, ihrer Meinung nach, nur Eunice zu verdanken, die mit Leichtigkeit alles erledigte, worüber sie immer gestöhnt hatte, und die – um der Wahrheit die Ehre zu geben – alles viel besser und ordentlicher tat.

»Sie sin aber in letzter Zeit ganz schön dicke mit dieser Mrs. Smith«, sagte sie.

»Ach, ich weiß nicht«, erwiderte Eunice.

»Na, also wenn man sich so oft gegenseitig besucht, nenn ich das dicke. Mein Cousin Meadows, der wo die Werkstatt hat, hat Sie letzte Woche in ihrem Kombi gesehn. Aber vielleicht könnt ich Ihnen ein paar Dinge über sie stecken, die Sie nich wissen.«

»Was?« fragte Eunice, sich über ihre eigenen Grundsätze hinwegsetzend.

»Na, zum Beispiel, was sie war, bevor sie herkam. Eine von der Straße war sie, nicht viel besser als eine ganz gewöhnliche Prostituierte.« Eva beabsichtigte nicht, der Mitteilung das Vertrauliche zu nehmen, indem sie hinzusetzte, das sei allgemein bekannt. »Ist mit Männern mitgegangen, und ihr Mann hat nie keine Ahnung nich gehabt, der arme Teufel.«

An diesem Abend war Eunice zu den Smiths zum Essen eingeladen. Sie aßen, was sie gern hatte und in Lowfield Hall nie bekam, Eier und Speck, Würstchen und Chips. Norman saß schweigend bei Tisch und verschwand dann in den *Blue Boar*, wo irgendein Higgs oder Newstead ihn aus Mitleid zum Pfeilwerfen aufforderte. Große Tassen Tee kamen auf den Tisch, und Joan beugte sich vor und begann zu predigen. Nachdem sie das letzte Stück von ihrer Zuckerwaffel hinuntergeschluckt hatte, packte Eunice ihre Gelegenheit beim Schopf.

Sie unterbrach Joan mit ihrer lauteren, befehlenderen Stimme. »Ich habe etwas über Sie gehört.«

»Etwas Nettes, hoffentlich«, entgegnete Joan fröhlich.

»Ob's nett ist, weiß ich nicht. Daß Sie früher für Geld mit Männern mitgegangen sind, das habe ich gehört.«

Eine Art heilige Ekstase schien Joans geschminktes Gesicht zu erhellen. Sie schlug sich mit der Faust auf den flachen Busen. »Oh, ich war eine Sünderin!« rief sie mit Pathos. »Ich war scharlachrot von Sünde und watete durch stinkenden Schlamm. Ich ging als Dirne durch die Stadt, aber GOTT rief mich, und siehe, ich habe IHN gehört! Nie werde ich den Tag vergessen, an dem ich meine Sünde vor der Gemeinschaft der Brüder und Schwestern bekannte und mein Herz meinem Gatten öffnete. In echter Demut, meine Liebe, habe ich meine Seele vor allen entblößt, die hören wollten, damit die Menschen begreifen, daß auch das schwärzeste aller Schafe gerettet wird. Trinken Sie noch eine Tasse, bitte!«

Eunice war starr vor Staunen. Kein potentielles Opfer ihrer Erpressungen hatte sich je so verhalten. Ihr Respekt vor Joan wuchs beinahe ins Grenzenlose, und geschlagen reichte sie ihr fast zaghaft die Tasse.

Hatte Joan Eunices Absicht erraten? Vielleicht. Sie war eine kluge Frau und eine sehr erfahrene dazu. Wenn sie Bescheid wußte, dann mußte es ihr riesig viel Spaß machen, Eunice mit ihren eigenen Waffen zu schlagen, ohne sie sich zur Feindin zu machen. Schließlich erwartete sie von den Menschen, daß sie Sünder waren. Sie war nicht umsonst eine weise Frau.

Die gelben Blätter fielen. Eiche, Esche und Ulme und das rötlichere Laubwerk der Blutweide. Die Blumen, die noch verblieben waren, hatte der erste strenge Frost geschwärzt, und Pilze wuchsen unter Hecken und auf den Stämmen gestürzter Bäume; der Austernpilz und der amethystfarbene Blätterpilz. James Newsteads Häuschen wurde mit frischem Stroh gedeckt, dem goldenen Stroh eines ganzen Weizenfeldes.

George im Dinnerjackett und Jacqueline in einem roten, mit Gold bestickten Seidenkleid fuhren nach London und sahen sich in Covent Garden die Oper »Titus« an. Sie übernachteten bei Paula. Das »Wort des Monats« war von Mallarmé und lautete: »Ach, das Fleisch ist traurig, und ich habe alle Bücher gelesen.« Doch Giles, weit davon entfernt, alle Bücher gelesen zu haben, steckte tief in Poe. Wenn er es, wie er vermutete, nie schaffen sollte, nach Indien zu kommen, wollte er Melinda vielleicht bitten, mit ihm zusammenzuziehen, sobald sie mit ihrer Ausbildung fertig waren. Eine Wohnung in einer gotischen Villa schwebte ihm vor, in West-Kensington etwa, ein winziges »House of Usher« mit ebenholzschwarzen Fußböden und kleinscheibigen Fenstern, durch die schwach rötliches Licht sickerte.

Aber Melinda hatte sich, ohne daß er etwas davon ahnte, verliebt. Er hieß Jonathan Dexter und lehrte moderne Sprachen. George Coverdale hatte sich oft gefragt, obwohl er den Gedanken nicht einmal Jacqueline gegenüber laut geäußert hatte, ob seine jüngere Tochter noch so unschuldig war wie ihre Mutter in diesem Alter. Doch er bezweifelte es und hatte sich damit abgefunden, daß sie der modernen Freizügigkeit huldigte. Er wäre sehr überrascht und erfreut gewesen, hätte er gewußt, daß Melinda tatsächlich noch Jungfrau war, und Besorgnis hätte ihn erfüllt, wenn jemand ihm gesagt hätte, wie nahe sie daran war, diesen Zustand zu ändern.

Nun, da das Eis gebrochen war, ging Eunice häufig spazieren. Wie sie London durchwandert hatte, durchwanderte sie jetzt ziellos die Dörfer, marschierte von

Cocklefield nach Marleigh, von Marleigh nach Cattingham, über schmale, mit Laub bedeckte Heckenwege, und als der Spätsommer vom Herbst verdrängt wurde, wagte sie sich auf die noch trockenen Wege, die quer durch Felder und Wälder führten. Sie ging energisch los und blieb nie stehen, um durch Lücken zwischen den Bäumen die langen blauen, bewaldeten Hügel und sanften Täler zu betrachten, nahm die Landschaft beinahe überhaupt nicht wahr. Für sie war es hier dasselbe wie in London. Sie ging, um eine unbestimmte Sehnsucht nach Freiheit zu stillen, um die Energie zu verbrauchen, die ihr die Hausarbeit übrigließ.

Sie und Joan Smith telefonierten nie miteinander. Joan kam mit dem Kombi, wann immer sie glaubte, daß die Coverdales ausgegangen und Lowfield Hall, bis auf Eunice, leer war. Gleichgültig zu welcher Freundin sie fuhr, Jacqueline mußte durch Greeving, und es kam höchst selten vor, daß Joan Smith sie nicht sah. Dann fuhr Joan zur Hall hinauf, betrat das Haus durch den Gewehrraum, ohne anzuklopfen, und ein paar Minuten später hatte Eunice den Teekessel aufgesetzt.

»Ihr Leben besteht aus lauter Vergnügen. Heute vormittag ist sie auf einer Sherryparty bei dieser Mrs. Cairne. Man kann sich unschwer vorstellen, was im Kopf des HERRN vorgeht, wenn er so etwas sieht. Ich habe heute morgen vier Hausbesuche in Cocklefield zu machen, meine Liebe, also kann ich nicht lange bleiben.« Mit »Hausbesuchen« meinte Joan Bekehrungsversuche. Wie gewöhnlich war sie mit Traktätchen ausgerüstet, darunter einem neuen, das so bunt war wie ein Comic-Heft und den poetischen Titel »Folge meinem Stern« trug.

Eine so eifrige Epiphanierin war sie, daß Eunice häufig nur Norman vorfand, wenn sie auf einem ihrer Spaziergänge in den Laden kam. Kummervoll schüttelte er dann hinter den Gitterstäben den Kopf.

»Sie ist fort – ich weiß nicht wohin.«

Aber manchmal kam Eunice rechtzeitig genug, um von Joan auf eine ihrer Runden mitgenommen zu werden, und vom Beifahrersitz des Kombis aus beobachtete sie, wie ihre Freundin auf den Türschwellen kleiner Einfamilienhäuser predigte.

»Ob Sie wohl Zeit haben, mal einen kurzen Blick in ein kleines Büchlein zu werfen, das ich mitgebracht habe . . .«

Oder vor den Gemeindehäusern am Rand eines jeden Dorfes, roten Backsteinkästen, die vom alten Dorfkern durch eine Barriere hoher Koniferen getrennt waren. Manchmal bat eine naive Seele Joan ins Haus, und dann blieb sie eine Zeitlang fort. Häufiger jedoch schlug man ihr die Tür vor der Nase zu, und sie kehrte, vom Glanz edlen Märtyrertums umgeben, zum Wagen zurück.

»Ich bewundere Sie, wie Sie das hinnehmen«, sagte Eunice. »Ich würde ihnen mit gleicher Münze herausgeben.«

»Der HERR wünscht sich seine Diener demütig, Eun. Vergessen Sie nicht, daß die einen von den Engeln in Abrahams Schoß getragen und die anderen in den Flammen gemartert werden sollen. Lassen Sie mich nicht vergessen, bei Meadows zu halten, wir haben fast kein Benzin mehr.«

Für jene empörte Beobachterin, die »Folge meinem Stern« in die Mülltonne fallen ließ, waren diese beiden ein merkwürdiger Anblick. Joan so spindeldürr, mit dem Knochenbau eines verhungerten Kindes, wie man es häufig auf Spendenaufrufen zu sehen bekommt. Trotz ihrer Religiosität hatte sie die eingefleischte Gewohnheit nicht abgelegt, sich fast unbewußt wie eine Hure zu kleiden. Sie trug stets kurze Röcke, durchsichtige schwarze Strümpfe, Lackschuhe mit abgetretenen Absätzen, eine große, glänzende Handtasche und eine Jacke aus weißer Pelzimitation mit überbreiten Schultern. Ihr Haar sah aus wie ein umgekehrtes Vogelnest, falls Vögel je Nester aus goldfarbenem Draht bauen, und das Make-up auf ihrem kleinen, spitzen Gesicht war rosa, blau und scharlachrot.

Eunice hatte, seit sie in Lowfield Hall war, ihrer Garderobe nur Kleidungsstücke hinzugefügt, die sie selbst gestrickt hatte, und an diesen kühlen Herbsttagen trug sie eine runde Wollmütze und einen dunklen graublauen Schal. In ihrem dicken kastanienbraunen Mantel war sie wesentlich breiter als Joan. Sie überragte sie auch um ein ganzes Stück. Der Gegensatz zwischen den beiden war am auffallendsten, wenn sie nebeneinander hergingen. Joan, die kleine, rasche Schritte machte und beim Gehen die Hüften schwenkte, und Eunice, stattlich, mit aufrechter Haltung und ruhigem, weit ausgreifendem Schritt.

Im tiefsten Innern dachte jede von der anderen, daß sie wie eine Närrin aussehe, doch das entfremdete sie einander nicht. Freundschaft gedeiht oft am besten, wenn der eine Teil glaubt, er sei dem anderen überlegen. Ohne es sich anmerken zu lassen, hielt Eunice Joan für ungewöhnlich intelligent und für eine verläßliche Hilfe für den Fall, daß sie wieder einmal gezwungen sein sollte, etwas zu lesen. Sie kleidete sich jedoch, Eunices Ansicht nach, wie ein albernes junges Schaf, war eine hoffnungslose Hausfrau und eine Schlampe. Ebenfalls ohne es sich anmerken zu lassen, sah Joan in Eunice eine ungeheuer respektable Person und mögliche Leibwache, falls Norman seine schwache Drohung, sie zusammenzuschlagen, je wahrmachen sollte. Doch warum zog sie sich an wie eine Polizistin?

Joan schenkte Eunice regelmäßig Schokolade, wenn sie in den Laden kam. Eunice strickte Joan ein Paar Handschuhe in ihrer Lieblingsfarbe, Lachs, und dachte daran, mit einem Pullover anzufangen.

Allerheiligen, am 1. November, feierte Jacqueline ihren dreiundvierzigsten Geburtstag. George schenkte ihr eine Schaffelljacke, Giles eine Schallplatte mit den Konzertarien von Mozart. Melinda schickte eine Karte und versprach ihr darauf »etwas Hübsches, sobald ich es schaffe, nach Hause zu kommen«. Das Päckchen mit einem neuen Roman, das Peter und Audrey geschickt hatten, war unverkennbar geöffnet und wieder zugepackt worden. George marschierte zum Postamt von Greeving und beschwerte sich bei Norman Smith. Aber was konnte er entgegnen, als Norman sich damit verteidigte, daß das Päckchen, als er es bekommen hatte, total beschädigt gewesen war und seine Frau es aus Sicherheitsgründen neu verpackt hatte? George konnte nur nicken und sagen, er wolle es dabei bewenden lassen. Im Augenblick.

In dieser Woche ging er zu der alljährlichen Routineuntersuchung zu Dr. Crutchley und erfuhr, daß er einen zu hohen Blutdruck hatte. Es sei nichts Ernsthaftes, doch er solle zur Vorbeugung diese Tabletten nehmen. George war nicht überängstlich und geriet auch nicht leicht in Panik, aber er kam zu dem Schluß, daß es vermutlich richtig wäre, sein Testament zu machen, eine Sache, die er seit Jahren vor sich hergeschoben hatte.

Und dieses Testament war der Anlaß zu Streitigkeiten, die noch andauern, die schuld daran sind, daß

Lowfield Hall keinen Besitzer hat und leersteht. Dieses Testament hat Peter Coverdales und Paula Caswells Leben verbittert und läßt sie die Tragödie nicht vergessen. Aber es war sehr sorgfältig und mit viel Überlegung abgefaßt. Denn wer hätte schon vorhersehen können, was am St.-Valentins-Tag geschehen sollte. Welcher Anwalt, und wäre er noch so umsichtig gewesen, hätte sich ein Massaker im friedlichen Lowfield Hall vorstellen können?

Als Jacqueline von einer Versammlung des Gemeindekirchenrats zurückkam, zeigte George ihr eine Kopie des Testaments.

»›Meiner geliebten Frau Jacqueline Louise Coverdale‹«, las sie laut, »›vermache ich meinen gesamten als Lowfield Hall, Greeving, Grafschaft Suffolk, bekannten Besitz, unbelastet und als unveräußerliches Eigentum. Nacherben sind ihre Erben und deren Erben.‹ O Liebling! ›Meiner geliebten Frau‹ – ich bin so glücklich, daß du das hineingeschrieben hast.«

»Und sonst?« fragte George.

»Aber sollte es nicht nur für Lebensdauer sein? Ich habe das ganze Geld, das Daddy mir hinterlassen hat, und den Erlös vom Verkauf meines Hauses. Und dann bekäme ich auch noch deine Lebensversicherung.«

»Ja, und deshalb habe ich meine gesamten Investments den beiden Mädchen und Peter hinterlassen. Aber ich möchte, daß du das Haus bekommst, du liebst es so. Außerdem hasse ich diese kleinlichen Arrangements, in denen der Witwe alles nur für die Dauer ihres Lebens zufällt. Sie ist dann nichts weiter als eine nichtzahlende Mieterin von Leuten, die es nicht erwarten können, daß sie stirbt.«

»Deine Kinder wären nicht so.«

»Ich glaube auch nicht, daß sie so wären, Jackie, aber das Testament steht unabänderlich fest. Falls du vor mir sterben solltest, habe ich bestimmt, daß die Hall nach meinem Tod verkauft und der Erlös unter meinen Erben aufgeteilt werden soll.«

Jacqueline blickte zu ihm auf. »Ich hoffe, daß es so kommt.«

»Was hoffst du, Liebling?«

»Ich hoffe, daß ich vor dir sterbe. Nur deshalb betrübt es mich ja, daß du älter bist als ich – weil du wahrscheinlich vor mir sterben wirst. Vielleicht muß ich jahrelang als Witwe leben, und ich ertrage nicht einmal den Gedanken daran. Ich kann mir keinen einzigen Tag ohne dich vorstellen.«

George küßte sie. »Sprechen wir nicht von Testamenten, Gräbern und Grabinschriften«, sagte er, und so redeten sie statt dessen über die Versammlung des Pfarrgemeinderats, die Finanzierung der neuen Festhalle im Dorf, und Jacqueline vergaß die Hoffnung, die sie vor kurzem in Worte gekleidet hatte.

Es war ihr nicht bestimmt, daß diese Hoffnung sich erfüllte, obwohl sie nur eine Viertelstunde lang Witwe sein sollte.

12

Der Tempel der Epiphanier in Nunchester liegt auf dem North Hill, direkt über dem Viehmarkt. Es ist daher nicht erforderlich, daß man, wenn man von Greeving kommt, durch die Stadt fährt, und Joan Smith brauchte für die Fahrt nie länger als zwanzig Minuten. Eunice genoß die Gebetsstunden am Sonntagabend. Zwar wurden Bögen mit den Liedertexten verteilt, doch jedermann weiß schließlich, wie leicht es ist, in der Kirche Unkenntnis zu kaschieren, indem man die Mundbewegungen der anderen nachahmt und die Hände vor den Lippen faltet, so daß der Nachbar nur undeutliches Gemurmel zu hören bekommt. Außerdem brauchte Eunice ein Kirchenlied nur einmal zu hören, um es auswendig zu können, und bald sang sie mit ihrem kräftigen Kontraalt im Chor der Besten:

»Gold ist die Farbe unseres HERRN,
Weihrauch der Duft SEINER Liebe.
Mit Myrrhe salbet ER uns gern,
auf daß kein Schmerz uns bliebe.«

Elroy Camps war nun einmal nicht mit der Gabe der Dichtkunst gesegnet.

Nach den Liedern und ein paar spontanen Bekenntnissen – sie waren beinahe fernsehreif – labten sich die Brüder und Schwestern an Tee und Biskuit und sahen sich Filme über schwarze oder braune vorbildliche Epiphanier an, die in entlegenen Gegenden die Mühsal des Daseins auf sich nahmen oder die Botschaft Balthasars an halbverhungerte Menschen weitergaben, die zu schwach waren, um sich zu widersetzen. Es gab auch ein bißchen freundlichen Klatsch, meist über Leute, die, den irdischen Dingen zugewandt, noch nicht erleuchtet waren, sich frömmlerisch gaben, GOTT aber kritisierten und ihm die ganze Last der Verantwortung zuschoben.

Im großen und ganzen war und ist die Bruderschaft eine fröhliche Gemeinschaft. Sie singen und lachen und stürzen sich mit Vergnügen in ihre und die Bekenntnisse neu Bekehrter. Sie sprechen von Gott, als sei er ein moderner Schuldirektor, der sich von den älteren Schülern beim Vornamen nennen läßt. Ihre Kirchenlieder sind Popsongs nicht unähnlich und ihre Traktätchen bunt wie Comic strips. Der Gedanke, daß die Auserwählten weise Männer sind, die einem Stern folgten, ist nicht schlecht. Der Camps-Kult wäre wahrscheinlich mit Begeisterung von jungen Leuten angenommen worden, hätten nicht zwei unüberwindliche Hindernisse sie davon abgehalten. Es sind Glaubensregeln, die von allen unter vierzig und übrigens auch von den meisten über vierzig strikt abgelehnt werden. Die erste fordert völligen Verzicht auf jede sexuelle Betätigung, ob ein Paar nun verheiratet ist oder nicht. Die andere macht es jedem Epiphanier zur Pflicht, Ungläubige zu bestrafen, was schlicht jeden Nichtepiphanier bedeutet. Sie überlassen es nicht Gott, zu richten und zu strafen, sondern fühlen sich berufen, als seine Stellvertreter zu handeln. In der Praxis geht die Bruderschaft natürlich nicht umher und schlägt ihre ketzerischen Nachbarn zusammen, doch die allgemein geltende Auffassung ist, daß einer, der es tut, dafür gelobt und nicht getadelt wird. Denn wenn Gott ihr Direktor ist, sind selbstverständlich sie alle Präfekten.

Eunice nahm von dieser Doktrin wenig auf, die weniger verkündet, als vielmehr für selbstverständlich angesehen wurde. Ihr gefiel das gesellschaftliche Leben, fast das erste, das sie je kennengelernt hatte. Die Brüder und Schwestern waren entweder mit ihr gleichaltrig oder älter als sie. Niemand fragte sie aus, niemand mischte sich auf unangenehme Art und Weise in ihr Leben ein oder drängte sie in Ecken, in denen von ihr erwartet wurde, daß sie etwas las. Sie waren freundlich und umschmeichelten sie, waren großzügig mit Tee, Biskuit und Obstkuchen, denn selbstverständlich sahen sie in ihr eine künftige Konvertitin. Aber Eunice war fest entschlossen, nie zu konvertieren, und zwar aus dem für sie üblichen Grund, weil sie zu bequem war zu handeln. Sie hätte nichts dagegen gehabt zu bekennen, weil sie, von den üblichen »schlechten Gedanken« abgesehen, ohnehin nichts preisgegeben hätte. Doch sobald sie einmal diesen Schritt getan hätte, wäre sie gezwungen gewesen, »Hausbesuche« zu machen, und sie wußte nur allzugut von ihren Fahrten mit Joan, was sie voraussetzten: Lesen. Man mußte die Leute, die man aufsuchte, auf bestimmte Stellen in »Folge meinem Stern« aufmerksam machen, mußte die Bibel zitieren und sich im Gespräch häufig auf das gedruckte Wort berufen.

»Ich werde darüber nachdenken«, sagte sie in ihrer schwerfälligen Art, wenn Joan sie drängte. »Es ist ein wichtiger Schritt.«

»Ein Schritt nach Bethlehem, den du nie bereuen würdest. ›Der Menschensohn kommet wie ein Dieb in der Nacht, aber die törichte Jungfrau hat ihre Lampe verlöschen lassen.‹ Vergiß das nie, Eun.«

Dieses Gespräch fand an einem unfreundlichen, nassen Nachmittag statt, an dem Eunice in den Dorfladen gekommen war, um mit Joan eine Tasse Tee zu trinken, zu schwatzen und ihre Wochenration Schokolade zu holen, die sie jetzt nie mehr missen wollte. Als sie zusammen den Laden verließen, kam Jacqueline aus dem Haus von Mrs. Cairne, wo sie eine Angelegenheit des Fraueninstituts zu besprechen gehabt hatte. Die beiden bemerkten sie nicht, aber Jacqueline beobachtete sie, und obwohl Joan Eunice nur bis zu dem Rasendreieck begleitete, sah man deutlich, daß es sich hier nicht nur um den üblichen unpersönlichen Abschied von Ladenbesitzerin und Kundin handelte. Joan lachte auf ihre schrille Art und stieß Eunice spielerisch gegen den Arm, wie das unter Freundinnen der unteren Schichten üblich ist, wenn sie einander einen scherzhaften Vorwurf machen. Dann entfernte Eunice sich in Richtung von Lowfield Hall, drehte sich aber noch zweimal um und winkte. Und Joan winkte wie närrisch zurück.

Jacqueline startete ihren Wagen und holte Eunice kurz hinter der Brücke ein.

»Ich wußte gar nicht, daß Sie mit Mrs. Smith befreundet sind«, sagte sie, nachdem Eunice ein bißchen widerstrebend zu ihr eingestiegen war.

»Wir sehen uns gelegentlich«, erwiderte Eunice.

Darauf schien es keine passende Erwiderung zu geben. Jacqueline war sich klar darüber, daß sie ihrer Haushälterin nicht vorschreiben konnte, mit wem sie befreundet sein durfte und mit wem nicht. Nicht in dieser Zeit. Es war nicht Eunices freier Nachmittag, doch sie hatten diese vorgeschriebenen und festgelegten freien Nachmittage und Abende nach ihrem Urlaub völlig vergessen. Sie ging aus, wann sie wollte. Und schließlich – warum auch nicht? Es war ja nicht so, daß sie ihre Pflichten vernachlässigt hätte, alles andere als das. Aber Jacqueline, die bisher an ihrer Haushälterin keinen Fehler entdeckt hatte, die entgeistert gewesen war, als George vor fünf Monaten leichte Bedenken angemeldet hatte, empfand plötzlich Unbehagen. Eunice saß neben ihr und aß Schokolade. Sie schmatzte nicht und aß nicht unappetitlich, aber war es nicht merkwürdig, daß sie überhaupt aß, lautlos vor sich hin kaute und Jacqueline die Tüte nicht anbot? Nichts hätte Jacqueline dazu bringen können, Schokolade zu essen, gleichgültig unter welchen

Umständen – aber dennoch! Und dann diese dicke Freundschaft mit Mrs. Smith!

Das Bewußtsein, daß George, wenn sie ihm davon erzählte, ihr Unbehagen nicht nur teilen, sondern vertiefen würde, hielt sie davon ab, es ihm zu sagen.

Statt dessen hob sie Eunice an diesem Abend mit der nur ihr eigenen besonderen Art von weiblicher Perversität in den Himmel und wies immer wieder darauf hin, wie schön das Silber poliert war.

In Norwich hatte Melinda Coverdale, ob klug oder töricht bleibe dahingestellt, Jonathan Dexter ihre Jungfräulichkeit geopfert. Es passierte, nachdem sie in seinem Zimmer eine Flasche Wein getrunken und Melinda den letzten Bus verpaßt hatte. Wein und Bus waren natürlich keine Zufälle. Beide hatten heimlich den ganzen Abend kaum etwas anderes gedacht, aber sie kamen Melinda am nächsten Tag als Entschuldigung sehr gelegen. Sie bedurfte jedoch kaum eines Trostes, denn sie war sehr glücklich, sah Jonathan fast jeden Tag und verbrachte die meisten Nächte bei ihm. Angelsächsisch und die Geschichte der englischen Sprache wurden ebenso vernachlässigt wie Goethe, denn Jonathan hatte seine »Wahlverwandtschaften« anderswo gefunden.

In Lowfield Hall hatte Jacqueline vier Weihnachtspuddings gemacht, von denen einer an die Caswalls geschickt werden sollte, denen es zu mühsam war, mit zwei Kleinkindern über die Feiertage nach Greeving zu kommen. Jacqueline fragte sich, was sie George schenken solle, aber er hatte alles – genau wie sie. Eunice sah ihr zu, als sie die Weihnachtstorte verzierte, und Jacqueline wartete darauf, daß sie irgendeine Bemerkung machte, eine angemessen sentimentale Bemerkung, als der

Weihnachtsmann aus Gips, die Rotkehlchen und die Mistelzweige auf den Zuckerguß gesteckt wurden. Aber Eunice sagte nur, sie hoffe, die Torte sei groß genug, und das gab sie auch erst von sich, nachdem sie nach ihrer Meinung gefragt worden war.

Die Enttäuschung über Indien hatte Giles jeden Gedanken an eine orientalische Religion aufgeben lassen. Außerdem hätte eine solche nie in die Pläne gepaßt, die er für sich und Melinda schmiedete. Er sah sie beide schon in ihrer gemeinsamen Wohnung, beide strenggläubige Katholiken, aber furchtbaren Qualen ausgesetzt, da sie sich um jeden Preis ihre Keuschheit bewahren wollten. Vielleicht wurde er Priester, und wenn Melinda in ein Kloster eintrat, würden sie sich – nun ja, etwa zweimal im Jahr – mit einer Sondererlaubnis des Bischofs sehen dürfen und sich, in strenger Ordenskleidung, bei einer Tasse Tee in einem bescheidenen Café gegenübersitzen und ängstlich darauf achten, daß ihre Hände sich nicht berührten. Oder sie würden sich wie Lancelot und Guinevere, aber ohne vorher die gleichen Freuden genossen zu haben, in einer Kathedrale begegnen, über die ganze Breite des Mittelgangs hinweg lange und fest ansehen und dann wortlos auseinandergehen. Aber das kam sogar ihm ein bißchen extrem vor. Bevor er Priester wurde, mußte er zum katholischen Glauben übertreten, und er sah sich in Stantwich nach jemandem um, der ihm die erforderlichen Kenntnisse beibrachte. Latein und Griechisch würden ihm von Nutzen sein, also widmete er sich mit größerer Aufmerksamkeit Virgil und Sophokles. Er hängte sich einen Spruch von Chesterton an die Wand und las die Schriften des englischen Theologen John Henry Newman.

Der Winter hatte Wälder und Hecken ihrer Blätter

beraubt, und schreiende Möwen folgten Mr. Meadows Pflug. Das magische Licht von Suffolk wurde farblos und schillernd, und der Himmel wirkte fast grün, mit langen, buttergelben Wolkenfetzen. Das Blut erstarrte, die Wege verwandelten sich in Moraste, und nachts schrie der großäugige Kauz. Aus den Schornsteinen der Häuser stiegen die langen grauen Rauchfahnen der Kaminfeuer.

»Wie feierst du die Geburt unseres HERRN?« fragte Joan im Tonfall eines Menschen, der einen Freund zu einer Geburtstagsfeier einladen will.

»Wie bitte?« fragte Eunice.

»Weihnachten.«

»Ich muß in der Hall bleiben. Sie kriegen Besuch.«

»Ist es nicht eine Schande, daß du den Geburtstag des HERRN mit Sündern und Ungläubigen verbringen mußt? Da ist einer nicht besser als der andere. Mrs. Higgs, die Fahrrad fährt, hat mir erzählt, daß dieser Giles mit katholischen Priestern Umgang hat. GOTT will nicht, daß Menschen wie er dich verunreinigen, meine Liebe.«

»Er ist ja noch ein Junge«, sagte Eunice.

»Das kann man aber nicht von seinem ehebrecherischen Stiefvater behaupten. Wagt es dieser Mensch doch, hierherzukommen und Norm zu beschuldigen, daß er angeblich seine Post geöffnet hat! Oh, wie weit werden die Ungläubigen in der Verfolgung der Auserwählten noch gehen! Warum kommst du nicht zu uns? Wir werden natürlich sehr still feiern, aber ich glaube, ich kann dir eine gute Mahlzeit und die Gesellschaft liebender Freunde garantieren.«

Eunice sagte, sie käme gern.

Sie tranken Tee in Joans schmutzigem Wohnzimmer,

und der dritte liebende Freund, in der Gestalt von Norman Smith, kam eben herein und hielt Ausschau nach seinem Abendessen. Anstatt es ihm zu holen, erging Joan sich in einer Neufassung ihres Bekenntnisses.

»Du hast stets ein reines Leben geführt, Eun, du kannst dir daher nicht vorstellen, wie das meine war. Ich habe meinen Körper, den Tempel des HERRN, dem Abschaum von Shepherd's Bush hingegeben. Habe mich ihren schmutzigen Begierden ausgeliefert, ihre widerlichen Wünsche erfüllt, Dinge getan, die ich vor einer Dame nie aussprechen würde. Und warum? Um des schnöden Mammons willen, den mein unfähiger Ehemann nicht ausreichend herbeischaffen konnte.«

Norman faßte endlich Mut. Er hatte im *Blue Boar* zwei Whisky getrunken. Zielbewußt marschierte er auf Joan zu und schlug sie ins Gesicht. Sie war eine sehr kleine Frau und fiel mit glucksenden Lauten vom Stuhl.

Eunice erhob sich schwerfällig, ging auf Norman los und packte ihn bei der Kehle. Sie hielt die großporige Haut wie einen Strang Wolle fest und legte die andere Hand schwer auf Normans Schulter.

»Lassen Sie sie in Ruhe!«

»Ich soll mir das wohl anhören, ja?«

»Wenn Sie's nicht tun, schüttle ich Ihnen die Seele aus dem Leib.« Eunice ließ ihrer Drohung gleich die Tat folgen. Es war für sie ein durch und durch wunderbares Erlebnis, und sie fragte sich, warum sie sich das eigentlich nicht schon früher gegönnt hatte. Norman krümmte sich und schauderte, während sie ihn schüttelte, seine Augen traten aus den Höhlen, und sein Unterkiefer sackte herunter.

Joans Vertrauen in Eunice als Leibwache war vollauf gerechtfertigt gewesen.

Sie setzte sich auf und sagte dramatisch: »Du hast mir, mit Gottes Hilfe, das Leben gerettet.«

»So ein Quatsch!« sagte Norman. Er riß sich los und rieb sich die Kehle. »Ihr macht mich krank, ihr beide. Zwei richtige alte Hexen seid ihr.«

Joan kroch auf ihren Stuhl zurück und untersuchte die Schäden, die sie davongetragen hatte. Eine Laufmasche im Strumpf und einen leichten Bluterguß am Auge. Norman hatte sie nicht wirklich verletzt. Sie war auch nicht mit dem Kopf aufgeschlagen, als sie fiel. Aber irgend etwas geschah mit ihr nach diesem schwachen Schlag. Die Wirkung war eher seelisch als körperlich und hing vielleicht mit den hormonalen Veränderungen der Wechseljahre zusammen. Doch was immer es war, Joan veränderte sich. Es geschah natürlich nur ganz allmählich, war an diesem Abend kaum zu merken, von dem hellen Flackern ihrer Augen und dem schrillen Unterton ihrer Stimme abgesehen.

Aber dieser Abend war der Anfang. Sie hatte den Rand des Abgrunds erreicht, in dem es nur Raserei und Wahnsinn gab, und an diesem Rand balancierte sie, bis sie zwei Monate später, in einem Anfall von aufgepeitschtem Fanatismus, in den Abgrund stürzte.

13

»Wir gehen vorn hinein«, sagte Eunice, als sie von der Gebetsstunde der Epiphanier zurückkehrten. Sie ahnte, daß Joan in Lowfield Hall unwillkommen sein würde, obwohl die Freundin nie etwas davon erwähnt, sondern, im Gegenteil, bei ihrem ersten Besuch behauptet hatte, die Coverdales hätten bestimmt nichts dagegen, wenn sie sich das Haus ansehe, denn »wir sind ja alte Freunde in unserem Dorf«. Weder George noch Jacqueline hatten den Verdacht, den sie im Hinblick auf ihre Post hegten, vor Eunice auch nur andeutungsweise erwähnt, und doch hatte ihr sonderbarer, nicht unbedingt unfehlbarer Instinkt ihr gesagt, daß alle Coverdales die radfahrende Mrs. Higgs oder Mrs. Jim Meadows freundlich willkommen geheißen hätten. Nicht jedoch Joan Smith.

Joan wollte nicht lange bleiben und war nur mitgekommen, um sich von Eunice Maß nehmen zu lassen. Wofür, ahnte sie nicht, denn Eunice machte ein großes Geheimnis daraus, doch hatte es bestimmt etwas mit einem Weihnachtsgeschenk zu tun. Sie waren schon auf der obersten Treppe, als Giles' Schlafzimmertür aufging und er auf den Flur trat.

»Er sieht ein bißchen zurückgeblieben aus«, sagte Joan in Eunices Zimmer und schälte sich aus ihrer weißen Jacke. »Ein bißchen geistig behindert, wenn du verstehst, was ich meine.«

»Er spricht nie ein Wort«, sagte Eunice.

Doch darin irrte sie.

Giles hätte kein Wort gesagt, wenn er nicht gefragt worden wäre. Unaufgefordert zu sprechen war nicht seine Art. Er war hinuntergegangen, um sein griechisches Wörterbuch zu holen, das er im Damenzimmer vergessen hatte. Dort fand er seine Mutter vor, die sich im Fernsehen ein Kammerkonzert anhörte. George war für eine halbe Stunde weggegangen, um mit dem Brigadier zu besprechen, wie man sich zu einem Antrag stellen sollte, der die Errichtung von vier Häusern in der Nähe der Brücke vorsah.

Jacqueline blickte auf und lächelte. »O Liebling«, sagte sie, »du bist's!«

»Mmm«, erwiderte Giles und kramte zwischen den Sonntagszeitungen nach seinem Wörterbuch.

»Ich dachte schon, ich hätte jemanden auf der Treppe gehört, war aber der Meinung, es sei Miss Parchman.«

Hin und wieder blitzte der ungeheuerliche Gedanke in Giles auf, daß er seine Mutter eines Tages vielleicht doch eines ganzen Satzes und nicht nur eines einsilbigen Wortes würdigen sollte. Er hatte sie wirklich gern. Also überwand er sich. Struppiges Haar, pickelig, kurzsichtig, stand er da, der zerstreute junge Professor, den die Last seiner Gelehrsamkeit erdrückt.

»Sie war's auch«, sagte er geistesabwesend, »mit dieser Alten aus dem Laden.«

»Mit welcher Alten? Wen, um alles in der Welt, meinst du, Giles?«

Giles kannte die Namen der Dorfbewohner nicht. Er setzte nie einen Fuß nach Greeving, wenn es nicht unbedingt sein mußte. »Nun ja, diese verrückte Frau mit dem gelben Haar«, sagte er.

»Mrs. Smith?«

Giles nickte, wanderte, das Wörterbuch bereits aufgeschlagen, zur Tür und murmelte etwas vor sich hin, das wie »anathema, anathema« klang. Plötzlich verlor sie die Geduld mit ihm und vergaß für einen Augenblick, was er gesagt hatte.

»Giles, Liebling, du darfst die Leute nicht wahnsinnig nennen. Warte einen Augenblick, Giles, bitte! Könntest du nicht hin und wieder einen Abend hier unten mit uns verbringen? Ich meine, du kannst doch nicht so viele Hausaufgaben haben, und die schaffst du ja auch mit geschlossenen Augen. Du wirst allmählich zum Einsiedler und endest schließlich noch wie der Mann, der auf einer Säule saß.«

Er nickte wieder. Den Vorwurf, die Bitte, die Schmeichelei hatte er nicht gehört. Er dachte angestrengt nach und kratzte dabei an einem Pickel herum.

Endlich sagte er: »St. Simon, der Säulenheilige«, und ging, ohne die Tür hinter sich zu schließen, langsam hinaus.

Verärgert warf Jacqueline sie krachend ins Schloß. Als das Konzert zu Ende war, blieb sie noch eine Zeitlang sitzen und dachte daran, wie sehr sie ihren Sohn liebte, wie stolz sie auf sein großes Wissen und wie ehrgeizig sie für ihn war – aber um wieviel glücklicher sie gewesen wäre, hätte er mehr von Georges Kindern gehabt. Weil ihr jedoch klar war, daß sie nichts tun konnte und Giles sich eines Tages bestimmt zu einem normalen, netten jungen Mann mausern würde, kehrten ihre Gedanken zu dem zurück, was er gesagt hatte: Joan Smith. Doch ehe sie sich eingehender mit ihr beschäftigen konnte, kam George nach Hause.

»Nun, ich denke, wir werden ihnen einen Knüppel zwischen die Beine werfen«, sagte er. »Entweder ist dieses Gebiet als Naturschutzgebiet von besonderer Schönheit ausgewiesen, oder es ist es nicht. Wenn es zu einer öffentlichen Anfrage kommen sollte, müssen wir uns noch einmal zusammensetzen und beraten. Du sagst, der Pfarrgemeinderat ist absolut dagegen?«

»Ja«, sagte Jacqueline. »Du, George, Mrs. Smith vom Laden ist oben. Miss Parchman hat sie mitgebracht.«

»Dann ist es doch der Kombi der Smiths, der auf der Zufahrt steht. Das ist eine äußerst unglückliche Geschichte.«

»Liebling, ich will sie nicht hier haben. Ich weiß, es klingt albern, aber es macht mich krank zu wissen, daß sie im Haus ist. Sie läuft herum und erzählt, Jeffrey habe sich von mir scheiden lassen, weil wir beide Ehebruch begangen hätten, und sie erzählt, daß er Alkoholiker ist – ach, und alles mögliche. Und ich weiß genau, daß sie den letzten Brief aufgemacht hat, den ich von Audrey bekommen habe.«

»Das klingt überhaupt nicht albern. Diese Frau ist eine Gefahr. Hast du etwas gesagt?«

»Ich habe sie nicht gesehen. Giles war's.«

George öffnete die Tür. Er tat es genau in dem Augenblick, in dem Eunice und Joan im Finstern die Stufen herunterschlichen. Er schaltete das Licht ein und ging ihnen durch den Flur entgegen.

»Guten Abend, Mrs. Smith.«

Eunice war verlegen, Joan hingegen nicht. »Oh, hallo, Mr. Coverdale«, flötete sie. »Lange nicht gesehen. Bitterkalt ist es, nicht wahr? Aber etwas anderes kann man von dieser Jahreszeit auch kaum erwarten.«

George öffnete die Haustür, hielt sie weit offen und sagte kurz: »Gute Nacht.«

»Lebwohl – lebwohlchen!« Joan hüpfte kichernd davon, ein Schulmädchen, das bei etwas Verbotenem ertappt worden war.

Nachdenklich schloß er die Tür. Als er sich umwandte, war Eunice verschwunden. Aber am nächsten Morgen ging er vor dem Frühstück zu ihr in die Küche. Diesmal wirkte sie keine Wunder an seinem Frackhemd. Sie röstete Toastscheiben. Er hatte sie für schüchtern gehalten und hatte ihre Wunderlichkeiten dieser Schüchternheit zugeschrieben, doch jetzt spürte er, wie schon einmal vor sechs Monaten, daß sie eine unangenehme Ausstrahlung hatte. Sie drehte sich um und sah ihn an, wie ihn einmal eine gereizte Kuh angesehen hatte, als er ihrem Kalb zu nahe gekommen war. Sie sagte nicht guten Morgen, sie sagte kein Wort, denn sie wußte, warum er gekommen war. Eine heftige Abneigung gegen sie packte ihn, und er sehnte sich danach, die Küche wieder in ihrem früheren, unordentlichen Zustand zu sehen, wünschte sich, das schmutzige Geschirr vom Abend vorher stünde noch herum und ein Au-pair-Mädchen pfusche an seinem Frühstück herum.

»Ich habe Ihnen leider etwas sehr Unangenehmes zu sagen, Miss Parchman, deshalb will ich's so kurz wie möglich machen. Meine Frau und ich haben durchaus nicht die Absicht, uns in Ihr Privatleben einzumischen, es steht Ihnen selbstverständlich frei, sich Ihre Freunde auszusuchen. Aber Sie müssen begreifen, daß wir Mrs. Smith in diesem Haus nicht dulden können.«

Er benahm sich wieder einmal pompös, der arme George. Aber wer hätte das unter den gegebenen Umständen nicht getan?

»Sie tut keinem was«, sagte Eunice, und irgend etwas hielt sie davon ab, ihn »Sir« zu nennen. Sie nannte George nie wieder »Sir« und Jacqueline nicht »gnädige Frau«.

»Das kann ich wohl am besten beurteilen. Sie haben ein Recht zu erfahren, was ich gegen diese Frau einzuwenden habe. Ich glaube nicht, daß man ernsthaft den Standpunkt vertreten kann, ein Mensch tue keinem was, wenn er dafür bekannt ist, daß er bösartigen Klatsch verbreitet und die Stellung seines Mannes als Posthalter mißbraucht. Das ist alles. Ich kann natürlich nicht verhindern, daß Sie Mrs. Smith besuchen. Das ist etwas anderes. Aber hier dulde ich sie nicht.«

Eunice stellte keine Fragen, verteidigte sich nicht. Sie zuckte mit den massigen Schultern, wandte sich ab und nahm drei verkohlte Toastscheiben aus der Grillpfanne.

George wartete nicht. Aber als er die Küche verließ, glaubte er mit Sicherheit zu hören, daß sie sagte: »Jetzt schauen Sie mal, was ich Ihretwegen angerichtet habe.«

Im Wagen sprach er mit Giles darüber, weil Giles gerade da war und die Sache ihn stark beschäftigte. Außerdem zerbrach er sich ohnehin immer den Kopf darüber, was er mit dem Jungen sprechen sollte.

»Weißt du, ich gebe es nur sehr ungern zu, aber diese Frau hat wirklich etwas äußerst Unangenehmes an sich. Vielleicht sollte ich das nicht zu dir sagen, aber du bist erwachsen, du mußt es merken, spüren. Ich komme nicht auf das richtige Wort, mit dem ich sie beschreiben möchte . . .«

»Abstoßend«, sagte Giles.

»Genau das ist es!« George war nicht nur entzückt, das Adjektiv gefunden zu haben, sondern auch weil Giles es war, der ihm auf die Sprünge geholfen hatte. Er wandte kurz den Blick von der Straße ab und mußte dann eine heftige Lenkbewegung machen, um nicht Mr. Meadows alten Labradorhund zu überfahren, der mitten auf der Fahrbahn einherhumpelte. »Schau doch, wo du hinläufst, du dummes altes Ding!« rief er dem Hund liebevoll und erleichtert nach. »Abstoßend, das ist genau das richtige Wort. Ja, mich fröstelt regelmäßig, wenn ich sie sehe. Aber was sollen wir tun, Giles, mein Alter? Wir müssen sie wahrscheinlich weiterhin dulden.«

»Mmm.«

»Nun ja, das Ganze hat mich ein bißchen beunruhigt, und wahrscheinlich übertreibe ich. Sie hat deiner Mutter eine große Last von den Schultern genommen . . .«

Giles sagte wieder: »Mmm«, öffnete seine Mappe, nahm ein Buch heraus und begann Zitate von Ovid vor sich hin zu murmeln. Enttäuscht, aber in dem Bewußtsein, daß Giles nicht noch einmal etwas zu der sehr einseitigen Unterhaltung beitragen würde, seufzte George und gab auf. Aber ihm kam ein sehr häßlicher Gedanke. Wenn Eunice imstande gewesen wäre, einen Wagen zu fahren, wenn sie vor fünf Minuten diesen Wagen gefahren hätte, dann – das wußte er intuitiv – wäre sie dem Hund nicht ausgewichen. Und auch nicht einem Kind.

Jacqueline ließ einen Zettel mit der Nachricht auf dem Küchentisch liegen, daß sie den Tag außer Haus verbringen werde. Sie wollte Eunice nicht sehen, die im ersten Stock das »Kinderbadezimmer« putzte. Jammerschade, dachte sie jetzt, daß Giles Mrs. Smith gesehen und es mir erzählt hat. Und mein Fehler war es, George davon zu berichten ... Wie, wenn Eunice kündigte oder mit Kündigung drohte? Jacqueline fuhr durch das Dorf zum Haus der Jameson-Kerrs, und als sie die verschmierten Fenster, die dicke Staubschicht überall und die roten, verarbeiteten Hände ihrer Freundin sah, sagte sie sich, daß sie ihre Hausangestellte um jeden Preis halten müsse. Und wenn sie hin und wieder die Anwesenheit von Joan Smith dulden mußte, war dieser Preis nicht zu hoch.

Joan sah Jacquelines Wagen vorbeifahren und schlüpfte in ihre Felljacke.

»Du fährst wohl wieder nach Lowfield Hall, nehme ich an?« sagte Norman. »Mich wundert nur, daß du nicht ganz zu Miss Frankenstein ziehst.«

Obwohl sie es früher häufig getan hatte, drosch sie vor Norman keine biblischen Phrasen mehr. Er war der einzige Mensch, den sie kannte, der davon verschont blieb. »Sag ja kein Wort gegen sie! Wäre sie nicht gewesen, wäre ich vielleicht schon tot.«

Kaugummi kauend erwiderte Norman: »Wie kann man sich wegen einer kleinen Ohrfeige nur so blöd anstellen!«

»Wenn sie nicht wäre«, schrie Joan mit einem Anflug von Schlagfertigkeit, »würdest du nicht Postsäcke leeren, du würdest sie nähen. Im Zuchthaus.«

Sie sprang in den Kombi und raste über die Brücke. Eunice war in der Küche und lud die Waschmaschine mit Hemden, Laken und Tischwäsche.

»Ich habe sie mit dem Wagen wegfahren sehen, und da dachte ich mir, ich sollte mal kurz vorbeikommen. Hattet ihr gestern abend Krach?«

»Weiß nichts von einem Krach.« Eunice schloß die Tür der Maschine und setzte den Teekessel auf. »Er sagt, daß du nicht mehr herkommen darfst.«

Joans Reaktion war laut und heftig. »Ich hab's gewußt! Ich habe es kommen sehen! Es ist ja nicht das erstemal, daß die Diener GOTTES verfolgt werden, Eun, und es wird nicht das letztemal sein.« Sie schwenkte den spindeldürren rechten Arm und hätte beinahe den Milchkrug umgeworfen. »Sieh doch, was du für sie tust! Ist der Arbeiter im Weinberg seines Lohnes nicht wert? Er müßte dir das Doppelte bezahlen, wenn du nicht dieses popelige Zimmer dort oben hättest, aber daran denkt er nicht. Er ist für dich nicht mehr als ein Hauswirt, und seit wann hat ein Hauswirt das Recht, den privaten Umgang seines Mieters zu kontrollieren?« Ihre Stimme steigerte sich zu einem bebenden Kreischen. »Sogar seine eigene Tochter läuft herum und erklärt, er ist ein Faschist. Sogar seine Verwandten halten sich von ihm fern. Wehe über den, den unser HERR verachtet!«

Völlig unberührt bleibend, blickte Eunice starr auf den Kessel. In ihr wallte kein Gefühl der Liebe zu Joan auf, sie empfand auch keine Spur von Loyalität ihr gegenüber. Sie fühlte nur, was sie seit dem Zwischenfall vom vergangenen Abend gefühlt hatte – daß man sich in ihr Leben einmischte. Endlich sagte sie mit ihrer schweren, tonlosen Stimme: »Ich habe nicht die Absicht, mich nach dem zu richten, was die sagen.«

Joan stieß ein schrilles Gelächter aus. Das freute sie ungeheuer, und sie sprudelte vor Erregung fast über. »So ist es recht, meine Liebe, so lob ich mir meine Eun. Du kriegst ihn schon noch klein. Du wirst ihm schon zeigen, daß nicht jeder nach seiner Pfeife tanzt.«

»Ich mach jetzt den Tee«, sagte Eunice, »schau du inzwischen schnell auf den Zettel, den sie mir hingelegt hat. Ich habe meine Brille oben gelassen.«

14

Melinda war in diesem Semester nur zweimal zu Hause gewesen und jetzt war das Semester zu Ende. Jonathan fuhr mit seinen Eltern bis nach Neujahr nach Cornwall. Sie hatten Melinda eingeladen mitzukommen, doch es hätte schon einer weltbewegenderen Sache bedurft als einer Liebe, um Melinda Weihnachten von Lowfield Hall fernzuhalten. Mit dem Versprechen, jeden Tag miteinander zu telefonieren und oft zu schreiben, trennten sie sich, und Melinda bestieg den Zug nach Stantwich.

Wieder war es Geoff Baalham, der sie am Gallows Corner aufgabelte. Das war kein großer Zufall, denn Geoff fuhr immer um diese Zeit vorbei, nachdem er alle Eier ausgeliefert hatte. Aber am 18. Dezember war es um fünf Uhr dunkel, die Fenster des Lieferwagens waren geschlossen und die Heizung an, und Melinda trug einen gestrickten Mantel aus Afghanistan und eine hohe Pelzmütze. Nur die Stiefel waren dieselben.

»Hi, Melinda! Sie sind ja schon fast fremd hier. Erzählen Sie mir bloß nicht, Ihre Studien halten Sie in Norwich zurück.«

»Ja, was denn sonst?«

»Ein neuer Freund, das habe ich wenigstens gehört.«

»Man kann an diesem gräßlichen Ort einfach nichts für sich behalten, nicht wahr? Jetzt erzählen Sie mal, was es Neues gibt.«

»Barbara erwartet ein Baby. Im nächsten Juli gibt es einen neuen kleinen Baalham. Ich und Papi – können Sie sich das vorstellen, Melinda?«

»Sie werden ein großartiger Papi sein. Ich freu mich für Sie, Geoff. Grüßen Sie Barbara recht herzlich von mir.«

»Selbstverständlich, da freut sie sich sicher mächtig«, sagte Geoff. »Was gibt's sonst noch? Meine Tante Nellie ist bös vom Fahrrad gestürzt und liegt mit einem wehen Fuß im Bett. Haben Sie gehört, daß Ihr Dad Mrs. Smith aus dem Haus geworfen hat?«

»Das ist nicht Ihr Ernst!«

»Doch, Tatsache, er hat's getan. Er hat sie dabei erwischt, als sie mit Ihrer Haushälterin die Treppe herunterschlich, und hat ihr gesagt, sie darf das Haus nie mehr betreten, und dann hat er sie hinausgeworfen. Sie soll überall blau und grün sein, hab ich gehört.«

»Er ist ein schrecklicher Faschist, nicht wahr? Aber das ist entsetzlich!«

»Nun, ob's wirklich so entsetzlich ist? Ich weiß nicht. Nicht nach allem, was sie so über Ihre Ma und Ihren Dad rumerzählt und ihre Briefe öffnet, wie ich gehört habe. Hier müssen Sie leider aussteigen. Sagen Sie bitte Ihrer Ma, ich bringe die Eier gleich Montag früh.«

Geoff fuhr nach Hause zu Barbara und den Hühnern und dachte: Diese Melinda ist wirklich ein nettes Mädchen. Und diese verrückte Pelzmütze! Ihr Freund hat wirklich Glück.

»Du hast Mrs. Smith doch nicht wirklich hinausgeworfen und dabei blau und grün geschlagen, nicht wahr?« rief Melinda, als sie ins Damenzimmer platzte, wo George, nachdem der Teppich mit einem Laken abgedeckt worden war, die Gewehre reinigte, weil es im Gewehrraum zu kalt war.

»Das ist ja eine nette Art, seinen Vater zu begrüßen, den man einen Monat nicht gesehen hat.« George stand auf und gab ihr einen Kuß. »Du siehst gut aus. Wie geht's deinem Freund? Und was redest du da? Ich soll über Mrs. Smith hergefallen sein.«

»Geoff Baalham hat es mir erzählt.«

»Lächerlicher Unsinn! Ich habe die Frau nicht angerührt. Habe nicht einmal mit ihr gesprochen, ihr nur gute Nacht gesagt. Du solltest den Dorfklatsch inzwischen kennen, Melinda.«

Melinda warf ihre Mütze auf einen Stuhl. »Aber du hast gesagt, sie darf das Haus nicht mehr betreten?«

»Gewiß, das habe ich.«

»O arme Miss Parchman! Sich in ihre Freundschaften zu mischen ist gräßlicher Feudalismus. Wir haben uns solche Sorgen gemacht, weil sie niemanden kannte und nicht wußte, wohin sie gehen sollte. Und jetzt, da sie eine Freundin hat, duldest du die nicht im Haus. Es ist eine Schande.«

»Melinda –«, begann George.

»Ich werde sehr nett zu ihr sein. Ich werde sehr lieb und rücksichtsvoll sein. Ich kann es nicht ertragen, daß sie keine einzige Freundin hat.«

»Tut mir leid, und ich ertrage nicht, daß sie eine hat – diese«, erwiderte George spitzfindig und lachte, als Melinda ihn wütend anfunkelte.

An diesem Abend war es, an dem Melinda den Kurs einschlug, der in die Katastrophe und geradewegs zu ihrem, zu ihres Vaters, ihrer Stiefmutter und ihres Stiefbruders Tod führen sollte. Und sie tat es, weil sie verliebt war. Es trifft nicht ganz zu, daß alle Welt einen Liebenden liebt, zutreffend ist das Gegenteil – ein Liebender liebt alle Welt. Ihre Liebe brachte Melinda dazu, auch andere mit Liebe zu bedenken, sie glücklich zu machen. Ihre Tragik war nur, daß sie sich ausgerechnet Eunice Parchman dazu aussuchte.

Nach dem Abendessen sprang sie vom Tisch auf und half Eunice, zu Jacquelines größtem Erstaunen, den Tisch abräumen. Auch Eunice war erstaunt und bestürzt. Sie wollte mit dem Geschirr rechtzeitig fertig sein, um sich eine Krimiserie aus Los Angeles anzusehen, die um acht begann, und jetzt hüpfte diese große Göre da herum und brachte alles durcheinander. Stellte Gläser zu mit Soße verschmierten Tellern und verkrustete Töpfe in die Spülmaschine. Aber sie sagte nichts dazu – nein, sie nicht! Vielleicht verstand das Mädchen den Wink und verschwand.

Eine gewisse Empfindsamkeit und ihr Taktgefühl sagten Melinda, es wäre unloyal gegen ihren Vater, die Ereignisse vom vergangenen Sonntag zu erwähnen. Also schlug sie einen anderen Kurs ein. Sie hätte – außer einem einzigen – kaum ein schlimmeres Thema anschneiden können.

»Sie heißen mit Vornamen Eunice, nicht wahr, Miss Parchman?«

»Ja«, sagte Eunice.

»Das ist ein biblischer Name, aber das wissen Sie natürlich. Doch ich glaube, daß er eigentlich aus dem Griechischen kommt. Ich muß Giles fragen. Ich hatte in der Schule kein Griechisch.«

Ein Teller wurde heftig in die Spülmaschine geknallt. Melinda, eine notorische Tellerknallerin, achtete nicht darauf. Sie setzte sich auf den Tisch.

»Ich werde mal darüber nachlesen. Die Epistel über Timotheus, glaub ich. Natürlich, das ist es: Eu-nice, die Mutter des Timotheus.«

»Sie sitzen auf meinem Geschirrtuch«, sagte Eunice.

»Oh, tut mir leid. Ich muß selbstverständlich nachschauen, aber ich glaube, es steht was über ›meine Mutter Eunice und deine Großmutter Lois‹ drin. Der Name Ihrer Mutter war nicht zufällig Lois, oder?«

»Edith.«

»Das muß angelsächsisch sein. Namen sind etwas Faszinierendes, nicht wahr? Ich liebe meinen. Ich finde, meine Eltern haben einen sehr guten Geschmack bewiesen, als sie uns Peter, Paula und Melinda taufen ließen. Peter kommt nächste Woche. Sie werden ihn mögen. Wenn Sie einen Sohn gehabt hätten, hätten Sie ihn Timotheus genannt?«

»Weiß ich nicht«, antwortete Eunice und fragte sich, warum sie so drangsaliert wurde. Hatte George Coverdale das Mädchen dazu aufgehetzt? Wenn nicht, warum lächelte und lachte es ununterbrochen? Zornig wischte sie alle Oberflächen blank und spülte das Ausgußbecken aus.

»Und was ist Ihr Lieblingsname?« fragte ihre Inquisitorin.

Darüber hatte Eunice nie nachgedacht. Die einzigen Namen, die sie kannte, waren die ihrer Verwandten, einiger Bekannter und jene, die sie im Fernsehen hörte. In ihrer Verzweiflung fiel ihr kein anderer als der ihres Lieblingshelden ein, dessen neuestes Abenteuer sie versäumen würde, wenn sie sich nicht beeilte.

»Steve«, sagte sie, hängte das Geschirrtuch auf und marschierte aus der Küche. Die geistige Anstrengung hatte sie völlig erschöpft.

Melinda war nicht unzufrieden. Die arme alte Parchman schmollte ganz offensichtlich wegen der Joan-Smith-Geschichte, aber sie würde darüber hinwegkommen. Das Eis war gebrochen, und Melinda hoffte zuversichtlich, bis zum Ende ihrer Ferien eine gewisse persönliche Beziehung zwischen ihnen aufzubauen.

»Stimmt, Eunice kommt aus dem Griechischen«, sagte Giles, als sie ihn fragte, und er fuhr fort: »Da war doch dieser Mann, weißt du, der sich auf einer Party betrank, und als er gegen drei Uhr morgens nach Hause torkelte, landete er vor dem Eingang eines Mietblocks. Na ja, er schaute sich die Namen neben den Klingelknöpfen an, und da war einer, der S. T. Paul hieß. Also klingelte er, und als der Bursche runterkam, fuchsteufelswild und verschlafen und im Pyjama, sagte der Betrunkene: ›Sagen Sie mal, haben Sie eigentlich irgendwann Antwort auf Ihre Briefe gekriegt?‹« Er brach über seinen eigenen Scherz in bellendes Gelächter aus, wurde jedoch sogleich wieder mißmutig. Vielleicht sollte er solche Witze nicht mehr erzählen, da er doch konvertieren wollte.

»Du spinnst, Stief«, sagte Melinda. Sie würdigte nicht, sollte es nie würdigen, daß sie der einzige Mensch war, zu dem ihr Stiefbruder je mehr als einen einzigen Satz gesprochen hatte. Ihre Gedanken beschäftigten sich mit Eunice, die sie, mit der Bibel bewaffnet, in der Küche aufsuchte, der sie am nächsten Tag ein Lexikon mit

Vornamen brachte, der sie die Zeitungen zu lesen gab, die George kaufte, und für die sie bereitwillig nach oben rannte, um die Brille zu holen, wenn Eunice, wie sie es immer tat, sagte, sie habe sie nicht bei sich.

Eunice konnte die Belästigungen kaum noch ertragen. Schlimm genug, daß Melinda und Giles den ganzen Tag zu Hause hockten, so daß Joan Smith sie nicht besuchen konnte. Aber Melinda war jetzt auch dauernd in der Küche oder lief ihr »wie ein Hund« hinterher, wie sie Joan erzählte. Und sie selbst saß ständig wie auf glühenden Kohlen, weil die Göre immer wieder Bücher und Zeitungen anschleppte. Aber das sagte sie Joan natürlich nicht.

»Du weißt doch, worauf die hinauswollen, Eun, nicht wahr? Sie schämen sich, weil sie uns so mies behandelt haben, und schicken das Mädchen vor, um dich einzuseifen.«

»Ich weiß nicht«, sagte Eunice. »Sie geht mir auf die Nerven.«

Ihre Nerven machten ihr zu schaffen wie nie zuvor. Aber sie war machtlos, wurde mit Melinda nicht fertig, mit diesem warmherzigen Mädchen, das es ungekränkt hinnahm, wenn sie ihm die kalte Schulter zeigte. Und ein- oder zweimal kam ihr, während Melinda sie mit Namen, der Bibel, Weihnachten oder Familiengeschichten plagte, der Gedanke, was passieren würde, wenn sie eines der großen Küchenmesser nähme und benutzte. Doch da Eunice nun einmal Eunice war, fragte sie sich nicht, was die Coverdales tun oder was aus ihr werden würde, sie dachte nur an die unmittelbare Folge – daß diese Zunge endlich schweigen und Blut auf den weißen Hals spritzen würde.

Am dreiundzwanzigsten trafen Peter und Audrey Coverdale ein.

Peter war ein hochgewachsener Mann mit angenehmen Gesichtszügen, der seiner Mutter ähnlicher war als seinem Vater. Er war einunddreißig. Er und Audrey hatten keine Kinder, vermutlich weil sie keine wollten, denn Audrey war eine Karrierefrau, Chefbibliothekarin an der Universität, an der er einen Lehrstuhl für Wirtschaftspolitik innehatte. Audrey hatte Jacqueline besonders gern. Sie war ein gut angezogener, eleganter Blaustrumpf, vier Jahre älter als ihr Mann und daher nur sieben Jahre jünger als Jacqueline. Bevor sie sich zur Bibliothekarin ausbilden ließ, hatte sie an der Königlichen Musikakademie studiert, die auch Jacqueline vor ihrer ersten Ehe besucht hatte. Die beiden Frauen lasen die gleichen Bücher, liebten leidenschaftlich Mozartopern und Opern aus vormozartscher Zeit, sie liebten die Mode und sprachen gern über Kleider. Sie korrespondierten regelmäßig, und Audreys Briefe gehörten zu jenen, die Joan Smith zu öffnen pflegte.

Sie waren noch nicht ganz zehn Minuten im Haus, als Melinda darauf bestand, mit ihnen in die Küche zu gehen und sie mit Eunice bekannt zu machen.

»Sie ist ein Mitglied dieses Haushalts. Es ist reinster Faschismus, sie wie ein Küchengerät zu behandeln.«

Eunice reichte Peter und Audrey die Hand.

»Verreisen Sie über Weihnachten, Miss Parchman?« erkundigte sich Audrey, die, wie Melinda, stolz darauf war, über einen Vorrat oberflächlicher Themen zu verfügen, die für Menschen aller Schichten passend waren.

»Nein«, sagte Eunice.

»Wie schade! Nicht für uns natürlich. Daß Sie auf Ihren Weihnachtsurlaub verzichten, ist für uns natürlich ein Gewinn. Aber man ist an den Feiertagen nun einmal gern mit seiner Familie beisammen.«

Eunice kehrte ihr den Rücken und nahm die Teetassen aus dem Schrank.

»Wo hast du nur diese gräßliche Person her?« sagte Audrey später zu Jacqueline. »Meine Liebe, sie ist gruselig. Sie ist nicht menschlich.«

Jacqueline errötete, als habe man sie persönlich beleidigt. »Du bist genauso schlimm wie George. Ich will meine Hausangestellte nicht zu meiner Busenfreundin machen, ich will sie so, wie sie ist. Sagenhaft tüchtig und unauffällig. Ich kann dir sagen, sie versteht wirklich etwas von ihrer Arbeit.«

»Das tun auch Boa constrictors«, sagte Audrey.

Und so kam Weihnachten heran.

George und Melinda brachten Stechpalmen nach Hause, um Lowfield Hall zu schmücken, und vom Kronleuchter im Salon hing ein Strauß Mistelzweige, ein Geschenk von Mr. Meadows, auf dessen Eichen sie wuchsen. Mehr als hundert Karten kamen für die Coverdales, und Melinda hängte sie an bunte Schnüre, die sie geschickt arrangierte. Giles bekam nur zwei Karten, eine von seinem Vater, die andere von einem Onkel, und sie waren, seiner Meinung nach, so gräßlich, daß er geneigt war, sie an seine Korkwand zu heften, wo das Zitat des Monats lautete: »Sich selbst zu lieben ist der Beginn einer lebenslangen Romanze.« Melinda bastelte Papierketten, leuchtend rot und smaragdfarben, schreiend blau und messinggelb, haargenau dieselben Ketten, die sie seit fünfzehn Jahren machte. Jacquelines Meinung darüber glich jener, die ihr Sohn von seinen Weihnachtskarten hatte, doch das hätte sie um keinen Preis der Welt ausgesprochen.

Am Weihnachtstag prangte der Salon im Festschmuck. Die Männer trugen Anzüge, die Frauen bodenlange Kleider. Jacqueline cremefarbenen Samt, Melinda trug eine Création aus den zwanziger Jahren, ziemlich schmutzigen dunkelblauen Crêpe de Chine, mit Perlen bestickt. Sie hatte diese Pracht in einem Oxfam-Laden erstanden. Sie packten ihre Geschenke aus und verstreuten buntes Papier und Flitter auf dem Fußboden. Während Jacqueline das goldene Armband aus dem Etui nahm, das George ihr geschenkt hatte, und Giles mit einem Ausdruck, der fast Begeisterung zu nennen war, eine sechsbändige ungekürzte Ausgabe eines Klassikers bestaunte, öffnete Melinda das Paket, das der Vater ihr überreicht hatte.

Es war ein Kassettenrecorder.

15

Alle tranken Champagner, sogar Giles. Seine Mutter hatte durchgesetzt, daß er herunterkam, und er hatte sich mürrisch damit abgefunden, den ganzen Tag unten zu bleiben. Und morgen sollte es noch schlimmer kommen, denn da gaben sie eine Party. Im Hinblick darauf war Melinda ganz seiner Meinung. Sie saß neben ihm auf dem Boden und erzählte ihm, wie wunderbar Jonathan war. Das machte Giles nicht viel aus. Schließlich hatte die Existenz von Oberst Leigh den Dichter Byron ja auch nicht beunruhigt, und Weihnachten würde erträglich sein, wenn derartige Konklaven mit Melinda die Regel wurden. Er bildete sich ein, daß den anderen auffiel, wie nahe sie sich waren, und das Mysterium ihrer Beziehung sie förmlich überwältigte.

Weit davon entfernt, etwas Ungewöhnliches an ihrem Sohn zu bemerken – wenn nicht schon ungewöhnlich genug war, daß er sich nicht absonderte –, dachte Jacqueline über das einzige abwesende Mitglied ihres Haushalts nach.

»Ich habe wirklich das Gefühl«, sagte sie, »daß wir Miss Parchman heute auffordern sollten, mit uns zu essen.«

Ein spontanes Aufstöhnen von allen, außer von Melinda.

»Ein weiblicher Banquo«, sagte Audrey, und ihr Mann setzte hinzu, Weihnachten solle doch fröhlich gefeiert werden.

»Aber es ist auch das Fest des Friedens und das Fest aller, die guten Willens sind«, sagte George. »Ich finde, wie ihr wißt, die Frau durchaus nicht sympathisch. Aber Weihnachten ist Weihnachten, und es ist nicht angenehm, sich vorzustellen, daß sie ganz allein dort draußen ißt.«

»Liebling, ich bin so froh, daß du mit mir einer Meinung bist. Ich gehe zu ihr und frage sie, und dann legen wir noch ein Gedeck auf.«

Aber Eunice war nicht zu finden. Sie hatte die Küche aufgeräumt, das Gemüse vorbereitet und war in den Dorfladen abmarschiert. Dort aß sie in dem Wohnzimmer, das weder mit Stechpalmen noch mit Papiergirlanden geschmückt war, mit Joan und einem mürrischen Norman Brathuhn, Tiefkühlerbsen und Büchsenkartoffeln. Den Abschluß bildete ein Weihnachtspudding aus dem Laden. Eunice schmeckte es, obwohl sie gern auch noch Würstchen gegessen hätte. Joan hatte Würstchen heiß gemacht, aber vergessen, sie zu servieren, und Norman fand sie, von einem merkwürdigen Geruch alarmiert, eine Woche später in der Grillpfanne, wo sie vor sich hin schimmelten. Sie tranken Wasser und hinterher starken Tee. Norman hatte sich ein paar Flaschen Bier geholt, doch Joan hatte sie in die Mülltonne geworfen, die inzwischen von den Müllmännern geleert worden war. Entzückt und hingerissen betrachtete sie immer wieder den lachsrosa Pullover, den Eunice ihr gestrickt hatte. Sie stürzte davon, um ihn anzuziehen, und machte dann vor dem mit Fingerabdrücken verschmierten Spiegel groteske Verrenkungen in dem Bestreben, ein Mannequin nachzuahmen. Eunice bekam eine riesige Pralinenschachtel und einen Obstkuchen aus dem Warenangebot der Smiths.

»Du kommst doch morgen wieder, nicht wahr, meine Liebe?« sagte Joan.

Eunice kam und überließ es Jacqueline, allein für das leibliche Wohl der ungefähr dreißig Gäste zu sorgen, die am Abend erschienen. Das wirkte sich auf Jacqueline recht zwiespältig aus. Einerseits fühlte sie sich in jene Zeit zurückversetzt, in der Eunice noch nicht im Haus gewesen war und die ganze Last der Arbeit auf ihren Schultern ruhte, und daher anerkannte sie die Leistung ihrer Haushälterin fast noch mehr als sonst. So würde es immer sein, wenn Eunice sie je verließe. Andererseits sah sie ihre Haushälterin zum erstenmal mit den Augen von George und Audrey – ungebildet, fast flegelhaft und ungehobelt, eine Frau, die kam und ging, wie es ihr gefiel, und glaubte, die Coverdales seien so abhängig von ihr, daß sie ihr aus der Hand fraßen.

Der Neujahrstag verging, und Peter und Audrey fuhren nach Hause. Sie hatten Melinda gebeten, die letzte Ferienwoche bei ihnen zu verbringen, doch sie hatte abgelehnt. Sie hatte große Sorgen, die mit jedem Tag noch größer wurden. Sie verlor ihre Lebhaftigkeit, schlich kleinlaut im Haus umher und lehnte ebenfalls alle Einladungen ab, die sie von ihren Freunden aus dem Dorf bekam. George und Jacqueline dachten, sie sehne sich nach Jonathan, und stellten keine Fragen. Dafür war Melinda ihnen tief dankbar. Wenn das, was sie befürchtete, zutraf – und es konnte gar nicht anders sein –, mußte sie es ihnen ohnehin einmal beichten. Doch vielleicht war es möglich, daß sie die Sache durchstand oder aus ihr herauskam, ohne daß George je davon erfuhr.

Kinder verstehen ihre Eltern genausowenig wie Eltern ihre Kinder. Melinda hatte eine glückliche Kindheit gehabt und einen verständnisvollen Vater, der sie anbetete, doch die Ansichten ihrer Freunde über deren Eltern hatten auf sie abgefärbt und sie gewissermaßen infiziert. Eltern waren bigott, prüde, moralinsauer, und deshalb mußte auch ihr Vater so sein. Keine persönliche Meinung oder Erfahrung vermochte diese Überzeugung auszumerzen. Sie vermutete, daß sie Georges Liebling war. Um so schlimmer. Er wäre noch bitterer enttäuscht und desillusioniert, wenn er es erführe, und seine idealistische Liebe zu ihr würde sich in Abscheu verwandeln. Sie stellte sich den Ausdruck seines Gesichts vor, mit dem er sie ansehen würde, wenn er je so etwas von ihr, seinem jüngsten Kind, seinem kleinen Mädchen, auch nur vermutete. Streng, abweisend und doch auch ungläubig würde dieser Ausdruck sein. Arme Melinda. Sie wäre bestürzt gewesen, hätte sie gewußt, daß George schon seit langem vermutete, daß ihre Beziehung mit John auch eine sexuelle Seite hatte, daß er es zwar bedauerte, aber philosophisch akzeptierte, solange er glaubte, daß sie sich liebten und vertrauten.

Natürlich hatte sie tagtäglich mit John lange Telefongespräche geführt – George würde die Hände über dem Kopf zusammenschlagen, wenn er die Rechnung bekam –, doch bisher hatte sie nicht die geringste Andeutung gemacht. Heute jedoch, am 4. Januar, wußte sie, daß sie es ihm sagen mußte. Es dem Vater gestehen zu müssen wäre schlimmer gewesen, doch auch so war es schlimm genug. Ihre Erfahrung mit Enthüllungen dieser Art bezog sie aus Romanen, Zeitschriften und Altweiberklatsch im Dorf. Wenn man es dem Mann sagte, war es aus mit der Liebe, er ließ einen fallen, wollte nichts davon hören und nahm im besten Fall die Last der Verantwortung auf sich, warf einem jedoch immer mehr oder weniger versteckt vor, daß einzig und allein man selbst schuld sei. Aber sie mußte es ihm sagen. Sie konnte das erschreckende Geheimnis keinen Tag länger allein tragen, besonders nicht, nachdem ihr heute morgen entsetzlich übel gewesen war.

Sie wartete, bis George zur Arbeit und Jacqueline und Giles mit dem Zweitwagen nach Nunchester gefahren waren. Jacqueline vermutete, daß ihr Sohn, während sie einkaufte, einen Freund besuchen wollte – endlich einen Freund! –, obwohl er tatsächlich zum Konvertitenunterricht zu Pater Madigan ging. Eunice war oben und machte die Betten.

Es gab in Lowfield Hall drei Telefone, eines im Damenzimmer, einen Nebenanschluß in der Halle und einen zweiten in Jacquelines Schlafzimmer. Melinda wählte den Apparat im Damenzimmer, aber noch während sie sich bemühte, für dieses Gespräch Mut zu fassen, klingelte das Telefon. Jonathan.

»Warte einen Augenblick, Jon«, sagte sie, »ich schließe nur die Tür.«

Genau in diesem Augenblick, in dem Sekundenbruchteil, in dem Melinda sich zur Tür wandte und Jonathan den Hörer aus der Hand legte, um sich eine Zigarette anzuzünden, hob Eunice in Jacquelines Schlafzimmer den Hörer ab. Sie wollte nicht spionieren. Sie interessierte sich viel zuwenig für Melinda und fühlte sich von ihrer Aufmerksamkeit viel zu abgestoßen, um absichtlich zu lauschen. Sie nahm den Hörer nur auf, weil man ein Telefon nicht ordentlich abstauben kann, wenn man ihn liegenläßt. Aber sobald sie Melindas erste Worte gehört hatte, wurde ihr bewußt, daß es sich lohnen würde zu horchen.

»O Jon, es ist was Schreckliches passiert! Ich sag es dir gleich, obwohl ich vor Angst wie gelähmt bin. Ich bin schwanger. Ich weiß, daß ich's bin. Heute morgen war mir furchtbar schlecht, und meine Regel ist seit fast vierzehn Tagen überfällig. Es wäre entsetzlich, wenn Daddy oder Jackie dahinterkämen. Daddy wäre so enttäuscht, er würde mich hassen. Was soll ich nur tun?«

Sie weinte beinahe, würgte an den Tränen, die sich nicht mehr lange zurückhalten ließen, wartete auf das Ende des betäubenden Schweigens auf der anderen Seite.

Jonathan blieb ganz ruhig. »Du hast zwei Alternativen, Mel«, sagte er ruhig.

»Hab ich die? Dann sag sie mir! Mir fällt nur eine ein – weglaufen und sterben.«

»Spinn doch nicht so, Herzchen. Wenn du willst, kannst du abtreiben lassen ...«

»Dann erfahren sie es bestimmt. Wenn ich's nicht vom Nationalen Gesundheitsdienst bezahlt kriege und Geld brauche oder wenn man mich in der Klinik nach den nächsten Verwandten fragt oder ...«

Jetzt war Melinda hysterisch. Wie die meisten Frauen

in ihrer Situation, hatte sie sich in eine blinde, unvernünftige Panik hineingesteigert und kämpfte gegen die Fangeisen der Falle an, die ihr eigener Körper war. Eunice rümpfte die Nase. Ihr war das zuwider, nichts als Quatsch und Wichtigtuerei. Doch vielleicht empfand sie auch etwas anderes, eine unbewußte Regung des Neides und der Bitterkeit, die sie dazu brachte, den Hörer wegzulegen. Weg-, nicht aufzulegen. Es wäre unklug gewesen, letzteres zu tun, solange das Gespräch noch nicht beendet war. Sie begann den Toilettentisch abzustauben und verpaßte so den Rest.

»Der Gedanke an eine Abtreibung gefällt mir gar nicht«, sagte Jonathan. »Nimm dich zusammen, Mel, und beruhige dich. Hör zu, ich will dich ohnehin heiraten, ich dachte nur, wir sollten warten, bis wir unsere Examina hinter uns und Jobs gefunden haben und so weiter. Aber das ist nicht wichtig. Heiraten wir eben so schnell wie möglich.«

»O Jon! Ich liebe dich! Wäre das möglich? Ich müßte es ihnen sagen, obwohl wir beide über achtzehn sind, aber, Jon . . .«

»Kein Aber. Wir heiraten und bekommen unser Baby, und alles wird großartig sein. Komm schon morgen nach Norwich zurück, nicht erst nächste Woche. Ich werde auch da sein, und du kannst bei mir wohnen. Und dann machen wir Pläne, okay?«

Es war so okay, daß Melinda, die vor Verzweiflung geweint hatte, vor Freude jetzt geradezu übersprudelte. Sie würde morgen zu Jonathan fahren und ihrem Vater sagen, sie wolle ein paar Tage bei ihrer Freundin in Lowestoft bleiben. Es war gräßlich, ihn anzulügen, doch es geschah ja zu einem guten Zweck. Besser, als ihm jetzt alles gestehen zu müssen, war es auf jeden Fall zu warten, bis das öffentliche Aufgebot verkündet wurde oder sie die Heiratslizenz bekamen. Und so weiter. Am 5. Januar war ihr nicht übel. Noch bevor sie ihren Koffer gepackt hatte, wußte sie, daß ihre Sorge jeder Grundlage entbehrte, die Symptome waren nur auf die tief in ihr wurzelnde Angst zurückzuführen gewesen. Daß jetzt alles wieder in Ordnung war, war auf die Erleichterung über Jonathans Verhalten zurückzuführen. Aber sie machte sich trotzdem auf den Weg und nahm vom Bahnhof zu Jonathans Wohnung sogar ein Taxi, weil sie es kaum erwarten konnte, ihm zu sagen, daß sie doch kein Baby bekam.

Daß sie Mitwisserin eines solchen Geheimnisses war, erinnerte Eunice an jene Zeit, in der sie den Homosexuellen und natürlich Annie Cole erpreßt hatte. Dieses Geheimnis zu teilen hätte Joan Smith reines Entzücken bereitet, die ohnehin grollte, weil Eunice ihr nie etwas vom Privatleben der Coverdales erzählte. Aber Eunice wollte auch das nicht preisgeben. Ein Geheimnis, von dem noch ein anderer wußte, war kein Geheimnis mehr, besonders, wenn man es an jemanden wie Joan Smith weitergab, die es im Handumdrehen den ihr noch verbliebenen Kunden zuflüstern würde. Nein, Eunice wollte es in ihrem flachen Busen bewahren, denn man wußte nie, ob es sich nicht eines Tages als sehr nützlich erweisen würde.

Als sie am nächsten Abend in den Kombi kletterte, der sie in der Greeving Lane erwartete, gab sie also nichts preis.

»Das Coverdale-Mädchen ist gestern wieder ins College zurückgefahren, nicht wahr?« sagte Joan. »Ein bißchen früh, oder? Natürlich nur, um eine ganze Woche mit ihrem Freund zügellos eine wilde Ehe zu führen. Sie wird noch ein böses Ende nehmen, diese Melinda. Mr. Coverdale ist hart genug, um sein eigen Fleisch und Blut aus dem Herzen zu werfen, wenn er den Verdacht hat, daß es herumhurt.«

»Ich weiß nicht«, sagte Eunice.

Die zwölfte Nacht, der 6. Januar, das Dreikönigsfest ist für die Jünger von Elroy Camps das höchste religiöse Fest des Jahres. Die Versammlung war sensationell – zwei völlig rückhaltlose Bekenntnisse, von denen eines das von Joan fast noch übertraf, ein im höchsten Diskant gekreischtes Stegreifgebet von Joan und fünf Hymnen.

»Folge dem Stern!
Folge dem Stern!
Die drei Weisen aus dem
Morgenland
blicken nicht zurück.
Quer durch die Wüste, Hügel oder Sand
führt sie der Stern in ihr Heimatland,
weiß, braun oder schwarz.«

Sie aßen Gewürzkuchen und tranken Tee. Joan wurde immer erregter, bis sie plötzlich einen Anfall bekam. Sie fiel zu Boden und sprach Prophezeiungen aus, die der Geist ihr eingab, und fuhrwerkte mit Armen und Beinen in der Luft herum. Zwei Frauen brachten sie in einen Nebenraum und beruhigten sie, obwohl alle Epiphanier über dieses Schauspiel keineswegs betroffen waren, sondern es eher dankbar genossen.

Nur Mrs. Elder Barnstaple, eine vernünftige Frau, die nur ihrem Mann zuliebe zu den Versammlungen kam, schien beunruhigt.

Sie vermutete jedoch, daß Joan Theater spielte. Niemand in dieser ganzen Runde ahnte, daß Joan von Tag zu Tag mehr dem Wahnsinn verfiel und ihr Bezug zur Realität immer dünner wurde. Sie glich einem Schwimmer, der sich an einen glitschigen Felsen klammern möchte. Ihre Finger glitten jetzt hilflos an der glatten Oberfläche hinunter, und die starken Strömungen des Wahnsinns zerrten sie in einen Strudel.

Auf der Heimfahrt sprach sie kaum, stieß aber von Zeit zu Zeit ein Gelächter aus, das wie das Kichern von etwas Übernatürlichem klang, das durch die langen rabenschwarzen Straßen geisterte.

16

Trübe Wintertage und kalter Wind drückten auf die Stimmung. Eva Baalham behauptete zwar, die Tage würden länger, und das traf auch zu, nur merkte man nichts davon. In Greeving fiel der erste Schnee, der taute und wieder gefror.

An der Korkwand hing ein Wort des heiligen Augustinus: »Zu spät begann ich, Dich zu lieben. O du Schönheit, so uralt und so neu, zu spät begann ich, Dich zu lieben!« Für Giles war die Straße nach Rom keine reine Freude, da Pater Madigan, bis vor kurzem nur an die Landbevölkerung von Tipperary gewöhnt, von ihm ihre Unwissenheit und ihren blinden Glauben erwartete. Er schien nicht zu begreifen, daß Giles besser Griechisch und Latein verstand als er und die Schriften des heiligen Thomas von Aquin schon vor seinem sechzehnten Geburtstag gelesen hatte.

In Norwich war Melinda mit Jonathan unendlich glücklich. Sie wollten heiraten, aber erst in fünfzehn

Monaten, wenn Melinda ihr Examen abgelegt hatte. Auf dieses Ziel arbeitete sie hin, und sie war sehr eifrig, da sie eine gute Stellung brauchte. Auch wenn Jon und sie sich liebten, hatte sie ihren Chaucer und ihren Gower immer in Reichweite.

Die kalte, bleiche Sonne zog einen tiefen Bogen über den kalten, blassen Himmel, der aquamarinblau und klar war, oder sie erschien als kleiner Lichttümpel in einem grauen Wolkenfeld.

Am 19. Januar feierte Eunice ihren achtundvierzigsten Geburtstag. Sie dachte flüchtig daran, hatte aber niemandem etwas davon gesagt, nicht einmal Joan. Es war Jahre her, daß ihr jemand eine Geburtstagskarte geschickt oder zu diesem Anlaß etwas geschenkt hatte.

Sie war allein im Haus. Um elf Uhr klingelte das Telefon. Eunice ging nicht gern an den Apparat, sie war es nicht gewohnt, und es erschreckte sie. Nachdem sie sich gefragt hatte, ob es besser sei, das Klingeln zu ignorieren oder nicht, hob sie widerstrebend ab und meldete sich.

Der Anruf kam von George. Die Büchsenfabrik Coverdale hatte vor kurzem die Werbeagentur gewechselt, und ein Direktor der neuen kam zum Lunch und sollte hinterher das Werk besichtigen. George hatte eine kurze Geschichte der Firma geschrieben, die von seinem Großvater gegründet worden war, die Unterlagen jedoch zu Hause vergessen.

Er war erkältet, und seine Stimme klang belegt und rauh. »Die Papiere, die Sie suchen sollen, liegen im Morgenzimmer im Schreibtisch, Miss Parchman. Ich weiß nicht genau wo, aber sie sind mit einer Klammer zusammengeheftet, und die Überschrift ist mit Blockbuchstaben geschrieben. Sie lautet: ›Die Coverdale Enterprises von 1850 bis zur Gegenwart‹.«

Eunice sagte nichts.

»Ich wäre Ihnen sehr dankbar, wenn Sie diese Papiere heraussuchen könnten.« George nieste so heftig, daß es wie eine Explosion klang. »Entschuldigen Sie bitte! Wo war ich stehengeblieben? O ja, ein Fahrer ist schon unterwegs zu Ihnen, um sie abzuholen. Legen Sie die Papiere bitte in einen großen Umschlag, und geben Sie sie ihm, sobald er kommt.«

»In Ordnung«, sagte Eunice hoffnungslos.

»Ich bleibe am Apparat. Sehen Sie bitte gleich mal nach. Und sagen Sie mir Bescheid, sobald Sie die richtigen gefunden haben.«

Der Schreibtisch war voller Papiere. Viele davon zusammengeheftet, und alle hatten eine für Eunice unleserliche Überschrift. Eunice zögerte, dann legte sie, ohne noch einmal etwas zu George zu sagen, den Hörer auf. Sofort klingelte das Telefon wieder. Sie meldete sich nicht. Sie ging hinauf und versteckte sich in ihrem Zimmer. Das Telefon klingelte noch viermal. Beim fünftenmal war es die Glocke an der Haustür. Eunice öffnete auch nicht. Obwohl sie ihren Geburtstag nicht feierte, dachte sie, es sei scheußlich, daß ausgerechnet heute so etwas passieren mußte. Ein Geburtstag sollte schön und friedlich sein, nicht durch derartige Aufregungen getrübt.

George begriff nicht, was geschehen war. Der Fahrer kam mit leeren Händen zurück, der Werbemensch fuhr ohne die Geschichte der Coverdale Enterprises wieder ab. George telefonierte zum sechstenmal und erreichte endlich seine Frau, die in Nunchester gewesen war, um sich das Haar färben zu lassen. Nein, Miss Parchman sei nicht krank und eben spazierengegangen. Als er nach Hause kam, fand er die Papiere sofort. Sie lagen zuoberst im Schreibtisch.

»Was war los, Miss Parchman. Diese Papiere waren sehr wichtig für mich.«

»Ich konnte sie nicht finden«, sagte Eunice, die den Tisch deckte und ihn nicht ansah.

»Aber sie haben doch ganz oben gelegen. Ich begreife nicht, wie Sie sie übersehen konnten. Mein Fahrer hat mit dieser vergeblichen Fahrt hierher eine ganze Stunde vergeudet. Und selbst wenn Sie das Zeug nicht finden konnten, hätten Sie es mir doch sagen können.«

George wußte, daß sie log. »Ich habe noch viermal angerufen.«

»Aber es hat nie geklingelt«, antwortete Eunice und wandte ihm das kleine Gesicht zu, das jetzt an Größe zugenommen zu haben schien, als sei es vor Groll angeschwollen. Stundenlanges Brüten hatte sie erbittert, und sie schlug jetzt ihm gegenüber den Ton an, den ihr Vater in den letzten Wochen seines Lebens so oft zu hören bekommen hatte. »Ich weiß überhaupt nichts – von gar nichts.« Für ihre Begriffe wurde sie geradezu beredt. »Hat keinen Sinn, mich zu fragen, weil ich nichts weiß.« Das Blut kroch ihr am Hals hinauf und färbte ihr Gesicht dunkel. Sie kehrte George den Rücken.

Er verließ das Zimmer, hilflos angesichts der Tatsache, daß sie sich weigerte, die Verantwortung zu übernehmen, sich zu entschuldigen, ja, daß sie es sogar ablehnte, überhaupt darüber zu sprechen. Er hatte von seiner Erkältung einen dicken Kopf, der mit nasser Wolle ausgestopft zu sein schien.

Jacqueline saß vor ihrem Toilettentisch und schminkte sich.

»Sie ist keine Sekretärin, Liebling«, sagte sie und wiederholte damit, was er zu ihr gesagt hatte, als sie seinerzeit zögerte, Eunice einzustellen. »Du darfst nicht zuviel von ihr erwarten.«

»Zuviel? Ist es zuviel verlangt, jemanden zu bitten, ein paar deutlich beschriftete Bogen Papier zu finden und sie einem Fahrer auszuhändigen? Außerdem ist es gar nicht das, was mich so ärgert. Ich habe bisher wirklich nicht gewußt, was ›dummfrech‹ eigentlich bedeutet, es war für mich nur eine Phrase. Jetzt ist es keine mehr. Wenn sie sich am Telefon meldet, tut sie es weder mit unserem Namen noch mit unserer Nummer. Wenn ein Schwein ›hallo!‹ sagen könnte, müßte es ungefähr so klingen wie Miss Parchman.«

Jacqueline lachte und verschmierte dabei ihr Mascara.

»Und einfach den Hörer aufzulegen! Warum ist sie nicht mehr an den Apparat gegangen, als ich wieder anrief. Natürlich hat das Telefon geklingelt, es ist einfach Unsinn, wenn sie behauptet, es habe nicht geklingelt. Und als ich jetzt mit ihr darüber sprechen wollte, war sie richtig unverschämt zu mir.«

»Ich habe gemerkt, daß sie Dinge, die – nun ja, sagen wir – ihrer Meinung nach nicht zu ihrem Aufgabenbereich gehören, nur höchst ungern tut. Es ist immer so. Wenn ich ihr einen Zettel hinlege, tut sie wohl, um was ich sie darauf bitte, aber immer nur ein bißchen widerwillig und mürrisch. Außerdem telefoniert sie nicht gern und beantwortet auch nicht gern Telefonanrufe.«

Jacqueline sagte es obenhin, als wolle sie lächelnd irgendeinen typisch »männlichen Unsinn« abtun, als wolle sie ihn beschwichtigen und trösten, weil seine Erkältung schlimmer war als die ihre.

George legte ihr die Hand auf die Schulter. »Bemüh dich nicht, Jackie, sie muß gehen.«

»O nein, George!« Jacqueline fuhr auf dem Hocker herum. »Ich komme ohne sie nicht mehr aus! Du kannst das nicht von mir verlangen, nur weil sie die Sache mit diesen Papieren nicht erledigt hat.«

»Es ist nicht nur das. Es sind ihre Unverschämtheit und die Art, wie sie uns ansieht. Ist dir nicht aufgefallen, daß sie uns nie mit unseren Namen anspricht? Und das ›gnädige Frau‹ und ›Sir‹ hat sie auch fallengelassen. Nicht daß mir daran etwas läge, ich bin kein Snob«, setzte George hinzu, dem sehr wohl etwas daran lag und der durchaus ein Snob war, »aber ich kann schlechte Manieren und Lügen nicht ertragen.«

»George, gib ihr bitte noch einmal eine Chance. Was soll ich denn ohne sie tun? Ich kann es mir gar nicht vorstellen.«

»Es gibt andere Hausangestellte.«

»Ja, die alte Eva und Au-pairs«, sagte Jacqueline bitter. »Ich hatte bei unserer Weihnachtsparty einen Vorgeschmack davon, wie es dann wieder sein würde. Mir hat sie keinen Spaß gemacht. Ich habe den ganzen Tag nur gekocht und bin den ganzen Abend herumgerannt. Ich glaube nicht, daß ich Gelegenheit hatte, zu den Leuten etwas anderes zu sagen als: ›Möchten Sie noch einen Drink?‹«

»Und deshalb muß ich eine Hausangestellte um mich dulden, die der Wachmannschaft von Auschwitz alle Ehre gemacht hätte?«

»Nur noch eine Chance, bitte, George.«

Er kapitulierte. Jacqueline konnte ihn immer für sich gewinnen. Ihm war kein Preis zu hoch, wenn er seine geliebte Frau glücklich, entspannt und sorglos sah. Kein

Preis war ihm zu hoch für Frieden und häusliche Behaglichkeit und ein gutgeführtes elegantes Heim. Gab es etwas, worauf er um dieser Dinge willen nicht verzichtet hätte?

Doch, hätte er wohl geantwortet: Es gibt etwas – mein Leben.

George beabsichtigte, auf Eunices Verhalten mit Festigkeit zu reagieren, die Zügel straffer anzuziehen und sie zu leiten. Er war weder schwach noch feige, und er hatte nie der Maxime gehuldigt, es sei besser, Unannehmlichkeiten zu ignorieren und so zu tun, als gebe es sie nicht. Sie mußte gerügt werden, wenn er sie morgens mit einem Lächeln begrüßte und sie mit einem finsteren Blick und einem Grunzen antwortete, oder er würde sich in aller Ruhe mit ihr unterhalten, um zu erfahren, was mit ihr los war und was sie alle – in ihrer Gesamtheit als Familie – sich ihr gegenüber hatten zuschulden kommen lassen.

Er sprach sie nur einmal darauf an, tat aber so, als ob er scherze. »Können Sie nicht einmal ein bißchen lächeln, wenn ich mit Ihnen spreche, Miss Parchman? Ich weiß nicht, was ich Ihnen getan habe, um diese grimmige Miene zu verdienen.«

Er begegnete Jacquelines eindringlich bittendem Blick. Eunice nahm seine Worte lediglich mit einen kurzen Schulterzucken zur Kenntnis. Danach sagte er nichts mehr. Er wußte, was geschehen würde, wenn er versuchte unter vier Augen mit ihr zu sprechen. »Es ist nichts. Es hat keinen Sinn, darüber zu reden, weil da gar nichts ist«, würde sie sagen.

Doch ihm war klar, wenn Jacqueline es vielleicht auch nicht durchschaute, daß sie sich bemühten, Eunice Parchman bei Laune zu halten und sich von ihr herumkommandieren und gängeln ließen. Um Jacquelines willen, aber über sich selbst höchst verärgert, lächelte er seiner Haushälterin weiterhin albern zu, wenn er ihr begegnete, fragte sie, ob ihr Zimmer warm genug sei, ob sie genug Freizeit habe – und einmal fragte er sogar, ob sie etwas dagegen hätte, an einem bestimmten Abend zu Hause zu bleiben, an dem sie Gäste erwarteten. Seine Freundlichkeit und seine Wärme blieben unerwidert.

Der Februar kam mit einem Schneesturm.

Nur auf Bildern und im Fernsehen hatte Eunice bisher eine tiefverschneite Winterlandschaft gesehen, erlebt hatte sie nur den in Tooting üblichen Schneematsch. Ihr wäre nie in den Sinn gekommen, daß Schnee den Menschen zur Last werden oder ihr Leben beeinflussen konnte. Am 1. Februar, einem Montag, waren George und ein sehr unwilliger, verschlafener Giles schon sehr früh dabei, die lange Zufahrt freizuschaufeln, damit der Mercedes nicht steckenblieb. Beim ersten Morgenlicht hatte Mr. Meadows mit dem Schneepflug die Straße geräumt. Eine Schaufel, Schaftstiefel und Säcke wurden in den Kofferraum gelegt, und George und Giles brachen nach Stantwich auf wie zwei Polarforscher.

Vom bleifarbenen Himmel wirbelten große Flocken, und die Landschaft war, von den dunklen Grenzlinien der Hecken und vereinzelt dastehenden kahlen Bäumen abgesehen, völlig zugedeckt. Jacqueline konnte weder an diesem noch am nächsten Tag das Haus verlassen. Sie rief beim Friseur an, um den Termin zu verschieben, verständigte Paula, daß sie nicht mit ihr lunchen könne, und sagte alle Verabredungen für den Abend ab. Eva Baalham machte sich nicht die Mühe, anzurufen und Bescheid zu sagen, daß sie nicht kam. Sie blieb einfach weg. So etwas nahm man im Februar in East Anglia als selbstverständlich hin.

Also war Jacqueline mit Eunice Parchman im Haus gefangen. Ebenso wie sie sich nicht traute, Auto zu fahren, hatten die Nachbarn Angst, sie zu besuchen. Früher hätte sie einen solchen Schneesturm als mögliches Gesprächsthema zwischen ihr und Eunice gesehen, doch jetzt war sie durch Erfahrung klug geworden und versuchte nicht einmal, es anzuschneiden. Eunice nahm den Schnee genauso hin wie Regen, Wind und Sonne. Kommentarlos kehrte sie das Pflaster vor dem Gewehrraum und die Treppe, die zur Haustür führte. Schweigend verrichtete sie ihre Arbeit. Als Jacqueline, nicht imstande, sich zurückzuhalten, erleichtert aufschrie, als sie Georges Wagen hörte, der heil durch das immer heftiger werdende Schneegestöber heimgefunden hatte, verhielt Eunice sich so, als sei das ein ganz gewöhnlicher Tag mit ganz gewöhnlichem Wetter.

Und Jacqueline fing an, den Standpunkt ihres Mannes zu begreifen. Mit Eunice durch den Schnee von der Welt abgeschnitten zu sein, war mehr als verwirrend. Es war bedrückend, beinahe unheimlich. Sie marschierte stur mit ihrem Staubwedel und ihren Poliertüchern durch die Zimmer. Als Jacqueline einmal an ihrem Schreibtisch saß und an Audrey schrieb, wurde ihr der halbvolle Briefbogen lautlos unter der Nase weggezogen, und der Staubwedel fuhr langsam über Ledereinlegearbeit und Rosenholz. Es war, berichtete Jacqueline später ihrem Mann, als sei sie taub und Insassin eines Behindertenheimes und Eunice ein Stationsmädchen. Und sogar wenn die Arbeit getan war und Eunice nach oben verschwand, um sich im Fernsehen die Nachmittagsserien anzusehen, hatte Jacqueline das Gefühl, es sei nicht nur der Schnee, der sich wie eine schwere Last auf die oberen Regionen von Lowfield Hall legte. Sie ertappte sich dabei, daß sie besonders leise auftrat, die Türen vorsichtig schloß und manchmal nur ganz still dastand, umflossen von dem sonderbaren weißen Licht, dieser einzigartigen Reflexion des Schnees, schimmernd, marmorn und kalt.

Sie sollte nie erfahren und hätte es sich nicht einmal im Traum vorstellen können, daß Eunice sich viel mehr vor ihr fürchtete, als sie sich von Eunice einschüchtern ließ; daß der Zwischenfall mit den Aufzeichnungen der Geschichte der Coverdale Enterprises Eunice dazu gebracht hatte, sich ganz in ihr Schneckenhaus zurückzuziehen, denn wenn sie mit ihnen sprach oder ihnen erlaubte, mit ihr zu sprechen, würde ihr Erzfeind, das gedruckte Wort, sich erheben und über sie herfallen. In einem Sessel, den sich Jacqueline dicht an einen Heizkörper herangezogen hatte, sitzend und lesend – lesend, um Eunice einen Gefallen zu tun und sich von ihr fernzuhalten –, ahnte Jacqueline natürlich nicht, daß sie Eunice nichts Schlimmeres antun konnte und daß sie, indem sie las, den Haß ihrer Haushälterin nur noch mehr schürte.

In dieser Woche brauchte sie Abend für Abend das doppelte ihres üblichen Quantums Sherry, um entspannen zu können.

»Lohnt sich das?« fragte George.

»Ich habe heute mit Mary Cairne telefoniert. Sie hat gesagt, sie würde sich sogar mit Beschimpfungen – geschweige denn mit Dummfrechheit abfinden, wenn sie nur eine Hausangestellte wie Miss P. hätte.«

George küßte seine Frau, konnte aber nicht widerstehen, anzüglich zu sagen: »Na, dann soll sie's doch versuchen. Es ist gut zu wissen, daß Miss P. einen Platz hat, an dem sie unterkommen kann, wenn ich sie hinausschmeiße.« Aber er schmiß sie nicht hinaus, und am 4. Februar ereignete sich etwas, das sie von ihrer Unzufriedenheit mit ihrer Haushälterin ablenkte.

17

Norman Smith wurde es allmählich zuviel. Er war ebenfalls durch den Schnee abgeschnitten und gezwungen, einen Mitmenschen Tag und Nacht um sich zu ertragen, der ihm unsympathisch war, nur war dieser Mitmensch seine Frau.

Norman hatte Joan früher schon oft gesagt, sie sei verrückt, doch hatte er es nicht anders gemeint, wie wenn Melinda Coverdale ihren Stiefbruder Giles Mont verrückt nannte. Er wollte nicht andeuten, sie sei wahnsinnig. Doch jetzt war er überzeugt, daß sie buchstäblich den Verstand verloren hatte. Sie teilten immer noch das Bett miteinander. Sie gehörten zu jener Kategorie verheirateter Leute, die im selben Bett schlafen, ohne sich dabei etwas zu denken, die auch noch im selben Bett schlafen würden, wenn sie schon jahrelang nicht mehr miteinander redeten.

In letzter Zeit wurde Norman jedoch häufig wach und stellte fest, daß Joan aufgestanden war, und dann hörte er sie in einem anderen Teil des Hauses laut lachen, wie eine Wahnsinnige lachen, oder mit schriller, unsicherer Stimme Bruchstücke von Epiphanierhymnen singen oder Prophezeiungen vortragen. Sie machte nicht mehr sauber und staubte die Waren nicht mehr ab, ließ Haus und Laden völlig verkommen. Und jeden Morgen behängte sie sich auf das Geschmackloseste mit den bizarren Kleidungsstücken, die sie aus ihrer Zeit in Shepherd's Bush aufgehoben hatte, und bemalte sich das Gesicht wie ein Clown.

Sie hätte dringend einen Arzt aufsuchen müssen. Norman wußte sehr gut, daß sie behandelt werden sollte. Sie brauchte einen Psychiater, doch wie sollte er sie zu ihm bringen? Wie fing man so etwas überhaupt an? Dr. Crutchley hielt zweimal wöchentlich in Greeving Sprechstunde ab. Norman wußte, daß Joan nie aus eigenem Antrieb zu ihm gehen würde, und er konnte sich nicht vorstellen, an ihrer Stelle zu gehen. Wie konnte er geduldig wartend inmitten von hustenden und schnüffelnden Meadows und Baalhams und Eleighs im Wartezimmer sitzen und dann einem müden, geplagten Landarzt erzählen, daß seine Frau in der Nacht sang, den Kunden Bibelzitate vorplärrte und Kniestrümpfe und kurze Röcke trug wie ein junges Mädchen?

Über den letzten Beweis für ihre Geisteskrankheit konnte er mit niemandem sprechen.

In letzter Zeit schien sie zu denken, sie habe gottähnlich oder als Gottes Zensor das Recht, sämtliche Post zu kontrollieren, die durch das Postamt Greeving ging. Er konnte die Postsäcke nicht vor ihr verstecken. Er versuchte, sie in der Toilette im Hof einzuschließen, doch sie brach das Schloß mit einem Hammer auf. Und sie war inzwischen Expertin in der Kunst, Briefe über Dampf zu öffnen. Er zuckte zusammen und zitterte, als er hörte, wie sie Mrs. Higgs erzählte, Gott habe Alan und Pat Newstead bestraft, indem er ihr einziges Enkelkind tötete. Eine Information, die Joan einem Brief des verzweifelten Vaters entnommen hatte. Und als sie Mr. Meadows mitteilte, George Coverdale habe Schulden bei seinem Weinhändler, wartete er, bis das Geschäft leer war, und schlug ihr dann ins Gesicht. Joan schrie ihn nur an, Gott werde sich an ihm rächen, Gott würde ihn mit Aussatz strafen und ihn zum Geächteten machen, der es nicht wagen durfte, unter redlichen Männern sein Gesicht zu zeigen.

Das war eine ihrer Prophezeiungen, die sich nur allzubald bewahrheiten sollte.

Am Freitag, dem 5. Februar, als Tauwetter einsetzte und die Straße zwischen Greeving und Lowfield Hall wieder ohne Schwierigkeiten passierbar war, betrat George Coverdale um neun Uhr morgens den Dorfladen. Das heißt, er betrat ihn, nachdem er heftig mit der Faust an die Vordertür gehämmert hatte und Norman, der noch beim Frühstück saß, auf so handgreifliche Weise zwang zu öffnen.

»Sie sind früh dran, Mr. Coverdale«, sagte Norman nervös. George hatte bisher den Fuß nur sehr selten auf diese Schwelle gesetzt, und Norman wußte, daß es nichts Gutes bedeuten konnte.

»Meiner Meinung nach ist neun Uhr nicht zu früh. Um diese Zeit sitze ich sonst schon an meinem Schreibtisch, und wenn das heute nicht der Fall ist, dann ist das auf die Angelegenheit zurückzuführen, die ich mit Ihnen zu besprechen habe und die so ernst ist, daß sie keinen Aufschub duldet.«

»O ja?« Norman hätte es mit George aufgenommen, aber er verlor den Mut, als Joan erschien – das gelbe Haar in Lockenwickeln, ihre klapperdürre Gestalt, die nur noch aus Haut und Knochen zu bestehen schien, in einen schmutzigen roten Morgenmantel gehüllt. George entnahm seiner Aktenmappe einen Briefumschlag. »Dieser Brief wurde geöffnet und frisch zugeklebt«, sagte er und machte eine Pause. Es war für ihn ein entsetzlicher Gedanke, daß Joan Smith im Dorf verbreiten könnte, sein Weinhändler drohe ihm mit einem Zahlungsbefehl. Tatsächlich war der Mahnbrief das Resultat einer Störung im Computer. George, der seine Rechnung pünktlich Anfang Dezember bezahlt hatte, hatte die Angelegenheit telefonisch mit dem Händler besprochen und eine zerknirschte Entschuldigung für den peinlichen Irrtum entgegengenommen. Doch er lehnte es ab, sich vor diesen Leuten zu rechtfertigen.

»Auf der Klappe des Briefumschlags sind Klebstoffflecke«, sagte er, »und im Brief selbst habe ich ein Haar gefunden, das zweifellos vom Kopf ihrer Frau stammt.«

»Davon weiß ich nichts«, brummte Norman. Unwissentlich hatte er Eunices stereotype Phrase gebraucht, und daran entzündete sich Georges Zorn.

»Vielleicht ist der Postmeister in Stantwich besser informiert. Ich habe die Absicht, ihm noch heute zu schreiben, ihm diese ganze Angelegenheit darzulegen und mich selbstverständlich auch auf alle früheren Fälle zu beziehen. Ich hatte ja schon häufiger Anlaß, einen gewissen Verdacht zu hegen, und jetzt fordere ich eine offizielle Untersuchung.«

»Ich kann Sie nicht zurückhalten.«

»Da haben Sie völlig recht. Ich war nur der Meinung, es sei recht und billig, Ihnen zu sagen, was ich vorhabe, damit Sie gewarnt sind. Guten Morgen.«

Die ganze Zeit über hatte Joan geschwiegen. Doch jetzt, als George auf die Tür zuging und angeekelt die staubigen Packungen in den Regalen und das in Körben vor sich hin faulende Gemüse betrachtete, schoß sie vorwärts wie eine Spinne oder eine Krabbe, die sich auf ihre Beute stürzen will. Sie stellte sich zwischen George und den Ladeneingang, lehnte sich an die Tür, breitete die stockdünnen Arme aus und preßte sie an die Scheibe. Die rotwollenen Ärmel rutschten zurück und enthüllten lappiges, faltiges Fleisch, dessen subkutanes Gewebe längst geschrumpft und verkümmert war. Sie hob den Kopf und schrie ihm entgegen:

»Generationen von Vipern! Hurenjäger! Ehebrecherische Bestie! Wehe den Gottlosen und den Unzüchtigen!«

»Lassen Sie mich vorbei, Mrs. Smith«, sagte George gelassen.

»Was soll mit dir geschehen, du gespaltene Zunge? Heiße Pfeile des Mächtigen mögen dich durchbohren, glühende Kohlen aus Wacholderharz dich brennen!« Joan fuchtelte ihm mit der Faust vor dem Gesicht herum. »GOTT wird den Reichen strafen, der dem Armen sein täglich Brot nimmt. GOTT wird ihn vernichten.« Ihr Gesicht war feuerrot, in ihren Augen sah man nur das Weiße, die Pupillen waren völlig nach oben gedreht.

»Würden Sie freundlicherweise dafür sorgen, daß Ihre Frau mir aus dem Weg geht, Mr. Smith«, sagte George zornig.

Norman zuckte mit den Schultern. Er hatte Angst vor ihr und war machtlos.

»Dann werde ich es tun. Und wenn Sie mich wegen Körperverletzung anzeigen wollen – bitte.«

Er stieß Joan zur Seite, und es gelang ihm, die Tür zu öffnen. Draußen im Wagen saß Giles, und diese Szene hatte sogar das Interesse des ewig Gleichgültigen geweckt. Joan, die nur vorübergehend außer Gefecht gesetzt gewesen war, rannte hinter George her, packte ihn am Mantel und schrie wirres Zeug. Ihr Morgenmantel flatterte in dem eisigen Wind. Inzwischen war Mrs. Cairne am Fenster erschienen, und Mr. Meadows stand gewissermaßen mit gespitzten Ohren neben den Zapfsäulen seiner Tankstelle. Noch nie war George etwas so peinlich gewesen. Er zitterte förmlich vor Ekel und Abscheu. Die ganze Szene war ihm widerwärtig. Hätte er irgendwo auf der Straße einen zornigen Mann und eine halbangezogene Frau gesehen, die sich an den Mantel des Mannes klammerte und ihn unflätig beschimpfte, er hätte kehrtgemacht und wäre so schnell wie möglich verschwunden. Doch jetzt gehörte er zu den Hauptdarstellern der Szene.

»Halten Sie endlich den Mund, und lassen Sie mich los!« schrie er zurück. »Das ist ja empörend!«

Endlich kam Norman Smith heraus, packte seine Frau und zerrte sie mit Gewalt in den Laden. Später sagte Meadows von der Tankstelle, er habe ihr ins Gesicht geschlagen, doch das wartete George nicht ab. Mit dem letzten schäbigen Rest dessen, was früher seine Würde gewesen war, stieg er in den Wagen und fuhr ab. Diesmal war er für Giles' Gleichgültigkeit dankbar. Der Junge lächelte abwesend. »Eine Wahnsinnige«, sagte er, bevor er sich wieder in seine geheimnisvollen Gedanken versenkte.

Die Erregung über den Zwischenfall blieb bei George den ganzen Tag vorherrschend. Aber er schrieb den Brief an den Postmeister von Stantwich, ohne zu erwähnen, was sich am Morgen ereignet hatte. Er schrieb nicht einmal, daß er einen besonderen Grund hatte, die Smiths zu verdächtigen.

»Hoffen wir auf ein ruhiges Wochenende«, sagte er zu Jacqueline. »Nach den Schneeschlachten jeden Morgen und dem Aufruhr von heute langt es mir. Wir sind doch nicht irgendwo eingeladen oder bekommen Besuch?«

»Nur die Archers morgen nachmittag, Liebling.«

»Tee mit dem Pfarrer ist genau das einschläfernde Allheilmittel, das ich jetzt brauche.«

Melinda wurde nicht zu Hause erwartet, und Giles zählte nicht. Es ist so, als wohne man mit einem harmlosen Geist unter einem Dach, dachte Jacqueline manchmal traurig. Er irrte durch das Haus, belästigte einen jedoch nicht und richtete auch keinen Schaden an, sondern blieb gewissermaßen in »seinen« vier Wänden – dem Spukzimmer. Sie hätte gern gewußt, wessen Schriften er diesmal sein »Wort des Monats« entnommen hatte: »Ich hoffe, nie wieder eine Todsünde oder auch nur eine häßliche Sünde zu begehen . . .«

Es war das letzte Zitat, das Giles je an seine Korkwand heften sollte, und vielleicht war es von Bedeutung, daß die Zeilen, die er gewählt hatte und die man dem französischen König Charles VII. zuschrieb, angeblich die letzten Worte des Herrschers waren.

Zufällig kam Melinda an diesem Wochenende doch. Sie war seit dem 5. Januar nicht mehr in Lowfield Hall gewesen, und das Gewissen plagte sie deshalb. Natürlich wollte sie auch am 13. kommen, denn da hatte George Geburtstag, aber irgendwie fand sie es schrecklich, ganze fünf Wochen wegzubleiben. Und dann war da noch die Sache mit dem Kassettenrecorder. Georges Weihnachtsgeschenk war ihr kostbarster Besitz, und ihre Freundinnen im College beneideten sie darum. Melinda sagte nicht gern nein, wenn jemand sie bat, ihm den Recorder zu leihen, doch als irgendein Jemand ihn zu einem Folkkonzert mitnahm und hinterher die ganze Nacht in einem unverschlossenen Auto liegenließ, dachte sie, es sei an der Zeit, ihn nach Hause zu bringen, um ihn vor Schaden zu bewahren.

Ohne den Vater oder Jacqueline davon unterrichtet zu haben, daß sie kommen wollte, stieg sie in Greeving aus dem Zug, als die stumpfrote Sonne eben unterging, und als sie Gallows Corner erreichte, war es schon dunkel. Für Geoff Baalham, der etwa zehn Minuten früher vorbeigekommen war, war sie zu spät dran, und es war Mrs. Jameson-Kerr, die sie mitnahm und ihr erzählte, George und Jacqueline seien im Pfarrhaus zum Tee eingeladen.

Melinda betrat das Haus durch den Gewehrraum und ging sofort hinauf zu Giles. Aber Giles war auch nicht zu Hause. Er hatte den Ford genommen und war, nach einer Unterrichtsstunde bei Pater Madigan, ins Kino gegangen.

Das Haus war warm, fleckenlos, blitzblank und ordentlich. Still bis auf den gedämpften Tumult, der aus dem ersten Stock drang und von Eunice Parchmans Fernseher herrührte.

Melinda stellte den Kassettenrecorder auf die Kommode und zog ein langes Gewand an, das sie sich aus einer indischen Bettdecke selbst genäht hatte, legte sich ein Tuch um die Schultern und eine Muschelkette um den Hals. Mit ihrem Aussehen sehr zufrieden, ging sie ins Morgenzimmer hinunter. Dort fand sie einen Stapel neuer Zeitschriften, die sie in die Küche mitnahm. Ein paar Minuten später fand Eunice, die ein Hühnerfrikassee aus dem Tiefkühlschrank nehmen wollte, die verhaßte jüngste Coverdale-Tochter mit einer Zeitschrift am Küchentisch sitzend vor.

Melinda stand höflich auf. »Hallo, Miss Parchman. Wie geht es Ihnen? Hätten Sie gern eine Tasse Tee? Ich habe eben welchen gemacht.«

»Ich habe nichts dagegen«, sagte Eunice und hatte noch nie ein Angebot freundlicher akzeptiert. Sie runzelte die Stirn. »Sie werden nicht erwartet.«

»Ich wohne hier, es ist mein Zuhause«, hätte Melinda antworten können, doch sie war nicht leicht eingeschnappt oder aggressiv. Außerdem hatte sie jetzt Gelegenheit, nett zu Miss Parchman zu sein, die sie seit Neujahr genauso vernachlässigt hatte wie die Familie. Daher lächelte sie und sagte, sie habe sich ganz spontan entschlossen, nach Hause zu fahren. Und nehme Miss Parchman Milch und Zucker?

Eunice nickte. Die Zeitschrift auf dem Tisch schüchterte sie ein und ängstigte sie, wie eine Spinne vielleicht eine andere Frau geängstigt hätte. Sie hoffte, Melinda würde sich darauf konzentrieren und den Mund halten, während sie den Tee trank. Sie bedauerte schon, daß sie ihn angenommen hatte. Doch es wurde bald offensichtlich, daß Melinda sich nur darauf konzentrieren würde, wenn sie daran teilnahm. Sie blätterte um und »beglückte« Eunice mit einem laufenden Kommentar, blickte ab und zu auf, lächelte Eunice zu und reichte ihr sogar die Zeitschrift, damit sie sich ein Bild ansehe.

»Mir gefallen diese halblangen Röcke überhaupt nicht. Wie finden Sie sie? Oh, schauen Sie doch mal, wie das Mädchen seine Augen geschminkt hat! Es muß Stunden gedauert haben, ich hätte nicht die Geduld. Die ganze Mode der vierziger Jahre kommt wieder. Haben Sie sich wirklich so angezogen, als Sie noch jung waren? Haben Sie leuchtendroten Lippenstift und Strümpfe getragen? Ich habe noch nie ein Paar Strümpfe besessen.«

Eunice, die noch immer Strümpfe trug und nie eine Strumpfhose ihr eigen genannt hatte, sagte, sie sei nicht für Mode und so. Lauter Unsinn, erklärte sie.

»Also ich finde Mode dufte.« Melinda blätterte um. »Hier ist ein Test. Zwanzig Fragen, um zu testen, ob Sie wirklich lieben. Den muß ich machen, obwohl ich weiß, daß ich liebe. Na, schauen wir mal. Haben Sie einen Bleistift oder einen Füller oder so was?«

Eunice schüttelte energisch den Kopf.

»Ich habe einen Füller in meiner Tasche.« Melinda hatte die schäbige Tasche, die aussah wie ein aus einem türkischen Läufer gearbeiteter Teppichbeutel, im Gewehrraum einfach fallen lassen.

Eunice, die sie beobachtete, als sie ihn holte, hoffte sehr, sie würde Tasche, Füller und Zeitschriften woanders hintragen, aber Melinda dachte nicht daran und kehrte mit allen Utensilien an den Tisch zurück.

»Jetzt wollen wir mal sehen. Frage eins: Wären Sie lieber mit ihm zusammen, als ... Oh, am Ende der Seite steht die Lösung, das ist nicht gut. Ich habe einen Vorschlag: Sie lesen mir die Fragen vor und streichen an, ob ich zwei oder drei Punkte bekomme. Oder überhaupt keinen. Okay?«

»Ich hab meine Brille nicht dabei«, sagte Eunice.

»O doch. Sie steckt in Ihrer Tasche.«

Und da war sie tatsächlich. Die Brille mit dem Schildpattgestell, die allen Coverdales als ihre »Lesebrille« bekannt war, schaute aus der rechten Tasche ihres Hauskittels heraus. Eunice setzte sie nicht auf. Sie tat gar nichts, denn sie wußte nicht, was tun. Sie konnte nicht sagen, sie habe zuviel Arbeit – was für eine? –, und die große Teetasse, die Melinda ihr eingeschenkt hatte, war auch noch halb voll.

»Hier«, sagte Melinda und reichte ihr die Zeitschrift. »Tun Sie's doch, bitte! Es wird ein Riesenspaß.«

Eunice nahm die Zeitschrift fest in beide Hände und holte mühsam aus ihrem Gedächtnis die erste Zeile hervor, die Melinda ihr vorgelesen hatte. »Wären Sie lieber mit ihm zusammen, als ...«

Sie unterbrach sich.

Melinda streckte die Hand aus und nahm ihr die Brille aus der Tasche. »Hier! Warum wollen Sie sie partout nicht aufsetzen?«

Eunice war in die Enge getrieben. Ihr Gesicht wurde so dunkelrot wie ein schwerer Wein. Sie blickte zu dem Mädchen auf, und ihre Unterlippe zitterte.

»Was haben Sie?«

Das war ein Schlupfloch für Eunice, doch sie wußte es nicht. Denn Melinda hatte natürlich sofort einen falschen Schluß gezogen. Miss Parchman hatte einmal ähnlich reagiert, als Melinda sie gefragt hatte, wie sie ihren Sohn genannt hätte, hätte sie einen gehabt. Offensichtlich gab es etwas in ihrer Vergangenheit, das ihr noch sehr weh tat, und sie, Melinda, hatte sehr taktlos die Narbe dieser uralten Liebesenttäuschung berührt. Arme Miss Parchman, die einmal jemand geliebt hatte und jetzt eine alte Jungfer war.

»Ich wollte Sie nicht aufregen«, sagte sie weich. »Es tut mir leid, daß ich Ihnen mit meinen Worten wehgetan habe.«

Eunice antwortete nicht. Sie hatte keine Ahnung, wovon das Mädchen sprach. Doch Melinda hielt ihr Schweigen für ein Zeichen von Unglück, und sie wurde von dem Verlangen gepackt, etwas zu tun, um alles wieder in Ordnung zu bringen und Eunice abzulenken.

»Es tut mir wirklich leid. Machen wir doch das Quiz auf der Seite gegenüber, ja? Da geht es darum, ob man eine gute Hausfrau ist. Sie lesen mir die Fragen vor, und nachdem wir festgestellt haben, wie hoffnungslos untüchtig ich bin, stelle ich Ihnen die Fragen. Ich wette, Sie schneiden mit dem besten Ergebnis ab.« Melinda hielt die Brille in die Höhe, damit Eunice sie nahm.

Und jetzt hätte Eunice aus dem Mißverständnis Kapital schlagen sollen. Sie hätte nur ganz gelassen erwidern müssen, ja, Melinda habe sie aufgeregt, habe traurige Erinnerungen in ihr geweckt, dann hätte sie mit Würde das Zimmer verlassen können. Ein solches Verhalten hätte ihr das betroffene Mitgefühl aller Coverdales gesichert und George die Antwort gegeben, nach der er suchte. Was war die Wurzel von Miss Parchmans Übellaunigkeit und Niedergeschlagenheit? Eine verlorene Liebe. Aber Eunice war nie imstande gewesen, Menschen zu manipulieren, weil sie weder sie selbst noch ihre Vermutungen, noch die Schlüsse verstand, die sie zogen. Sie begriff nur, daß sie dicht davor war, ihre Behinderung eingestehen zu müssen, und weil diese Behinderung einen so dominierenden Stellenwert einnahm, glaubte sie sich der Katastrophe näher, als sie tatsächlich war.

Sie dachte, Melinda vermute schon, was mit ihr los sei, und versuchte sie nun, nachdem sie sie um Entschuldigung gebeten hatte, zu testen, um festzustellen, ob sie mit ihrem Verdacht recht hatte.

Die Brille, mit Zeigefinger und Daumen gehalten, hing zwischen den beiden Frauen in der Luft. Eunice streckte nicht die Hand aus, um sie an sich zu nehmen. Sie versuchte nachzudenken. Was tun? Wie aus der Sache herauskommen, welches verzweifelte Mittel anwenden? Verwirrt ließ Melinda die Hand sinken, und als sie es tat, blickte sie aus einer ziemlich kurzen Entfernung durch die Brille und sah, daß es sich um einfaches Fensterglas handelte.

Ihr Blick wanderte zu Eunices rotem Gesicht, zu den ausdruckslosen Augen, und Teile des Puzzles, die ihr bisher unerklärlich gewesen waren – die Tatsache, daß sie nie ein Buch las, nie in eine Zeitung schaute, nie eine Nachricht hinterließ oder einen Brief bekam –, fügten sich plötzlich zu einem Ganzen.

»Miss Parchman«, sagte sie, »leiden Sie an Dyslexie?«

Eunice dachte vage, das sei der Name irgendeiner Augenkrankheit. »Wie bitte?« fragte sie mit aufkeimender Hoffnung.

»Entschuldigen Sie. Ich meine, Sie können nicht lesen, nicht wahr? Sie können weder lesen noch schreiben.«

18

Das Schweigen zog sich eine unendliche Minute lang hin.

Auch Melinda war rot geworden. Doch obwohl ihr klar war, daß sie endlich die Wahrheit entdeckt hatte, reichte ihr Einfühlungsvermögen nicht aus, um zu begreifen, wie entsetzlich diese Entdeckung für Eunice war. Melinda war erst zwanzig.

»Warum haben Sie uns das nicht gesagt?« fragte sie, als Eunice aufstand. »Wir hätten Verständnis dafür gehabt. Viele Leute sind Dyslexiker, Tausende sogar. Ich habe in meinem letzten Oberschuljahr ein Referat darüber geschrieben. Miss Parchman, soll ich Sie lesen lehren? Es würde uns beiden bestimmt großen Spaß machen. Wir könnten in den Osterferien damit anfangen.«

Eunice nahm die beiden Teetassen und stellte sie auf das Abtropfbrett. Sie kehrte Melinda den Rücken und goß den Tee in den Ausguß. Dann drehte sie sich langsam um. Ohne daß man ihr auch nur im geringsten anmerkte, wie schwer und schnell ihr Herz hämmerte, betrachtete sie Melinda mit jenem scheinbar gefühllosen, unerbittlichen Blick.

»Wenn Sie jemandem verraten, daß ich bin, was Sie gesagt haben, dann erzähle ich Ihrem Dad, daß Sie mit diesem Jungen gehen und ein Baby bekommen.«

Sie sprach so tonlos und gelassen, daß Melinda zuerst kaum verstand, was sie sagte. Sie hatte ein behütetes Leben geführt und war bisher noch von niemandem bedroht worden.

»Was haben Sie da gesagt?«

»Sie haben's gehört. Sagen Sie ein Wort, dann packe ich über Sie aus.« Beschimpfungen waren nicht gerade Eunices Stärke, doch jetzt gelangen sie ihr recht gut. »Eine dreckige kleine Hure sind Sie, jawohl, genau das. Ein dreckiges kleines Miststück, das sich überall einmischt und andere Leute nicht in Ruhe läßt.«

Melinda wurde kalkweiß. Sie stand auf und verließ, über ihren langen Rock stolpernd, die Küche. In der Halle gaben die Beine fast unter ihr nach, so heftig zitterte sie, und sie setzte sich in den Sessel neben der alten Standuhr. Dort blieb sie, die Hände gegen die Wangen gepreßt, sitzen, bis es sechs schlug und die Küchentür aufging. Eine Welle der Übelkeit stieg in ihr hoch bei dem Gedanken, Eunice Parchman auch nur zu sehen, und sie flüchtete in den Salon, wo sie sich auf das Sofa warf und in Tränen ausbrach.

Dort fand sie George, der ein paar Minuten später nach Hause kam.

»Mein Liebling, was ist passiert? Was, in aller Welt, hat man dir getan? Du darfst nicht so schrecklich weinen.« Er hob sie auf und wiegte sie in seinen Armen. Es hat einen Streit gegeben, dachte er, mit diesem Jungen, und deshalb ist sie auch unerwartet nach Hause gekommen. Aber das Haus war leer und niemand da, um sie zu trösten. »Sag es deinem Daddy!« Er vergaß, daß sie zwanzig war. »Erzähl mir alles, und dann geht es dir bestimmt besser.«

Jacqueline sagte nur: »Ich lasse euch beide am besten allein.« George mischte sich nie in ihre und Giles' Angelegenheiten, und sie maßte sich keine Stimme an, wenn es um seine Kinder ging.

»Nein, Jackie, du darfst nicht gehen.« Melinda setzte sich auf und rieb sich die Augen. »Ich bin eine dumme Kuh! Natürlich sollt ihr es beide erfahren, aber es ist so schrecklich.«

»Solange du nicht krank oder verletzt bist, ist es auch nicht schrecklich«, sagte George.

»O Gott!« Melinda schluckte und holte tief Atem. »Ich bin so froh, daß ihr wieder da seid.«

»Melinda, bitte, sag uns, was los ist.«

»Ich habe gedacht, ich bekäme ein Baby, aber es stimmt nicht«, begann Melinda nun überstürzt zu erzählen. »Ich schlafe seit November mit Jon. Ich weiß, du wirst jetzt böse sein, ich weiß, du wirst enttäuscht sein, Daddy, aber ich liebe ihn, und er liebt mich, und es ist in Ordnung, wirklich und wahrhaftig in Ordnung, und ich bekomme kein Baby.«

»Ist das alles?« sagte George.

Seine Tochter starrte ihn erstaunt an. »Du bist nicht wütend? Du bist nicht entsetzt?«

»Ich bin nicht überrascht, Melinda. Um Himmels willen, hältst du mich wirklich für einen altmodischen Krauter? Denkst du denn, ich hätte nicht gemerkt, wie die Dinge sich verändert haben, seit ich jung war? Ich möchte nicht behaupten, daß ich das nicht bedauere, ich möchte nicht behaupten, daß es mir nicht lieber wäre, wenn du's nicht getan hättest, und ich hätte etwas dagegen, wenn du wahllos deine Freunde wechseltest. Aber ich bin nicht im geringsten entsetzt.«

»Du bist lieb!« Sie warf ihm die Arme um den Hals.

»So, und jetzt erzählst du uns vielleicht, warum du geweint hast«, sagte George. »Wobei ich davon ausgehe, daß es dir nicht leid tut, nicht schwanger zu sein.«

Es gelang Melinda, unter Tränen zu lächeln. »Es ist diese Frau – Miss Parchman. Es ist unglaublich, Daddy, aber es ist die Wahrheit. Sie hat es gewußt. Sie muß gelauscht haben, als ich Weihnachten mit Jon telefonierte und als ich – nun ja, ich habe etwas über sie herausgefunden, und da sagte sie, sie werde es dir erzählen. Sie hat mich bedroht. Eben jetzt. Sie hat gesagt, sie werde dir erzählen, daß ich schwanger bin.«

»Was hat sie getan?«

»Ich habe doch gesagt, es ist unglaublich.«

»Melinda, ich glaube dir natürlich. Die Frau hat dich tatsächlich erpreßt?« – »Wenn das Erpressung ist – ja.«

»Was hat sie genau gesagt?«

Melinda wiederholte es. »Und sie hat mich eine Hure genannt. Es war furchtbar.«

»Sie muß gehen«, mischte sich Jacqueline ein, die bis jetzt geschwiegen hatte. »Auf der Stelle. Sofort!«

»Das fürchte ich auch, Liebling. Ich weiß, was es für dich bedeutet, sie zu haben, aber . . .«

»Es bedeutet mir überhaupt nichts. In meinem ganzen Leben habe ich noch nie etwas so Abscheuliches und Widerwärtiges gehört. Wie darf sie es wagen, Melinda zu drohen! Du mußt es ihr sofort sagen. Du mußt es tun, George, ich glaube, ich könnte mich nicht beherrschen.«

Er warf ihr einen Blick zu, der geradezu leidenschaftliche Dankbarkeit für ihre Loyalität verriet. Und dann: »Was hast du über sie herausgefunden, Melinda?«

Eine verhängnisvolle Frage. Es wurde ein Jammer, daß George sie nicht erst stellte, nachdem er Eunice entlassen hatte. Denn die Antwort seiner Tochter berührte ihn so stark, wie die Sache selbst Melinda nie berührt hatte, und Mitleid stimmte ihn weicher.

Eunice glaubte, ihre Drohung habe gewirkt, und sie war so stolz darauf, daß es ihr fast gelang, ihre Verzweiflung zu überwinden. Die große Göre war wirklich aufgeregt gewesen. Sie würde Eunice nicht verraten, denn, wie Joan gesagt hatte, ihr Vater würde sie aus dem Haus werfen. Im Fernsehen gab es ein Varietéprogramm, und als sie etwa eine Viertelstunde friedlich strickend vor dem Apparat saß, klopfte es an ihre Tür. Melinda! Sie kamen immer, sobald der erste Schock vorbei war, und baten, ihr Geheimnis nicht preiszugeben. Und auch wenn man es ihnen schon versprochen hatte, verlangten sie immer neue Zusicherungen. Bei der verheirateten Frau und Annie Cole war es genauso gewesen. Eunice öffnete.

George trat ein. »Sie erraten wohl, warum ich komme, Miss Parchman. Meine Tochter hat mir selbstverständlich berichtet, was zwischen Ihnen und ihr vorgefallen ist. Es tut mir leid, aber ich kann einen Menschen, der ein Mitglied meiner Familie bedroht, nicht in meinem Haus dulden. Selbstverständlich müssen Sie so bald wie möglich gehen.«

Es war für Eunice ein ungeheurer Schock. Sie schwieg. Das Programm war von einer Werbesendung unterbrochen worden, und auf dem Bildschirm sah man jetzt hauptsächlich Gedrucktes – ein Verzeichnis von Warenhäusern in East Anglia.

»Wir schalten das ab, wenn Sie nichts dagegen haben«, sagte George. »Es ist für Sie ohnehin kaum von Interesse.«

Eunice verstand. Er wußte es also. Sie, die sonst weder Einfühlungsvermögen noch Empfindsamkeit besaß, war in dieser einen Beziehung überempfindlich. Und er, der sie beobachtete, begriff ebenfalls. Ihr Erröten und ihr verzerrtes Gesicht sagten ihm, daß er, von ihr herausgefordert, zu weit gegangen war. Er hatte die unverzeihlichste aller Sünden begangen – einen Buckligen wegen seines Buckels verspottet.

»Sie haben keinen Vertrag«, sagte er rasch, »ich könnte Sie also auffordern, das Haus sofort zu verlassen, doch ich will Gnade vor Recht ergehen lassen und gebe Ihnen eine Woche Zeit, damit Sie sich nach einer anderen Stellung umsehen können. Sie werden sich aber bis dahin nur in Ihrem Zimmer aufhalten und die Hausarbeit meiner Frau und Mrs. Baalham überlassen. Ich bin bereit, Ihnen ein Zeugnis über Ihre Tüchtigkeit auszustellen, bin aber nicht bereit, Ihnen einen untadeligen Charakter zu bescheinigen.

Er ging hinaus und schloß die Tür hinter sich.

Man könnte sich Eunice nur schwer in Tränen aufgelöst vorstellen, und sie weinte auch jetzt nicht. Allein an einem Ort, an dem sie sich rückhaltlos ihren Gefühlen hingeben konnte, verriet sie durch nichts, daß sie auch nur das geringste empfand. Sie zitterte nicht, sie seufzte nicht, ihr war nicht übel. Sie kehrte vor den Fernseher zurück und sah sich das Programm an. Sie schien nur ein wenig schlaffer und zusammengesunkener in ihrem Sessel zu sitzen.

Daß sie Analphabetin war, hatten bisher nur drei Menschen gewußt, aber für keinen von diesen dreien war es eine plötzliche und erschreckende Enthüllung gewesen. Ihre Eltern hatten es nie für wichtig gehalten. Und mit der Zeit hatte auch Mrs. Samson es herausgefunden, aber genauso akzeptiert wie die Tatsache, daß ein anderes Kind in der Rainbow Street mongoloid war; doch über so etwas sprach man nicht und schon gar nicht mit Eunice selbst. Noch nie hatte es jemand ihr gegenüber auch nur erwähnt. Keine ganze Gruppe von Menschen hatte es je gleichzeitig gemerkt.

In den Tagen, die diesem unseligen Tag folgten, während sie mehr oder weniger Zimmerarrest hatte, dachte sie kein einziges Mal daran, wohin sie gehen oder was sie tun sollte, was für eine Stellung sie finden oder wo sie wohnen würde. Annie Cole oder Mrs. Samson würden sie schon aufnehmen, wenn sie mit ihren Koffern vor der Tür stand. Aber sie grübelte bis zur Erschöpfung über die Entdeckung der Coverdales nach und glaubte, ganz Greeving wisse inzwischen von ihrem Gebrechen. Das hielt sie davon ab, das Haus zu verlassen. Es hielt sie auch davon ab, den Dorfladen aufzusuchen, und einmal, als Jacqueline fort war und Joan vorbeikam, reagierte sie nicht auf ihre kreischende Begrüßung, sondern blieb oben in ihrem Versteck.

Es kam ihr so vor, als hätten die Coverdales kein anderes Gesprächsthema mehr als ihr Gebrechen, und als lachten sie mit ihren Freunden darüber. Sie hatte teils recht und teils unrecht, denn George und Jacqueline hielt ihre Anständigkeit davon ab, letzteres zu tun, und außerdem hätten sie wie Narren ausgesehen, weil sie nicht früher gemerkt hatten, daß ihre Haushälterin nicht lesen konnte. Sie sagten den Leuten, sie hätten sie entlassen, weil sie anmaßend und unverschämt gewesen sei. Doch untereinander sprachen sie häufig darüber, lachten sogar mit mildem Erstaunen, sehnten den nächsten Montag herbei und verließen nie den Salon, wenn Eunice zum Essen heruntergeschlichen kam.

Unberührt von einem Gefühl der Loyalität oder Rücksicht gegen ihre Freundin, hielt Eunice es für das beste, Joan zu meiden und aus Greeving zu verschwinden, ohne sie wiederzusehen Auch ohne Joans Mitgefühl und Besorgnis und ohne ihre langweilige Fragerei war das Ganze schlimm genug, denn inzwischen mußte Joan es auch schon wissen.

Joan wußte es tatsächlich. Das heißt, sie wußte natürlich nur, daß Eunice entlassen worden war, denn die Mrs. Higgs, die nicht mit dem Fahrrad fuhr, hatte es ihr am Dienstag erzählt. Sie wartete darauf, daß Eunice zu ihr kam, sie tat ihr Bestes, nach Lowfield Hall hineinzukommen, und als es ihr nicht gelang, wählte sie den einzigen Weg, der ihr noch offenstand – denn sogar Joan hatte Angst anzurufen –, und schickte eine schriftliche Nachricht.

Der St.-Valentins-Tag fiel in diesem Jahr auf einen Sonntag, daher mußten die Valentinskarten am Samstag eintreffen. Die Coverdales bekamen keine. Aber eine traf mit den zahlreichen Glückwunschkarten für George in Lowfield Hall ein. Sie war an Euncie adressiert, und Jacqueline übergab sie ihr mit den Worten: »Für Sie, Miss Parchman.«

Beide wurden rot, denn beide wußten, daß Eunice nicht lesen konnte. Sie nahm sie mit hinauf und betrachtete erstaunt das geschmacklose, grellbunte Bild zweier Cherubs, die eine Girlande aus rosafarbenen Rosen um ein blaues Herz wanden. Die ganze Karte war mit Schriftzeichen bedeckt. Eunice warf sie weg.

George wurde am 13. Februar achtundfünfzig, und er bekam Glückwunschkarten von seiner Frau und allen Kindern. »Alles Gute, in Liebe, Jackie.« »Wir wünschen Dir noch viele schöne Geburtstage, in Liebe, Paula, Brian, Patrick und Klein Giles.« – »Alles Liebe von Audrey und Peter.« – »Die herzlichsten Geburtstagsgrüße, Melinda – auf Wiedersehen am Samstag nachmittag.« Sogar Giles hatte eine Karte geschickt, unpassenderweise (oder sehr passend) eine Reproduktion von Masaccios »Vertreibung aus dem Paradies«. Er ging nicht soweit, George etwas zu schenken. Von Jacqueline bekam er eine neue Uhr, die jene ersetzen sollte, die er seit fünfundzwanzig Jahren trug, seine verheiratete Tochter und sein verheirateter Sohn schenkten ihm eine Schallplatte und ein Buch. Am Abend wollten sie en famille in Cattingham im *Angel* essen.

George fuhr nach Stantwich und holte Melinda vom Bahnhof ab. Sie überreichte ihm einen gräßlichen Schal, der aussah, als käme er aus einem Oxfam-Laden, was jedoch nicht zutraf, und George bedankte sich begeistert.

»Es wäre an der Zeit, daß ich in meinem fortgeschrittenen Alter diesen Unsinn vergesse«, sagte er, »aber ihr laßt es ja nicht zu.«

»Nun ja . . .« Melinda, die sich in letzter Zeit tatsächlich eifriger als bisher ihrem Studium widmete, brachte ein passendes klassisches Zitat an und versetzte ihren Vater damit in Erstaunen.

»Mein Gott, das Kind hat zur Abwechslung tatsächlich einmal gearbeitet!« rief er.

Als sie das Haus betraten, sah sie den Vater fragend an, und George verstand, was sie meinte. »Oben«, antwortete er mit einer ruckartigen Kopfbewegung.

Melinda lächelte. »Hast du sie unter Hausarrest gestellt?«

»In gewisser Weise, ja. Sie geht Montag.«

Sie machten sich zum Ausgehen fein. Jacqueline in cremefarbenem Samt, Melinda in ihrem mit Flitter besetzten blauen Gewand. Sie waren ein eindrucksvoller Anblick, als sie den Speisesaal des Hotels betraten. Eine gutaussehende Familie. Sogar Giles, der zumindest groß und schlank war, sah in seinem einzigen Anzug gar nicht so übel aus, zumal seine Pickel sich im Augenblick auch nicht bemerkbar machten.

Später wünschten die Ober und die anderen Gäste, sie hätten dieser glücklichen, dieser dem Verderben geweihten Familie mehr Beachtung geschenkt. Sie wünschten, sie hätten es gewußt, dann hätten sie der heiteren Unterhaltung der Coverdales zugehört, Jacquelines Erscheinung mehr Aufmerksamkeit geschenkt, auf die Beweise von Giles' überdurchschnittlicher Intelligenz geachtet, Melindas Charme bewundert und Georges distinguiertes Benehmen gewürdigt. Aber sie wußten es natürlich nicht, mußten also, als die Presseleute sie bestürmten, zugeben, daß die Coverdales ihnen kaum aufgefallen waren, oder – und das taten sie häufiger – allerlei Prophezeiungen und wehmütige Ahnungen erfinden, die sie an jenem Abend gemacht oder verspürt hatten. Die Polizei vernahm auch einige von ihnen, und dann wurde ihre Unkenntnis offenbar, denn kein einziger erinnerte sich auch nur bruchstückhaft an irgend etwas, das die Coverdales gesagt hätten und das für den Fall von Bedeutung gewesen wäre. Niemand wußte etwas, das dazu beigetragen hätte, den Fall früher aufzuklären.

Die Unterhaltung drehte sich um das Fernsehprogramm am nächsten Abend, die Aufzeichnung einer

Festspielaufführung des Don Giovanni in Glyndebourne, die von sieben bis nach zehn Uhr dauern sollte.

»Mußt du morgen abend schon zurückfahren, Melinda?« fragte George. »Es wäre ein Jammer, wenn du das versäumtest, es soll das Fernsehereignis des Jahres sein. Ich könnte dich am Montag morgen gleich nach Stantwich bringen.«

»Ich habe am Montag keine Vorlesung, erst eine praktische Übung um zwei.«

»Was er wirklich meint, Melinda«, sagte ihre Stiefmutter lachend, »ist, daß er mehr moralische Unterstützung braucht, wenn er die Parchman zum Bahnhof fährt.«

»Aber gar nicht. Dazu habe ich ja Giles.«

Jacqueline und Melinda lachten. Giles empfand eine merkwürdige innere Bewegung. Lag es daran, daß er konvertieren wollte? Oder daran, daß George Geburtstag hatte? Was es auch sein mochte, es beflügelte ihn jedenfalls dazu, eine Antwort von absoluter Vollkommenheit zu geben.

»Ich werde Mr. Micawber nie im Stich lassen«, sagte er.

»Danke, Giles«, erwiderte George ruhig.

Es folgte ein merkwürdiges kleines Schweigen, und ohne miteinander zu sprechen und ohne einen Blick zu wechseln, kamen Giles und sein Stiefvater sich so nah wie noch nie bisher. Hätten sie genug Zeit gehabt, wären sie vielleicht sogar Freunde geworden.

George räusperte sich und sagte: »Jetzt mal ernsthaft, Melinda, warum bleibst du nicht und siehst dir den Film an?«

Es war nicht etwa die Sorge, eine Vorlesung zu versäumen, die Melinda zögern ließ, sondern die Vorstellung,

Jonathan so lange nicht zu sehen. Sie waren jetzt seit Wochen praktisch Tag und Nacht zusammen gewesen, und sie würde ihn schon heute abend qualvoll vermissen. Sollte sie noch eine zweite Nacht ohne ihn verbringen? Es schien ihr jedoch sehr selbstsüchtig, jetzt zu sagen, sie wolle schon morgen nach Stantwich zurück. Sie liebte ihren Vater. Wie großartig hatten er und Jacqueline sich vor einer Woche bei dieser abscheulichen Geschichte verhalten, wie loayal und wie standhaft. Und kein Wort des Vorwurfs für sie, nicht einmal die Warnung, vorsichtig zu sein. Aber Jonathan ...

Sie war an einem Kreuzweg angelangt. Vor ihr gabelte sich die Straße. Ein Pfad führte ins Leben und ins Glück, in die Ehe und zu Kindern. Der andere war eine Sackgasse. Keine durchgehende Straße. Ein totes Ende. Sie zögerte. Sie entschied sich.

»Ich bleibe«, sagte sie.

Durch das Schaufenster ihres Ladens beobachtete Joan Smith den Mercedes, der auf dem Weg nach Cattingham durch das Dorf fuhr. Fünf Minuten später war sie in Lowfield Hall, war sie sogar im Haus, denn sie war durch den Gewehrraum gehüpft – jetzt geistig völlig umnachtet, ging sie nicht mehr, sie hüpfte nur noch –, um Eunice zu überraschen, die am Küchentisch Eier und Chips und einen Zitronenkuchen verzehrte.

»O Eun, dir muß das Herz gebrochen sein! Diese furchtbare Undankbarkeit nach allem, was du für sie getan hast. Und wegen einer solchen Kleinigkeit.«

Eunice war nicht gerade erfreut, sie zu sehen. Die »Kleinigkeit« konnte nichts anderes sein als die Tatsache, daß sie weder lesen noch schreiben konnte. Der Appetit war ihr vergangen, sie saß da, blickte finster vor sich hin und wartete auf das Schlimmste. Am Ende war es nicht das Schlimmste, sondern das Beste, das kam, aber sie mußte darauf warten.

»Du hast schon alles gepackt, nicht wahr, meine Liebe? Bestimmt hast du auch eigene Pläne. Jemand mit deinen Fähigkeiten wird nicht lange brauchen, um eine neue brillante Stellung zu bekommen, aber du sollst wissen, daß du bei uns jederzeit ein Zuhause findest. Solange Joanie ein übriges Bett und ein Dach über dem Kopf hat, bist du willkommen. Obwohl nur der HERR weiß, wie lange uns beides noch vergönnt ist, wenn um uns herum das Böse wütet.« Joan keuchte vor Anstrengung und sagte atemlos und doch affektiert: »Hast du heute etwas mit der Post bekommen?«

Tiefe Röte schoß Eunice in die Wangen. »Warum?«

»Oh, sie wird rot! Hast du geglaubt, du hättest einen Verehrer im Dorf, Eun? Nun, das hast du auch, Liebe. Mich. Warum hast du die Nachricht nicht gelesen, die ich hinten draufgeschrieben habe? Ich habe gewußt, daß sie heute abend nicht da sind, und schrieb dir, ich käme vorbei.«

Eunice hatte vermutet, Melinda habe ihr die Karte geschickt, um sie zu verspotten. Doch die Ursache ihrer überwältigenden, ihrer ungeheuren Erleichterung war eine andere. Joan wußte es nicht, Joan hatte es nicht erfahren. Blaß und schwach, wie von einer unvorstellbar schweren Last befreit, ließ sie sich gegen die Stuhllehne sinken. In diesem Augenblick liebte sie Joan beinahe und konnte gar nicht genug für sie tun. Wieder guter Laune und beinahe übersprudelnd, machte sie Tee und folterte ihre unergiebige Phantasie, Einzelheiten ihrer Entlassung zu erfinden, um Joan zufriedenzustellen, sprach mit großer Bitterkeit über die Coverdales und versprach Joan, sie am nächsten Abend – ihrem letzten – nach Nunchester in den Tempel zu begleiten.

»Unser letztes Zusammensein, Eun. Und ich habe mit dir gerechnet, wenn der Kirchenälteste Barnstaple und seine Frau Mittwoch zum Abendessen zu uns kommen. Aber GOTT läßt seiner nicht spotten, meine Liebe. Du wirst in all deiner Herrlichkeit wieder auferstehen, wenn sie in die Hölle abgefahren sind und die Strafe für ihre Frevelhaftigkeit erleiden – o ja, wenn sie mit Vergeltung überhäuft werden.«

Eunice nahm kaum Notiz von Joans prahlerischer Raserei, schenkte ihr jedoch Tee ein, schnitt Käsekuchen auf und gab ihr eine ganze Reihe von Versprechen: sie werde Joan so bald wie möglich besuchen, werde ihr schreiben (ausgerechnet!), und außerdem schwor sie ihr ewige und unsterbliche Freundschaft, etwas, das ihrem Wesen völlig fremd war.

Joan schien sonst einen Instinkt dafür zu haben, wann sie kommen, wie lange sie bleiben durfte und wann sie gehen mußte. Doch diesmal waren sie beide so überdreht und hatten so viel miteinander zu reden, daß der Kombi erst das Grundstück verließ, als der Mercedes vorfuhr. Eunice trampelte ins Bett.

»Montag heißt es für mich also ›zurück ins Joch‹«, sagte Jacqueline und hinterließ eine seidige Spur im Staub der Platte ihres Toilettentischs, als sie mit den Fingern darüberstrich. »Ich habe das Gefühl, neun Monate Ferien gehabt zu haben. Nun ja, alles Gute hat einmal ein Ende.«

»Und das Schlechte auch«, sagte George.

»Nur keine Sorge! Ich bin genauso froh wie du, sie bald nicht mehr sehen zu müssen. War der Tag schön für dich, Liebling?«

»Wunderschön. Aber für mich ist jeder Tag mit dir wunderschön.«

Sie stand auf, lächelte ihm zu, und er nahm sie in die Arme.

19

Am Sonntag morgen in der Kirche – ihrem letzten Morgen – murmelten die Coverdales, daß sie Dinge getan hätten, die sie nicht hätten tun sollen, und ungetan ließen, was sie tun sollten. Sie sagten das auf ehrerbietige Weise und meinten es aufrichtig, dachten aber im Grunde nicht an das, was sie da aussprachen. Mr. Archer hielt seine Predigt darüber, daß man zu alten Menschen und älteren Verwandten freundlich und gütig sein sollte, was keinerlei Bezug zum Leben der Coverdales, um so mehr jedoch zu dem von Eunice Parchman und Joan Smith hatte. Nach der Kirche tranken sie bei den Jameson-Kerrs einen Sherry, und der Lunch kam erst um drei auf den Tisch.

Das Wetter war praktisch keines. Völlig windstill, feucht, der Himmel bedeckt, doch schon zeigten sich die ersten Vorboten des Frühlings. Der Vorfrühling ist nicht grün, sondern rot, da jeder Zweig vom steigenden Saft einen roten Schimmer bekommt. Im Garten von Lowfield Hall kamen die Schneeglöckchen heraus, die ersten Frühlingsblumen, die letzten Blumen, die die Coverdales je zu sehen bekamen.

Melinda hatte Jonathan angerufen, bevor sie in die Kirche ging, und das letzte Mal mit ihm gesprochen. Giles hatte zum letztenmal die Heilige Wandlung miterlebt. Obwohl er noch nicht in die katholische Kirche aufgenommen worden war, hatte der gütige Pater Madigan ihm die Beichte abgenommen und die Absolution erteilt, er war daher vielleicht im Zustand der Gnade. Zum letztenmal hielten George und Jacqueline ein Sonntagsnachmittagsschläfchen, und um fünf Uhr schob George den Fernseher in den Salon und schloß ihn an die Steckdose zwischen den beiden Vorderfenstern an.

Als sie aufwachte, las Jacqueline in der *Radio Times* den Artikel über Don Giovanni, und dann ging sie in die Küche, um Tee zu machen. Fünf Minuten vor halb sechs kam Eunice in ihrem dunkelroten Mantel, mit gestricktem Hut und gestricktem Schal durch die Küche. Die beiden Frauen taten so, als hätten sie einander nicht gesehen, und Eunice verließ das Haus durch den Gewehrraum. Sie schloß sehr leise die Tür hinter sich. Melinda holte ihren Kassettenrecorder, steckte den Kopf durch einen Türspalt in Giles' Zimmer und teilte ihm mit, sie habe die Absicht, die Oper mitzuschneiden.

»Du kommst bestimmt nicht mal runter, um sie dir anzuhören, nicht wahr?« sagte sie.

»Ich weiß nicht.«

»Wär nett, wenn du kämst. Ich hätte es gern.«

»Na gut«, sagte Giles.

Der dunkle Wintertag war ohne erkennbaren Sonnenuntergang in einen dunklen Winterabend übergegangen. Es gab keinen Wind, keinen Regen, keine Sterne. Es war, als sei der Mond gestorben, denn er hatte sich schon lange nicht mehr am Himmel gezeigt. Die wellenförmig verlaufenden Felder, die verlassenen Landstraßen und Feldwege, die kleinen, zusammengeduckten Wälder um das entlegene Lowfield Hall waren in undurchdringliches Dunkel gehüllt. Nicht völlig undurchdringlich jedoch, denn von der Stantwich Road konnte man die Hall als strahlend hellen Fleck ausmachen. Wie weit der Schein dieser kleinen Kerze doch reicht! So leuchtet eine gute Tat in dieser schlechten Welt.

Joan und Eunice trafen fünf vor sechs im Epiphaniertempel ein, und während die Kirchenlieder gesungen und die öffentlichen Beichten abgelegt wurden, benahm Joan sich friedfertig, vielleicht sogar unheimlich still. Als sie hinterher Gewürzkuchen aßen und Tee tranken und Joan die Einzelheiten ihrer sündigen Vergangenheit sehr ausführlich einem neuen Mitglied schilderte, kam Mrs. Barnstaple zu ihr und teilte ihr steif mit, daß sie und ihr Mann, der Kirchenälteste, am Mittwoch abend leider verhindert seien und nicht zum Essen kommen könnten. Die Barnstaples lebten in Nunchester, und obwohl der Klatsch blühte, reichte er dennoch nicht so weit. Mrs. Barnstaple hatte aus eigenem Antrieb diesen Entschluß gefaßt, weil sie es – obwohl sie wußte, daß Joan eine Stütze der Kirche war und Gott ihr vergeben hatte – einfach nicht ertragen hätte, während des Essens noch weitere Schilderungen der Umtriebe in Shepherd's Bush anzuhören. Das sagte sie jedenfalls ihrem Mann. Joan hingegen glaubte, ihre Absage sei schon die erste Reaktion auf George Coverdales Beschwerde beim Postmeister, sprang auf und stieß einen schrillen Schrei aus.

»Wehe dem Verderbten, der das Ohr der Unschuld mit Verleumdungen vergiftet!« Joan zitierte nicht immer aus der Bibel. Oft faßte sie in eine biblische Sprache, was ihrer Meinung nach in der Bibel stehen sollte: »Der HERR wird seine Lenden züchtigen. Gepriesen sei der HERR, der seine Dienerin auserwählt hat, seine Waffe und seine rechte Hand zu sein!«

Ihr Körper wurde von einer geradezu rasenden Energie

geschüttelt. Sie kreischte, und Speichel sprühte aus ihrem Mund. Ein paar Sekunden lang genoß die Bruderschaft die Szene, aber die Leute waren nicht wahnsinnig, sondern nur irregeleitete Fanatiker, und als Joan anfing mit den Augen zu rollen und sich die Haare raufte, wobei sie sich tatsächlich ein paar ausriß, versuchte Mrs. Barnstaple sie festzuhalten. Joan stieß sie heftig von sich, und die Dame fiel in die Arme ihres hinter ihr stehenden Mannes. Man bat Eunice, Joan zu beruhigen, doch Eunice wollte sich Joan nicht zur Feindin machen, die jetzt die ganze Szene beherrschte, unverständliche Worte herausschrie und sich wie rasend hin und her warf.

Doch ebenso plötzlich, wie sie angefangen hatte, hörte sie auch wieder auf. Die Wandlung ging so schnell vor sich, als erwache sie schlagartig aus der Hypnose. Eben noch schien sie von einem wütenden Geist besessen, im nächsten Augenblick sank sie schweigend und erschöpft in einen Sessel. Mit kraftloser Stimme sagte sie zu Eunice: »Wir können aufbrechen, wenn du bereit bist, Eun.«

Sie verließen den Tempel zwanzig nach sieben. Joan fuhr wie eine übervorsichtige Fahrschülerin.

Im angemessenen Abstand von fünf bis sechs Meter vom Fernsehapparat saßen George und Jacqueline auf dem Sofa, Melinda zu Füßen ihres Vaters auf dem Boden, und Giles lümmelte in einem Sessel. Der Kassettenrecorder lief. Nachdem Melinda während der Ouvertüre noch daran herumgedreht, ihn hierher und dorthin gestellt und besorgt beobachtet hatte, vergaß sie ihn nach und nach. Sie war erpicht darauf, sich mit jeder weiblichen Rolle der Oper zu identifizieren. Sie war Donna Anna, sie würde Elvira und, wenn die Zeit kam, auch Zerlina sein. Sie lehnte den Kopf an Georges Armlehne, denn

George hatte sich in ihren Augen in den Comtur verwandelt, der ein Duell ausfocht und sich um der Ehre seiner Tochter willen töten ließ, obwohl sie in Jonathan kaum Don Giovanni sehen konnte.

Die elegante Jacqueline, in grünen Samthosen und einem goldenen Seidenhemd, schrieb eine oder zwei kritische Anmerkungen an den Rand der *Radio Times*. Leise sprach sie mit Ottavio: »Finde Gatten und Vater in mir!« und warf George einen liebevollen Blick zu. Aber George, der ein Mann war, ein gutaussehender und sexuell erfolgreicher Mann, identifizierte sich unwillkürlich mit dem Titelhelden der Oper. Er wollte kein ganzes Register von Frauen, er wollte nur seine Jacqueline, und doch . . .

»Das Herz will ich ihm herausschneiden!« sang Elvira, und außer Giles lachten alle anerkennend. Er war nur Melindas wegen da, und das Zeitalter der Vernunft und der höfischen Manieren hatte noch nie großen Reiz auf ihn ausgeübt. Er allein hörte zwanzig vor acht Schritte auf dem Kies der Zufahrt, als die zweite Szene zu Ende ging und die Registerarie verklang, denn er allein konzentrierte sich nicht auf die Musik. Doch selbstverständlich kümmerte er sich nicht um die Schritte. Das war nicht seine Art.

Mit entrüsteter Miene fügte Jacqueline zu Beginn der dritten Szene ihren kritischen Notizen eine weitere hinzu. Es war jetzt etwa fünf Minuten vor acht. Als Don Giovanni »Oh, guarda, guarda! Seht! Seht!« sang, bog der Smithsche Kombi in die Zufahrt von Lowfield Hall ein und kroch fast bis vor die Haustür. Aber die Coverdales sahen und hörten nichts, was außerhalb des Bildschirms vor sich ging. Nicht einmal Giles hörte diesmal etwas.

Joans Fahrweise war unkontrolliert und hektisch geworden, und ihr willkürliches Überwechseln von der langsamen in die Schnellspur, einem Zickzackkurs nicht unähnlich, jagte sogar der phlegmatischen Eunice Angst ein.

»Du solltest dich beruhigen, wenn du uns nicht beide umbringen willst.«

Die Vorwürfe jener, die selten tadeln, sind wirksamer als die der unaufhörlich Nörgelnden. Aber Joan war nicht in dem Zustand, den goldenen Mittelweg zu finden. Für sie hieß es Kopf und Kragen oder gar nichts, und so kroch sie im Schneckentempo über die Straße nach Greeving.

»Komm doch ein bißchen rein«, sagte Eunice.

»Das wäre Daniel in der Löwengrube«, erwiderte Joan mit einem kreischenden Auflachen.

»Du kommst mit rein! Warum auch nicht? Eine Tasse Tee wird dir guttun und dich beruhigen.«

»Deine Courage gefällt mir, Eun. Na klar, warum auch nicht. Umbringen können sie mich schließlich nicht, oder?«

In einem für das Tempo viel zu großen Gang ließ sie den Kombi wie ein Känguruh über die Zufahrt hüpfen. Es war Eunice, die, obwohl sie nicht fahren konnte, den Schalthebel packte und auf die Kupplung trat, so daß sie sich weniger geräuschvoll dem Haus nähern konnten. Sie ließen den Kombi auf dem breiten Kiesstreifen stehen, ein Stückchen außerhalb des Lichtscheins, der durch die geschlossenen Vorhänge des Salons nach draußen fiel.

»Sie sitzen vor dem Fernseher«, sagte Eunice.

Sie stellte den Kessel auf den Herd, während Joan sich im Gewehrraum aufhielt.

»Arme kleine Vögel«, sagte sie. »Es ist wirklich nicht recht. Was haben sie ihm getan?«

»Was habe ich getan?« sagte Eunice.

»Da hast du nur allzu recht.« Joan nahm ein Gewehr aus dem Ständer und zielte spielerisch auf Eunice. »Peng, peng, du bist tot. Hast du als Kind mal Cowboy gespielt, Eun?«

»Ich weiß nicht. Komm, der Tee ist fertig.« Trotz ihrer aggressiven Worte hatte sie Angst, Joans hysterische Stimme könnte im Salon zu hören sein. Sie stiegen in den ersten Stock hinauf. Eunice trug das Tablett, aber die Mansarden erreichten sie nie. Nie wieder sollte Joan Eunices Reich betreten, und nie sollten sie endgültig voneinander Abschied nehmen. Jacquelines Schlafzimmertür stand offen. Joan ging hinein und schaltete das Licht ein.

Eunice stellte fest, daß auf den Möbeln eine Staubschicht aus Talkumpuder lag und das Bett weniger sorgfältig gemacht war. Sie stellte das Tablett ab und zupfte die Überdecke zurecht. Joan ging auf Zehenspitzen im Zimmer umher, hob ihre hohen Absätze zwei drei Zentimeter über den Teppich, lachte lautlos und gab eine Reihe von Lauten von sich, die klangen, als wollte sie eine Dampflokomotive nachahmen. Als sie vor Jacquelines Nachttisch ankam, nahm sie Georges Foto und legte es mit dem Gesicht nach unten hin.

»Sie wird sofort wissen, wer das getan hat«, sagte Eunice.

»Macht nichts. Du hast gesagt, sie können dir nichts mehr tun.«

»Nein, das können sie nicht.« Nach einem kurzen Zögern legte Eunice das Foto von Jacqueline ebenfalls mit dem Gesicht nach unten auf den Nachttisch.

»Komm, trinken wir endlich unseren Tee!«

Joan sagte: »Ich gieße ein.« Sie nahm die Teekanne und schüttete den Inhalt langsam und bedächtig auf die Steppdecke. Eine Hand auf den Mund gepreßt, wich Eunice zurück. Die Flüssigkeit bildete einen Teich und begann in das Bettzeug einzusickern.

»Jetzt hast du dir aber was geleistet!« sagte Eunice.

Joan trat auf den Flur und horchte. Sie kam zurück, nahm die Schachtel mit dem Talkumpuder, öffnete sie und warf die Schachtel auf das Bett. Weiße Puderwölkchen stiegen auf, und Eunice mußte husten. Und jetzt öffnete Joan den Schrank.

»Was willst du tun?« flüsterte Eunice.

Keine Antwort von Joan. Sie hielt ein Abendkleid aus roter Seide am Bügel hoch, griff mit den Fingern in den Ausschnitt und zerriß das Kleid der Länge nach, so daß sie das Vorderteil in der einen, das Rückenteil in der anderen Hand hielt. Eunice hatte Angst, sie war entsetzt, aber sie war auch erregt. Joans sich allmählich steigernder Wahnsinn wirkte erregend auf sie. Auch sie vergrub jetzt beide Hände im Schrank und fand das grüne Faltenkleid, das sie so oft geplättet hatte. Sie stach Jacquelines Nagelschere in das Oberteil. Joan riß ihr die Schere aus der Hand und begann jetzt wahllos Kleider aufzuschlitzen. Dabei keuchte sie vor Vergnügen. Eunice trat auf dem Berg zerrissener und zerschlitzter Kleider herum, grub die Absätze in die Gläser der beiden Fotos, zog Schubladen heraus, verstreute Schmuck, Kosmetika und Briefe. Dazu lachte sie tief aus der Kehle heraus, während Joan in ihrem Wahnsinn vor sich hin kicherte und gakkerte. Und sie waren beide überzeugt, daß die Musik von unten laut genug war, jedes andere Geräusch zu übertönen.

Das war sie im Augenblick auch. Während Eunice und Joan über ihren Köpfen wie die Vandalen hausten, lauschten die Coverdales einem der lautesten Soli der gesamten Opernliteratur – der Champagnerarie. Jacqueline hörte sie zu Ende an und verließ dann den Salon, um Kaffee zu machen. Sie nahm die Gelegenheit wahr, weil sie die Interpretin der Zerlina nicht mochte und fürchtete, sie würde ihren Part verstümmeln. In der Küche fiel ihr auf, daß der Teekessel noch warm war, also mußte Eunice zurückgekommen sein. Sie sah auch, daß das Gewehr auf dem Tisch lag, dachte jedoch, George habe es aus irgendeinem Grund dorthin gelegt und es dann wegen der Opernübertragung vergessen.

Das Geräusch der sich öffnenden Salontür und Schritte in der Halle ernüchterten Joan und Eunice. Sie setzten sich auf das Bett und sahen sich mit gespielter Zerknirschung an, die Brauen hochgezogen, die Unterlippe zwischen den Zähnen. Joan schaltete das Licht aus, und sie blieben im Dunkeln sitzen, bis sie hörten, daß Jacqueline in den Salon zurückkehrte.

Eunice gab dem Häuflein aus zerbrochenem Glas und Nylon einen Tritt. »Damit ist alles geplatzt«, sagte sie ernst, ohne in Joans Gelächter einzustimmen. »Vielleicht holt er die Polizei.«

»Er weiß ja nicht, daß wir hier sind.« Joans Augen funkelten. »Habt ihr eine Drahtschere im Haus, Eun?«

»Ich weiß nicht. Vielleicht im Gewehrzimmer. Wozu brauchst du eine Drahtschere?«

»Du wirst schon sehen. Ich bin froh, daß wir's getan haben, Eun. Oh, wir haben ihn von seinem hohen Thron gezerrt, haben das Bett seiner Wollust vernichtet. Ich bin das Werkzeug der göttlichen Rache. Ich bin das Schwert in SEINER Linken und der Speer in SEINER Rechten.«

»Wenn du so weitermachst, werden sie dich hören«, sagte Eunice. »Ich bin auch froh, daß wir's getan haben.«

Sie ließen das Tablett auf dem Tisch, die Teekanne im Bett zurück. In der Halle brannte Licht. Joan ging geradewegs in den Gewehrraum und kramte in Georges Werkzeugkasten.

»Ich werde die Telefonleitung durchschneiden.«

»Wie sie's im Fernsehen immer machen«, sagte Eunice. Sie hatte aufgehört zu protestieren. Sie nickte zustimmend. »Sie ist neben der Haustür«, setzte sie hinzu. »Das wird sie davon abhalten, die Polizei zu rufen.«

Joan kam zurück. Sie lächelte lautlos. »Was sollen wir jetzt tun, meine Liebe?«

Es war Eunice nicht in den Sinn gekommen, daß sie ihr Zerstörungswerk hier fortsetzen könnten. Wenn sie hier anfingen, Dinge zu zerbrechen, wurden sie unfehlbar im Salon gehört, und ob die Polizei nun kam oder nicht, sie und dieser dürre Stecken von einer Frau konnten von vier gesunden Erwachsenen leicht überwältigt werden. »Ich weiß nicht«, sagte sie, doch diesmal klang die stereotype Antwort wehmütig. Der Spaß sollte weitergehen.

»Na, wenn schon, denn schon«, sagte Joan, nahm das Gewehr und spähte in einen der beiden Läufe. »Sie würden vor Schreck den Verstand verlieren, wenn ich das abfeuere.«

Eunice nahm die andere Waffe aus dem Ständer. »Wenn wir's beide täten, wär das noch viel wirkungsvoller.«

»Du bist ein stilles Wasser, Eun. Seit wann bist du denn ein weiblicher Gangster?«

»Ich habe ihn beobachtet. Ich kann's genausogut wie er.«

»Ich werde's versuchen.«

»Sie ist nicht geladen«, sagte Eunice. »Aber in der Schublade sind die Dinger, die man Patronen nennt. Ich habe ihm oft dabei zugesehen. Diese Gewehre kosten ein Vermögen, mindestens zweihundert pro Stück.«

»Wir könnten sie zerbrechen.«

»Ich meine, wir sollten sie lieber laden.«

Sie sahen sich gegenseitig an, und Joan lachte so kreischend auf, daß es klang wie ein Pfauenschrei.

»Die Musik spielt nicht mehr«, sagte Eunice.

Es war fünfundzwanzig Minuten vor neun. Der erste Akt war zu Ende – in der Oper und in der Küche.

20

In der Pause zwischen den Akten goß Jacqueline jedem von ihnen eine zweite Tasse Kaffee ein. Melinda streckte sich und stand auf.

»Großartig«, sagte George. »Wie findest du die Aufführung, Liebling?«

»Die Zerlina ist schrecklich. Zu alt, und ihre Stimme klingt blechern. George, hast du während des Menuetts auch Geräusche von oben gehört?«

»Ich glaube nicht. Wahrscheinlich hat sich unser schwarzes Schaf ins Haus geschlichen.«

»Sich irgendwo hereinschleichen ist wohl das letzte, was sie tut, Daddy«, sagte Melinda. »Sie stiehlt sich wohl eher herein. O Gott, ich habe vergessen, den Recorder auszuschalten!«

»Ich habe weder ein Hereinschleichen noch ein Hereinstehlen gehört, sondern das Splittern von Glas.«

Melinda schaltete den Recorder aus. »Sie waren auf

einer Gesellschaft«, sagte sie mit Bezug auf die Oper, »vermutlich waren es Hintergrundgeräusche . . .«

Was sie sonst noch sagen wollte, wurde von einem hohen Kreischen irgendwo im Haus abgeschnitten.

»George!« Jacqueline schrie beinahe. »Das ist diese Mrs. Smith!«

»Das glaube ich auch«, sagte George langsam und unheilvoll.

»Sie ist mit Miss Parchman in der Küche.«

»Sehr bald werden sie mit dem Marschbefehl in der Tasche im Freien stehen.« Er stand auf.

»O Daddy, du versäumst den Anfang des zweiten Aktes. Das gräßliche alte Pergamentgesicht gibt wahrscheinlich nur eine Abschiedsparty.«

»Ich bin in zwei Minuten wieder da«, sagte George. Er ging zur Tür, blieb stehen und sah zum letztenmal seine Frau an. Hätte er gewußt, daß es das letzte Mal war, wäre dieser Blick Ausdruck des Dankes für sechs Jahre Glück gewesen, aber er wußte es nicht, daher ließ er es bei einem Augenaufschlag bewenden und schürzte die Lippen, ehe er die Halle durchquerte und in den Flur einbog, der zur Küche führte. Jacqueline erwog einen Augenblick, ihn zu begleiten, überlegte es sich dann jedoch und machte es sich in den Sofakissen bequem. Der zweite Akt begann mit dem Streit zwischen Leporello und seinem Herrn. Der Kassettenrecorder lief wieder.

Ma che ho ti fatto, che vuoi lasciarmi? Aber was habe ich dir getan, daß du mich verlassen willst? *O, niente affato; quasi ammazzarmi!* Oh, nichts, gar nichts, Ihr hättet mich nur fast getötet . . .

George öffnete die Küchentür und blieb überrascht stehen. Seine Haushälterin stand auf einer Seite des Tisches, das strähnige Haar unordentlich herunterhängend, das blasse Gesicht dunkel gerötet, und ihr gegenüber die spindeldürre Gestalt von Joan Smith in Grün und Lachsrosa. Jede hielt eines seiner Gewehre in der Hand, und sie zielten aufeinander.

»Das ist ungeheuerlich«, sagte George, sobald er seine Stimme wiedergefunden hatte. »Legen Sie sofort die Gewehre aus der Hand!«

Joan kreischte auf. »Peng, peng«, sagte sie. Die Erinnerung an einen alten Kriegsfilm überkam sie. »Hände hoch!« schrie sie und zielte ihm ins Gesicht.

»Zum Glück für Sie sind die Gewehre nicht geladen.« Gelassen blickte Major Coverdale, Kämpfer in der Schlacht von El Alamein, auf seine neue Uhr. »Ich gebe Ihnen und Miss Parchman dreißig Sekunden Zeit, die Waffen aus der Hand zu legen. Tun Sie es nicht, nehme ich sie Ihnen mit Gewalt ab, und dann rufe ich die Polizei.«

»Da werden Sie aber Pech haben«, sagte Eunice.

Keine der beiden Frauen bewegte sich. George stand eine volle halbe Minute stocksteif da. Er hatte keine Angst. Die Gewehre waren nicht geladen. Als die dreißig Sekunden zu Ende waren und Joan noch immer auf ihn zielte, hörte er aus dem Salon den Anfang von Elviras süßer und erregender Arie: *O, taci inginsto core!* Schweig still, verräterisches Herz! Sein Herz schlug ruhig. Er ging auf Joan zu, packte das Gewehr und stöhnte laut auf, als Eunice ihm in den Nacken schoß. Er fiel über den Tisch, breitete die Arme aus, um sich festzuhalten. Blut spritzte aus der verletzten Halsschlagader. Joan wich an die Wand zurück. Eunice holte scharf Atem und schoß ihm die Patrone aus dem zweiten Lauf in den Rücken.

Als die beiden Schüsse knallten, sprang Jacqueline mit einem erschrockenen Schrei auf. »Um Himmels willen, was war das?«

»Der Kombi von Mrs. Smith hat eine Fehlzündung«, sagte Melinda und senkte wegen des Kassettenrecorders die Stimme. »Das tut er immer. Der Auspuff muß defekt sein.«

»Es hat aber wie ein Schuß geklungen.«

»Fehlzündungen klingen wie Schüsse. Setz dich, Jakkie, oder wir versäumen das, und es ist die schönste Arie der ganzen Oper.«

Schweig still, verräterisches Herz. Schlag nicht so in meiner Brust. Elvira lehnte sich aus dem Fenster, Leporello und Don Giovanni standen darunter, und die beiden Baritonstimmen und der Sopran vereinten sich zu einem herrlichen Terzett. Jacqueline setzte sich, blickte zur Tür. »Warum kommt euer Vater nicht zurück?« fragte sie nervös.

»Er hat die Verrückte erschossen«, sagte Giles, »und weiß nicht, wie er es uns beibringen soll.«

»O Giles, Liebling, geh und sieh doch mal nach. Ich höre keinen Laut.«

»Das kannst du auch nicht, Jackie, bei dieser Musik«, sagte Melinda streng. »Du willst doch nicht etwa wirklich hören, wie er die Parchman hinauswirft, nicht wahr? Dieser ganze Unsinn wird jetzt auf meinem Recorder zu hören sein.«

Jacqueline hob die Hände und ließ sie mit einer kleinen Geste der Entschuldigung, aber auch ängstlich durch die Luft flattern, und Giles, der angefangen hatte, sich träge aus seinem Sessel zu erheben, ließ sich wieder zurücksacken. Aus dem Fernseher kamen die leisen, gezupften Töne von Don Giovannis Mandoline. *Dei viene alla finestra.* Dann komm ans Fenster ... Mit geballten Händen folgte Jacqueline seiner Aufforderung. Sie sprang plötzlich auf, ging zum linken Fenster und lüftete den Vorhang. Den Kassettenrecorder vergessend, rief sie laut:

»Der Kombi von Mrs. Smith steht noch draußen! Wir müssen also etwas anderes gehört haben!«

Sie drehte sich um und sah die verärgerte Melinda, den gelangweilten, gereizten Giles an. Besorgnis malte sich auf ihrem Gesicht, und sogar Giles sah es, spürte ihre innere Anspannung und wachsende Furcht. »Ich gehe.« Er seufzte und begann sich wie ein sehr alter Mann mit schwerer Arthritis aus dem Sessel aufzurichten. Er schlenderte zur Tür, als Joan Smith und Eunice Parchman aus der Küche auf den Flur traten.

»Wir müssen jetzt auch die anderen umbringen«, sagte Eunice mit jenem sachlichen Tonfall, mit dem sie über Haushaltsaufgaben sprach, die unaufschiebbar waren.

Joan, die keiner Ermutigung bedurfte, blickte auf George zurück. Er war tot, aber seine Uhr ging weiter, und seit er gestorben war, hatte sich der Minutenzeiger von der Zehn fast bis zur Zwölf vorgeschoben. Es war fast neun Uhr. Joan blickte einmal zurück und dann mit einem breiten Lächeln zu Eunice auf. Sie hatte Blut an den Händen, im Gesicht und auf dem Pullover, den Eunice ihr gestrickt hatte. Sie betraten die Halle, und die Musik prallte ihnen laut entgegen, als Giles die Salontüre öffnete. Er sah das Blut und schrie auf.

Er schrie: »Jesus Christus!« und machte kehrt, einen Sekundenbruchteil, bevor Joan es ihm befahl.

»Zurück ins Zimmer mit dir! Wir haben Gewehre.«

Eunice folgte ihm als erste. In ihrem Kopf dröhnte ein Durcheinander singender Männerstimmen, ein ungeheures Machtgefühl überkam sie, endlich konnte sie befehlen, konnte sich rächen. Es war wie ein Rausch in ihr und gab ihren Händen, die sie in der Küche fast im Stich gelassen hätten, Kraft und Sicherheit zurück. Sie war jetzt hart und flink, als sie die frisch geladene Waffe hob. Jacquelines Gesicht, blaß und entsetzt, war für sie nur noch das Gesicht, das sie vor kurzem verhöhnt hatte, als sie die Valentinskarte entgegennahm. Jacquelines Stimme, die nach ihrem Mann schrie, war noch immer die Stimme einer Frau, die Bücher las und, vom Briefschreiben aufblickend, sarkastische Bemerkungen machte. In diesen Augenblicken gingen die Worte, die sie schrien, ging ihr Flehen beinahe ungehört über sie hinweg, und durch eine merkwürdige Metamorphose, die sich in Eunices Gehirn vollzog, hörten sie auf, Menschen zu sein und wurden zum gedruckten Wort. Sie waren diese Dinger in den Bücherschränken, diese schwarzen Zeichen auf weißem Papier, in alle Ewigkeit ihre Feinde, verhaßt und ersehnt.

»Sie sollten sich lieber setzen«, sagte sie. »Es ist jetzt nämlich aus mit Ihnen.«

Joans Gelächter zerschnitt ihre Worte. Dann brüllte Joan ein Zitat aus der Bibel und feuerte das Gewehr ab. Eunice rang nach Luft. Aber nicht, weil sie die Schreie hörte und das Blut sah, sondern weil Joan es vielleicht zuerst tat, weil Joan ihr zuvorkommen konnte. Sie kam näher und zielte. Sie schoß beide Läufe leer, lud wieder, während ein weiterer Schuß ihr im Ohr dröhnte, und dann schoß sie zweimal auf das, was auf dem chinesischen Teppich lag.

Die Musik hatte aufgehört. Joan mußte den Apparat ausgeschaltet haben. Es knallte nicht mehr, und niemand schrie. Eine Stille, die den Aufruhr des Geistes und die Raserei in ihrer Brust beschwichtigte, erfüllte fast greifbar den Raum. Eunice schien wie erstarrt in dieser Stille, die diese Frau aus der Steinzeit in Stein verwandelt hatte. Ihre Lider sanken herab, und sie atmete ruhig und gleichmäßig, so daß man glauben konnte, sie sei im Stehen eingeschlafen.

Ein Stein, der atmete, das war Eunice – war es immer gewesen.

21

Die exaltierte Ruhe eines Menschen, der eine heilige Mission erfüllt hatte, senkte sich auf Joan Smith und hüllte sie ein. Sie betrachtete, was sie vollbracht hatte, und sah, daß es gut war. Sie hatte die Feinde des HERRN vertrieben und sich auf diese Weise selbst gereinigt. Hätte man die M'Naghten Rules* auf sie angewandt, hätte sie den Test bestanden, denn obwohl ihr klar gewesen war, was sie tat, hatte sie nicht gewußt, daß sie Unrecht tat.

Sie war unschuldig im wahrsten Sinn des Wortes. Und jetzt wollte sie nach Greeving hinunterfahren und dem ganzen Dorf verkünden, was sie vollbracht hatte, wollte es in den Straßen verlautbaren und laut im *Blue Boar* herausschreien. Es war ein Jammer, daß sie die Telefonleitung durchschnitten hatte, denn sonst hätte sie es dem Fräulein vom Amt mitgeteilt. Ruhig, majestätisch

* 1843 in Engl. eingef. Rechtsgrundsatz: demnach hängt der Beweis einer bei Durchführung eines Verbrechens vorhand. Geisteskrankheit davon ab, daß der Beschuldigte zeigt, daß er entweder nicht wußte, was er getan hatte oder unfähig war zu begreifen, daß er Unrecht tat.

legte sie das Gewehr weg und nahm den Kassettenrecorder auf. Er lief noch. Sie drückte auf einen Knopf, und das kleine rote Licht erlosch. In dem Apparat war ein genauer Bericht über das, was sie getan hatte, und man konnte das Ausmaß ihres Wahnsinns daran erkennen, daß sie sich in diesem Augenblick vorstellte, wie sie irgendwann in der Zukunft das Band zur Erbauung ihrer Epiphanierbrüder abspielen ließ.

Von Eunice nahm sie nur sehr wenig Notiz. Eunice stand reglos da, hielt noch immer das Gewehr umklammert und starrte unversöhnlich auf die Leichen von Giles und Melinda, die im Tod Seite an Seite lagen, einer Umarmung näher denn je im Leben. Aber Joan hatte vergessen, wer Eunice war. Sie hatte ihren eigenen Namen vergessen, ihre Vergangenheit und Shepherd's Bush. Und Norman. Sie war allein, eine Titanin, ein Engel, und sie fürchtete nichts, außer daß ein böser Geist, der die Interessen der Coverdales vertrat, sie daran hindern könnte, die gute Nachricht zu verkünden.

Georges Blut war an ihrem Pullover, an ihren Händen, in ihrem Gesicht. Sie ließ es dort trocknen. Ganz uncharakteristisch für sie, ging sie mit langen Schritten auf die Tür zu und hinaus in die Halle, und Eunice erwachte aus ihrer nachdenklichen Starre.

»Du solltest dir das Gesicht waschen, bevor du gehst«, sagte sie.

Joan ignorierte sie. Sie öffnete die Haustür und hielt in der Dunkelheit nach Dämonen Ausschau. Zufahrt und Garten waren leer und schienen Joan freundlich gesinnt. Sie stieg in den Kombi.

»Wie du willst«, sagte Eunice. »Wasch dich aber gründlich, bevor du ins Bett gehst. Und denk daran: Zu keinem ein Wort! Du mußt schweigen!«

»Ich bin der Speer des HERRN der himmlischen Heerscharen.«

Eunice zuckte mit den Schultern. Derlei Dinge waren kaum von Bedeutung. Joan redete immer so daher, und die Leute im Dorf würden nur glauben, sie sei noch ein bißchen verrückter geworden. Sie kehrte ins Haus zurück, wo sie Verschiedenes zu erledigen hatte.

Nur die Standlichter des Wagens brannten, als Joan in euphorischer Stimmung das Grundstück verließ. Sie fuhr mit hocherhobenem Kopf, blickte nach rechts und nach links, überallhin, nur nicht geradeaus, und sie lächelte huldvoll, als säume eine bewundernde Menge den Weg. Es war ein Wunder, daß sie überhaupt die Torausfahrt erreichte. Doch sie erreichte sie und kam sogar noch eine Viertelmeile weit. Als die Straße an der Gartenmauer von Mr. Meadows Farmhaus eine scharfe Biegung machte, flatterte eine weiße Eule von einem Baum und strich, heftig mit den Flügeln schlagend, dicht an der Windschutzscheibe des Kombis vorbei. Joan glaubte, es sei ein Dämon, den die Coverdales hinter ihr her geschickt hatten. Sie trat auf das Gaspedal, um dem Dämon den Garaus zu machen, und prallte gegen die Mauer. Der Kombi wurde zusammengeschoben wie eine Ziehharmonika, und Joans Kopf flog durch die splitternde Windschutzscheibe in eine dreißig Zentimeter starke Bastion aus Beton und Ziegelsteinen.

Es war halb zehn. Mr. und Mrs. Meadows besuchten ihre verheiratete Tochter in Gosbury, und niemand war im Haus, der den Aufprall hörte. Norman Smith war im *Blue Boar,* wo es an diesem Abend auch eine kleine Aufregung gab. Doch erst am nächsten Tag sollte allen klarwerden, wie groß diese Aufregung gewesen war. Norman ging um Viertel nach zehn nach Hause. Zwar parkte der Kombi nicht wie sonst zwischen dem Laden und dem Rasendreieck, doch er vermutete, daß Joan noch irgendwo mit Eunice unterwegs war, da Eunice ja am nächsten Tag abreiste. Was Norman nicht bedauerte. Niemand kam die Greeving Lane entlang – oder vielmehr, niemand meldete den Unfall –, bis die Meadows fünfundzwanzig Minuten nach zehn nach Hause kamen. Als sie die zerstörte Mauer sahen und den Kombi mit der zur Hälfte herausgeschleuderten, bewußtlosen Joan, telefonierten sie zuerst nach einem Krankenwagen, und dann riefen sie Norman Smith an. Joan, die noch am Leben, aber sehr schwer verletzt war, wurde ins Krankenhaus gebracht, wo niemand untersuchte, ob das Blut an ihr von ihr stammte oder nicht, soviel hatte sie selbst verloren. So endete Joan Smith, die schon Monate vorher in eine Nervenheilanstalt gehört hätte, auf der Intensivstation einer Abteilung für Unfallverletzte.

Zum zweitenmal an diesem Abend war Norman gezwungen, den Anblick von Blut zu ertragen. Etwa drei Stunden bevor man ihn an die Unfallstelle holte, hatten zwei junge Männer die Bar des *Blue Boar* betreten, und der kleinere der beiden hatte den Wirt Edwin Carter nach dem Weg zur Herrentoilette gefragt. Er wollte sich die Hände waschen, denn er schien sich die linke verletzt zu haben, und Blut war durch das Taschentuch gesickert, mit der er sie verbunden hatte.

Mr. Carter zeigte ihm den Waschraum, und seine Frau fragte den Gast, ob sie ihm irgendwie Erste Hilfe leisten könne ... Ihr freundliches Angebot wurde zurückgewiesen, die Ursache der Verletzung nicht erklärt, und als der junge Mann zurückkam, hatte er sich die Hand mit einem sauberen Taschentuch frisch verbunden. Weder die Carters noch die anderen Gäste erinnerten sich daran, daß der erste Verband blutig gewesen war. Die anderen Zeugen waren Jim Meadows von der Tankstelle, Alan und Pat Newstead, Geoff und Barbara Baalham, Geoffs Bruder Philip und Norman Smith.

Mrs. Carter sollte sich noch daran erinnern, daß der Mann mit der Verletzung einen doppelten Brandy und sein Gefährte ein Glas Bier getrunken hatten. Sie setzten sich an einen Tisch, leerten in weniger als fünf Minuten ihre Gläser und gingen, ohne mit jemandem gesprochen zu haben. Sie hatten lediglich gefragt, wo sie um diese Zeit Benzin bekommen könnten, da die Tankstelle von Meadows geschlossen war. Geoff Baalham sagte ihnen, die nächste Tankstelle mit Selbstbedienung liege hinter Gallows Corner an der Hauptstraße. Er beschrieb ihnen den Weg und folgte ihnen in den Hof des *Blue Boar.* Dort sah er ihren Wagen, einen alten Morris Minor Traveller mit dunkelbrauner Karosserie und Holzrahmen. Die Zulassungsnummer merkte er sich jedoch nicht.

Sie verließen das Dorf über die Greeving Lane und kamen daher zwangsläufig an Lowfield Hall vorbei.

Am nächsten Tag lieferten alle Zeugen der Polizei eine Beschreibung der beiden Fremden. Jim Meadows sagte, sie hätten beide langes dunkles Haar gehabt, blaue Drilichanzüge getragen und der Unverletzte sei über einsachtzig groß gewesen. Die Carters waren mit ihm der Meinung, daß der Große langes dunkles Haar gehabt hätte, doch ihre Tochter Barbara Baalham sagte, sie hätten beide braunes Haar und braune Augen gehabt. Alan Newstead zufolge hatte der mit der verletzten Hand kurzes blondes Haar und durchdringende blaue Augen gehabt, aber seine Frau sagte, die Augen seien zwar durchdringend, aber braun gewesen. Geoff Baalham behauptete, der Kleinere habe helles Haar gehabt und graue Cordjeans getragen und der Große habe Nägel gekaut. Norman Smith sagte, der Blonde habe einen Kratzer im Gesicht gehabt und der Große sei nicht größer als einsachtundsiebzig gewesen.

Alle wünschten, sie hätten sich die Fremden besser angesehen, doch woher hätten sie wissen sollen, daß das so wichtig werden würde?

Allein geblieben erledigte Eunice, die doch »Verschiedenes erledigen« wollte, überhaupt nichts. Sie saß auf der Treppe und hatte das merkwürdige Gefühl, daß alles von selbst in Ordnung kommen würde, wenn sie gar nichts tat, sondern morgen früh mit ihren Koffern zur Bushaltestelle ging, die sie längst entdeckt hatte, und nach London fuhr. Vielleicht fand man die Coverdales wochenlang nicht, und wenn man sie fand, würde niemand wissen, wo sie war, oder?

Eine Tasse Tee wäre jetzt angenehm, dachte sie, denn sie war ja nicht dazu gekommen, den anderen zu trinken, nachdem Joan die Teekanne auf Jacquelines Bett geleert hatte. Sie machte Tee und ging dabei völlig ungerührt neben Georges Leiche hin und her. Die Uhr an seinem toten Handgelenk sagte ihr, daß es zwanzig vor zehn war. Dann begann sie zu packen. Ihre persönliche Habe hatte während der vergangenen Monate kaum zugenommen. Außer Süßigkeiten hatte sie nichts gekauft, und die hatte sie gegessen. Nur ein paar gestrickte Kleidungsstücke waren zu ihrer übrigen Garderobe hinzugekommen. Alles wurde in Mrs. Samsons Koffer gepackt, und zwar in derselben Anordnung wie bei Eunices Abreise aus London.

Hier oben in ihrem Zimmer war es, als sei überhaupt

nichts geschehen. Schade, daß sie morgen wirklich gehen mußte, denn nun war niemand mehr da, der sie dazu zwingen konnte, und es gefiel ihr hier. Es hatte ihr immer gefallen. Und jetzt wäre es sogar noch viel schöner, da keiner sich mehr in ihr Leben einmischen konnte.

Es war noch zu früh, um ins Bett zu gehen, und sie glaubte auch, daß es ihr nicht gelingen würde einzuschlafen. Das war ungewöhnlich für Eunice, die wußte, daß sie sonst sofort einschlief, wenn sie den Kopf auf das Kissen legte. Andererseits waren die Umstände ja auch ungewöhnlich, denn nie hatte sie so etwas getan wie heute, und sie konnte es durchaus verstehen. Ihr war klar, daß ihre Aufregung sie wachhalten würde, also saß sie ganz einfach da, blickte sich im Zimmer um, sah ihre Koffer an, war nicht in der Stimmung, den Fernseher einzuschalten, und wünschte, sie hätte nicht ausgerechnet ihr Strickzeug zuunterst in den großen Koffer gepackt.

Viertel vor elf saß sie noch immer da, fragte sich, wann morgen früh der Bus wohl gehen mochte, und hoffte, daß es nicht regnete, als sie in der Greeving Lane eine Sirene heulen hörte. Die Sirene gehörte zu dem Krankenwagen, der Joan Smith abholte, aber das wußte Eunice nicht. Sie dachte, es müsse die Polizei sein, und plötzlich, zum erstenmal, war sie beunruhigt. Sie ging in den ersten Stock hinunter und in Jacquelines Schlafzimmer, um zu sehen, was vorging. Sie blickte aus dem Fenster, konnte jedoch nichts erkennen, und die Sirene hatte auch aufgehört zu heulen. Als sie den Vorhang fallen ließ, fing das Heulen wieder an, und ein paar Sekunden später raste ein Fahrzeug, das sie, von seinen Lichtern abgesehen, nicht ausmachen konnte, an Lowfield Hall vorbei und bog in die Hauptstraße ab.

Das gefiel Eunice gar nicht. Es war sehr ungewöhnlich für Greeving. Was taten sie? Warum waren sie dort draußen? Als fleißige Fernseherin hatte sie einiges über polizeiliche Ermittlungen gelernt. Sie schaltete eine Nachttischlampe ein, ging im Zimmer umher und wischte zerstreut jeden Gegenstand ab, den Joan berührt hatte, das zerbrochene Glas, die Oberflächen der Möbel, die Teekanne. Steve in ihrer Lieblingsserie war ein Fachmann für Fingerabdrücke, wenn er nicht gerade Menschen niederschoß oder mit dem Auto verfolgte. Die Polizei würde in ein paar Minuten hier sein, obwohl sie die Sirene nicht mehr hören konnte. Sie ging hinunter, betrat den Salon und schaltete das Licht ein. Jetzt sah sie, daß es töricht von ihr gewesen war zu glauben, die Polizei würde es nicht herausfinden. Wenn sie nicht jetzt kam, dann kam sie morgen, denn Geoff Baalham brachte morgen früh die Eier, und wenn er nicht hereinkonnte, würde er durchs Fenster schauen und Georges Leiche entdecken. Um sie davon abzuhalten, sie zu verdächtigen, mußte sie wirklich eine Menge tun. Sie mußte Joans Fingerabdrücke von der Drahtschere und beide Gewehre gründlich abwischen.

Sie blickte sich im Zimmer um. Auf dem Sofa lag, in Blut getränkt, die *Radio Times,* und neben den Blutflecken waren ein paar handschriftliche Notizen. Eunice haßte sie viel mehr als die Flecke. Zuallererst hätte sie die *Radio Times* vernichten müssen, mit Streichhölzern im Ausguß verbrennen oder zerschneiden und vergraben oder Schnipsel für Schnipsel in den Müllschlucker werfen. Aber sie konnte nicht lesen. Sie schlug die Zeitung zu und steckte sie in dem Bemühen, ein wenig Ordnung zu schaffen, zwischen den Stapel der Sonntagszeitungen auf dem Kaffeetisch. Es störte sie, die schmutzigen Tassen dort stehen zu lassen, aber sie hatte das Gefühl, es wäre ein Fehler, sie abzuspülen. Es würde schon ordentlicher aussehen, wenn sie den Fernseher in das Damenzimmer zurückstellte, wohin er gehörte, und sie rollte ihn durch die Halle, wobei sie feststellte, daß sie ziemlich müde war.

Mehr schien es nicht zu tun zu geben, und der Polizeiwagen war nicht zurückgekommen. Zum erstenmal, seit sie ihre Rache gestillt hatte, betrachtete sie lange und ruhig Georges Leiche, ging dann in den Salon hinüber und sah dort die Leichen seiner Frau, seiner Tochter und seines Stiefsohnes an. Kein Mitleid regte sich in ihr und kein Bedauern. Sie dachte nicht an Liebe, Freude, Frieden, Ruhe, Hoffnung, Leben, Staub, Asche, Verfall, Not, Zerstörung, Wahnsinn und Tod, dachte nicht daran, daß sie die Liebe gemordet, Leben zerstört, Hoffnung vernichtet, intellektuelle Fähigkeiten vergeudet, Freude beendet hatte, denn sie wußte kaum, was diese Dinge waren, sie sah nicht, daß sie den Totengräbern Arbeit verschafft hatte. Sie fand es nur jammerschade, daß der schöne Teppich verdorben war, und war froh, daß sie nicht mit Blut bespritzt worden war.

Nachdem sie so viel Zeit damit verbracht hatte, alles soweit wie möglich in Ordnung zu bringen, wollte sie auch, daß ihre gute Tat bemerkt wurde. Es hatte ihr stets tiefe Befriedigung gebracht, daß die Früchte ihrer Bemühungen bewundert würden, hatte jedoch ihre Freude kein einziges Mal durch Wort oder Blick verraten. Warum sollte sie darauf warten, daß die Polizei es entdeckte, wenn sie schon weit fort war? Sie war in der Nähe, dachte sie in ihrer verworrenen Art, sie kam bestimmt schnell. Am besten war wohl, wenn sie es sofort meldete. Sie nahm den Telefonhörer zur Hand und begann zu wählen, erinnerte sich dann jedoch, daß Joan die Leitung durchgeschnitten hatte. Doch das machte nichts, ein Spaziergang in frischer Luft würde sie wach machen.

Eunice Parchman zog den roten Mantel an, setzte den Strickhut auf und schlang sich den Wollschal um den Hals. Sie holte eine Taschenlampe aus dem Gewehrraum und machte sich auf nach Greeving zur Telefonzelle vor dem Laden.

22

Detective Chief Superintendent William Vetch von Scotland Yard traf Montagnachmittag in Greeving ein, um den Fall von Massenmord zu übernehmen, der als »St.-Valentins-Massaker« in die Polizeigeschichte eingegangen ist.

Er kam in ein Dorf, von dem nur wenige Menschen in der großen Welt je gehört hatten, dessen Name jetzt jedoch auf jeder Titelseite stand, einem von jedem Bildschirm entgegenschrie Er fand ein Dorf vor, in dem die Einwohner es an diesem ersten Tag nach dem Mord vorzogen, in ihren Häusern zu bleiben, als hätten sie Angst vor frischer Luft, als habe die Luft sich über Nacht verändert und sei grausam, feindselig und bedrohlich geworden. Man sah Menschen auf der Dorfstraße, aber es waren Polizisten. Man sah auch Autos, aber es waren Polizeifahrzeuge. Den ganzen Tag und die ganze Nacht verstopften Streifenwagen und Kombis der Polizei die Zufahrt von Lowfield Hall, und auf Schritt und Tritt stolperte man über Polizeibeamte, Polizeifotografen und gerichtsmedizinische Sachverständige. Aber die Leute von Greeving waren nicht zu sehen, und an diesem 15.

Februar gingen nur fünf Männer zur Arbeit und sieben Kinder in die Schule.

Vetch übernahm das Rathaus und richtete sich dort ein Untersuchungszimmer ein. Dort vernahm er mit seinen Untergebenen die Zeugen, untersuchte Beweisstücke, nahm Telefonanrufe entgegen, telefonierte selbst, sprach mit der Presse – und hatte seine erste Unterredung mit Eunice Parchman.

Er war ein erfahrener Polizeibeamter. Er war seit sechsundzwanzig Jahren bei der Polizei, und seine Karriere beim Morddezernat zeichnete sich durch beispiellos mutige Handlungen aus. Er hatte James Timson, den Bankmörder von Manchester, mit eigener Hand verhaftet, und er hatte die Gruppe der Beamten angeführt, die in Brixton die Wohnung von Walter Eksteen stürmten, der schwer bewaffnet war und wegen Mordes an zwei Sicherheitsbeamten gesucht wurde.

Bei seinen jüngeren Untergebenen stand er in dem Ruf, sich in jedem Fall, den er bearbeitete, an einen bestimmten Zeugen zu heften, von dieser Person Unterstützung zu erwarten und sich – wie jene behaupteten, die ihn nicht mochten – mit ihm oder ihr sogar anzufreunden. Im Fall des Mörders Eksteen hatte sich das bezahlt gemacht, denn Eksteens Geliebte, deren Vertrauen er gewinnen konnte, hatte ihm schließlich den Unterschlupf des gefährlichen Verbrechers verraten. Die Zeugin, die im Fall Coverdale diese Rolle spielen sollte, war Eunice Parchman.

Noch nie hatte Eunice jemanden wirklich gemocht. Ihre Eltern hatte sie auf gewisse Weise geliebt, aber das ist etwas anderes. Mrs. Samson hatte sie bemitleidet, Annie Cole hatte sie gefürchtet, Joan Smith hatte sie benutzt. Bill Vetch hatte sie aufrichtig gern. Von der ersten Unterredung an hatte er sie gern. Denn Eunice erzählte nicht weitschweifig und wortreich, sie schien nichts zu verheimlichen und zeigte auch keine unangebrachte Sentimentalität, und sie hatte auch keine Angst es zuzugeben, wenn sie etwas nicht wußte.

Er respektierte sie dafür, daß sie, nachdem sie vier Leichen unter Umständen entdeckt hatte, deren Anblick sogar die abgebrühtesten Polizeibeamten erschütterte, furchtlos mehr als eine Meile zu Fuß durch die Dunkelheit gelaufen war, um zur Telefonzelle zu gelangen. Der Gedanke, sie zu verdächtigen, kam ihm kaum, und ein leichter Zweifel, den er hegte, bevor er sie sah, schwand völlig, als sie ihm erzählte, sie habe die Coverdales nicht gemocht und sei wegen ungebührlichen Benehmens entlassen worden. Dieses Verbrechen war ohnehin nicht die Tat einer Frau mittleren Alters und konnte auch nicht von einer Person allein ausgeführt worden sein. Schon bevor er Eunice zum erstenmal sah, hatte er Befehl gegeben, nach dem Mann mit der verletzten Hand und seinem Gefährten zu fahnden.

Das ist die Aussage, die Eunice vor den Beamten der Grafschaftspolizei von Suffolk am Abend vorher gemacht hatte: »Ich fuhr mit meiner Freundin, Mrs. Joan Smith, um halb sechs nach Nunchester. Wir nahmen im Epiphaniertempel auf North Hill an einem Gottesdienst teil. Mrs. Smith brachte mich nach Lowfield Hall zurück, wo ich fünf vor acht ankam. Ich blickte, als ich das Haus betrat, auf die Uhr in der Halle, und sie zeigte fünf Minuten vor acht Uhr. Mrs. Smith ist nicht mit mir hereingekommen. Sie hatte sich nicht wohl gefühlt, und ich hatte ihr gesagt, sie solle sofort nach Hause fahren. Das Licht brannte in der Halle und im Salon. Das Licht aus dem Salon konnte man von draußen sehen. Die Tür zum Salon war geschlossen. Ich bin nicht hineingegangen. Das habe ich nie getan, wenn ich abends aus gewesen war, es sei denn, Mr. oder Mrs. Coverdale haben mich hineingerufen. Ich betrat auch nicht die Küche, da ich in Nunchester nach dem Gottesdienst Tee getrunken hatte. Ich ging hinauf in mein Zimmer. Die Tür zum Schlafzimmer von Mr. und Mrs. Coverdale stand offen, aber ich schaute nicht hinein. Ich strickte noch ein bißchen, und dann packte ich meine Koffer

Mr. und Mrs. Coverdale gingen sonntags gewöhnlich um elf Uhr zu Bett. Giles hat die Abende meist in seinem Zimmer verbracht. Ich wußte nicht, ob er in seinem Zimmer war, als ich nach Hause kam, denn die Tür war geschlossen, als ich hinaufging Ich habe aber nicht darüber nachgedacht. Ich dachte an meine Abreise am nächsten Tag, und ich verließ mein Zimmer erst wieder um halb zwölf.

Da ich mein eigenes Badezimmer hatte, mußte ich nicht hinuntergehen, um mich zu waschen. Ich ging um elf zu Bett. Das Licht auf dem Flur im ersten Stock blieb immer an und auch das Treppenlicht zum zweiten. Mr. und Mrs. Coverdale schalteten es erst aus, wenn sie schlafen gingen. Als ich durch den Spalt unter meiner Tür sah, daß das Licht um halb zwölf noch brannte, stand ich auf und wollte es ausschalten. Ich zog den Morgenmantel an, da ich dazu in den ersten Stock hinunter mußte. Und da sah ich im Schlafzimmer von Mr. und Mrs. Coverdale ein paar Kleider und Glasscherben auf dem Boden liegen. Als ich nach Hause kam, war mir das nicht aufgefallen, da ich der Tür wahrscheinlich den Rücken zukehrte. Was ich jetzt in dem Zimmer sah, erschreckte mich, und ich ging in den Salon hinunter. Dort fand ich die Leichen von Mrs. Coverdale, Melinda

Coverdale und Giles Mont. Mr. Coverdale lag tot in der Küche. Ich wollte die Polizei anrufen, bekam jedoch keine Verbindung, und dann stellte ich fest, daß die Telefonleitung durchgeschnitten worden war.

Ich habe in der Zeit nach meiner Rückkehr, bis ich die vier Toten fand, nichts Ungewöhnliches gesehen oder gehört. Niemand verließ das Haus, als ich kam. Vielleicht sind ein paar Autos an mir vorbeigefahren, als ich nach Hause ging, aber ich achtete nicht darauf.«

Bei dieser Aussage blieb Eunice und änderte nicht das geringste daran. Sie saß Vetch gegenüber, blickte ihm gelassen in die Augen und bestand darauf, daß sie fünf Minuten vor acht Uhr nach Hause gekommen war. Die Standuhr war stehengeblieben, weil George sie am Sonntagabend um zehn nicht aufgezogen hatte. Ging die Uhr genau? Eunice sagte, sie sei hin und wieder ein wenig nachgegangen – zehn Minuten ungefähr –, und das wurde später von Eva Baalham und Peter Coverdale bestätigt. Doch in den folgenden Tagen sollte Vetch sich noch oft wünschen, Georges Uhr wäre von einem Schuß getroffen worden und zum Zeitpunkt seines Todes stehengeblieben. Denn von allen Elementen in einem Mordfall waren ihm ungenaue Zeitangaben am meisten verhaßt, und die Schwierigkeit, die Fakten mit der Zeit in Einklang zu bringen, bereitete ihm so manche Enttäuschung.

Den medizinischen Sachverständigen zufolge waren die Coverdales und Giles Mont irgendwann nach halb acht und vor halb zehn gestorben, denn die Leichenstarre hatte schon eingesetzt, als sie Viertel nach zwölf zum erstenmal untersucht wurden. Wärme beeinflußt den Verlauf der Leichenstarre, und im Salon und in der Küche war es sehr warm gewesen, denn im Winter wurde die Zentralheizung in Lowfield Hall nie abgestellt. Auch viele andere Faktoren wurden berücksichtigt: der Mageninhalt, die Totenflecken, Veränderungen der Cerebrospinalflüssigkeit, aber Vetch konnte seine Sachverständigen nicht dazu bringen einzuräumen, daß der Tod auch vor halb acht eingetreten sein konnte. Nicht, wenn man die Raumtemperatur in Betracht zog, die etwa siebenundzwanzig Grad betragen hatte, nicht angesichts von Eunices Aussage, daß die Coverdales stets um sechs gegessen hatten. Denn die Mahlzeit, Tee, Sandwiches und Kuchen, war restlos verdaut. Vetch selbst fand es jedoch merkwürdig, daß eine Familie, die um sechs gegessen hatte, um – nun ja – sieben Uhr schon wieder Kaffee trank.

Dennoch, mit einiger Mühe konnte man das Zeitpuzzle zusammenfügen: Die beiden jungen Männer in Drillichanzügen waren zehn vor acht im *Blue Boar* erschienen. Das gab ihnen fünfzehn Minuten Zeit, um die Coverdales zu töten – aus welchem Motiv? Zum Vergnügen? Aus Rache gegen die soziale Schicht, zu der die Coverdales gehörten? Und fünf Minuten blieben ihnen, um von Lowfield Hall nach Greeving zu fahren, als Eunice nach Hause kam. Fünf Minuten vor (oder fünf Minuten nach) acht waren sie schon eine Meile entfernt und hatten Tod und Stille hinter sich zurückgelassen.

In diesen fünfzehn Minuten mußten sie auch das Schlafzimmer verwüstet haben, doch warum sie den Tee über das Bett geschüttet hatten, konnte Vetch sich beim besten Willen nicht vorstellen. Reiner Vandalismus, dachte er, denn von Jacquelines Schmuck fehlte kein einziges Stück. Oder hatten sie Geld gesucht und waren bei ihrem Plünderungsversuch von einem der Coverdales überrascht worden? Zu irgendeinem Zeitpunkt mußte der Mann, der sich an der Hand verletzt hatte, den Handschuh ausgezogen haben und war dann von einem Schuß gestreift worden. Handschuhe mußten die beiden getragen haben, da man keine Fingerabdrücke fand.

Fünfzehn Minuten reichten aus; sie reichten gerade aus, um zu zerschlagen, zu zerreißen und zu töten.

Vetch verbrachte viele Stunden damit, jene Gäste des *Blue Boar* zu befragen – darunter natürlich auch Norman Smith –, die die beiden jungen Männer gesehen und mit ihnen gesprochen hatten. Und am Montagabend fahndete die Polizei im ganzen Land nach dem dunkelbraunen Morris Minor und seinen Insassen.

Joan Smith lag im allgemeinen Krankenhaus in Stantwich im Koma. Aber Vetch glaubte ja, sie habe Lowfield Hall am Mordabend nicht betreten, und er prüfte im Zusammenhang mit ihr nur nach, ob es zutraf, daß sie und Eunice den Epiphaniertempel in Nunchester zwanzig Minuten nach sieben verlassen hatten, denn das hatte Eunice ausgesagt. Die Gemeinde bestätigte diese Angabe, aber keiner berichtete Vetch, daß Joan kurz vor ihrem Aufbruch gedroht hatte, George Coverdale zu töten. Sie hatten nicht gewußt, daß ihre Schmähungen und wilden Anschuldigungen ihm galten. Und selbst wenn sie es gewußt hätten, hätten sie es der Polizei verschwiegen, da die Beamten ja nicht zu den Auserwählten gehörten.

Man gestattete Eunice, weiterhin in Lowfield Hall zu bleiben, denn sie hätte nicht gewußt, wohin, und Vetch wollte sie an Ort und Stelle haben. Sie durfte die Küche betreten, doch der Salon war polizeilich versiegelt und mit ihm das Exemplar der *Radio Times.*

»Das weiß ich nicht«, erwiderte sie, als Vetch sie fragte, ob George Coverdale Feinde gehabt habe. »Sie hatten eine Menge Freunde. Ich habe nie gehört, daß jemand Mr. Coverdale bedroht hätte.« Sie machte ihm eine Tasse Tee, und während sie von den Coverdales erzählte, von ihren Freundschaften, Gewohnheiten, Vorlieben und Abneigungen, saßen die Mörderin und der Beamte, der die Untersuchung leitete, Tee trinkend an dem Tisch, über dem George tot zusammengebrochen war. Selbstverständlich hatte Eunice diesen Tisch blitzblank geschrubbt.

Die Ereignisse in Lowfield Hall hatten die Einwohner von Greeving tief getroffen. Sie reagierten mit Unglauben, Entsetzen und Furcht. Manche wurden geradezu krank vor Sorge. Selbstverständlich wurde kaum noch über etwas anderes gesprochen. Gespräche über alltägliche praktische Dinge – was wollte man heute abend essen, wie ging es Soundso, der die Grippe hatte, schon wieder regnete es und war bitterkalt, nicht wahr? – wandten sich fast unvermeidbar dem Gemetzel zu, dieser unerhörten Greueltat. Wer sollte wohl etwas so Schreckliches tun? Man kann es noch immer nicht glauben, nicht wahr? Man fragt sich wirklich, wohin das mit unserer Welt noch führen soll. – Jessica Royston weinte und war keinem Trost zugänglich. Mary Cairne ließ sich von Eleighs Baufirma an den Fenstern im Erdgeschoß Gitterstäbe anbringen. Die Jameson-Kerrs dachten daran, daß sie nun nie wieder nach Lowfield Hall fahren konnten, und der Brigadier schauderte, wenn er sich daran erinnerte, wie er mit George auf Fasanenjagd gegangen war. Geoff Baalham, der um Melinda trauerte, wußte, daß es lange dauern würde, ehe er es übers Herz bringen konnte, Freitag- oder Samstagnachmittag an Gallows Corner vorbeizufahren.

Peter Coverdale und Paula Caswall kamen nach Greeving, und Paula, die bei den Archers unterkam, brach ein paar Stunden nach ihrer Ankunft vor Kummer und Schmerz zusammen. Peter stieg in Cattingham im *Angel* ab. Dort saß er an den kalten, feuchten Abenden am elektrischen Feuer, das nur ungenügende Wärme gab, und trank mit Jeffrey Mont – Jacquelines erstem Mann und Giles' Vater –, der in Marleigh im *Bull* Unterkunft gefunden hatte. Er mochte Jeffrey nicht, dem er noch nie begegnet war und der allabendlich einer Flasche Whisky den Garaus machte, doch er glaubte, er müsse wahnsinnig werden, wenn er nicht mit jemandem reden konnte. Und Jeffrey behauptete, wenn er allein wäre, würde er sich umbringen. Gemeinsam fuhren sie zu den Archers, um Paula zu besuchen, doch Dr. Crutchley hatte ihr ein Beruhigungsmittel verabreicht.

Jonathan Dexter in Norwich erfuhr erst durch die Zeitung von Melindas Tod. Er tat nichts. Er prüfte nicht nach, ob die Nachricht stimmte, er setzte sich nicht mit seinen Eltern oder mit Peter Coverdale in Verbindung. Er schloß sich in seinem Zimmer ein und blieb fünf Tage dort. In dieser Zeit lebte er nur von altem Brot und schwarzem Tee ohne Milch.

Norman Smith besuchte pflichteifrig jeden Abend seine Frau. Er tat es ungern, denn mehr oder weniger unbewußt wünschte er sich, Joan möge sterben, weil es sehr angenehm war, allein zu leben. Aber das hätte er vor sich selbst ebensowenig zugegeben, wie er es unterlassen hätte, sie zu besuchen. Es gehörte sich einfach, daß ein Mann seine kranke Frau besuchte, also tat er es. Aber weil Joan sich weder bewegen noch sprechen oder etwas hören konnte, konnte er ihr die Neuigkeit auch nicht mitteilen. Statt dessen unterhielt er sich mit anderen ihre Frauen besuchenden Ehemännern und im *Blue Boar* darüber, wo er jetzt soviel Zeit verbringen konnte, wie er wollte.

Von der Beschwerde, die George Coverdale beim Postmeister in Stantwich vorbringen wollte, hörte Norman Smith nie etwas. Da er sich, trotz all der Dinge, die er durchgemacht hatte, noch einen Rest von Optimismus bewahren konnte, sagte er sich, das sei wohl darauf zurückzuführen, daß der Hauptbelastungszeuge tot war. Vielleicht hatte der Postmeister aber auch von Joans Unfall erfahren und wollte ihn schonen, solange seine Frau krank war.

Sein Kombi war in eine Werkstatt nach Nunchester abgeschleppt worden. Als Norman sich danach erkundigte, sagte man ihm, der Wagen habe Totalschaden. Er verkaufte ihn zum Ausschlachten, und plötzlich sagte der Mechaniker: »Ach, übrigens, das haben wir unter den Rücksitzen gefunden«, und gab ihm einen Gegenstand, von dem Norman glaubte, es sei ein Transistorradio.

Er nahm den Apparat mit nach Hause und legte ihn zu einem Stapel von Traktätchen und mehreren Exemplaren von »Folge meinem Stern« auf ein Regal und vergaß ihn ein paar Tage lang.

23

Am Mittwoch, dem 17. Februar, erschienen in allen überregionalen Zeitungen Identikit-Bilder der beiden gesuchten Männer, aber Vetch hatte kein allzugroßes Zutrauen zu ihnen. Wenn ein Zeuge sich nicht daran erinnert, ob das Haar eines Mannes blond oder braun war, ist es unwahrscheinlich, daß ihm dann die Form der Stirn oder der Nase im Gedächtnis haften geblieben ist. Der Angestellte der Tankstelle mit Selbstbedienung ein paar hundert Meter hinter Gallows Corner wußte noch, daß der größere Mann dunkelhaarig gewesen war. Aber er hatte selbst getankt und war nur zum Zahlen in den Laden gekommen. Den anderen hatte der Angestellte nicht zu Gesicht bekommen, konnte nicht einmal sagen, ob überhaupt ein zweiter Mann dabeigewesen war, und an das Auto erinnerte er sich nur, weil die kastanienbraune Lackierung bei einem Morris Minor Traveller äußerst selten war.

Nach seiner Beschreibung und der Beschreibung von Jim Meadows, Geoff Baalham und den anderen Gästen des *Blue Boar* waren die Bilder angefertigt worden. Sie hatten Hunderte von Telefonanrufen in Vetchs provisorischer Dienststelle im Rathaus von Greeving zur Folge. Sie kamen von Leuten, die graue, grüne oder schwarze Minor Traveller gesehen hatten, und von anderen, die kastanienbraune besaßen, diese aber wohlverwahrt in ihrer Garage wußten. Doch jeder dieser Anrufe mußte überprüft werden, bevor man ihn zu den Akten legte.

Jeder Hotelbesitzer und jede Zimmervermieterin im Land wurde aufgefordert, der Polizei zu melden, wenn ein Gast oder Mieter auftauchte, der einen kastanienbraunen Wagen besaß, auf den die Beschreibung zutraf, die Geoff Baalham und der Angestellte der Tankstelle gegeben hatten. Hatte er am Sonntag nicht auf seinem üblichen Parkplatz gestanden? Wo war er jetzt? Wieder bekamen die Beamten es mit Hunderten von Anrufen zu tun und mußten Hunderte von Leuten vernehmen. Das dauerte den ganzen Mittwoch und Donnerstag.

Aber am Donnerstag rief eine Frau, die weder Hotelbesitzerin noch Zimmervermieterin war, bei Vetch wegen eines Wagens an, der dem gesuchten genau entsprach. Sie lebte in einer Wohnwagensiedlung in der Nähe von Clacton an der Küste von Essex, etwa vierzig Meilen von Greeving entfernt, und schon etwa eine Stunde später unterhielt Vetch sich in ihrem Wohnwagen mit ihr.

Die Autos der Bewohner parkten auf einem schlammigen, häßlichen Feld neben der Einfahrt der Siedlung, und Mrs. Burchall hatte, obwohl sie kein eigenes Auto besaß, dort oft einen kastanienbraunen Traveller stehen sehen. Er war ihr aufgefallen, denn er war das schmutzigste Fahrzeug auf dem Parkplatz und schief in den Schlamm eingesunken, weil er ein plattes Hinterrad hatte. Der Wagen hatte am Freitag an seinem üblichen Platz gestanden, doch ob er später noch dagewesen war, wußte sie nicht mehr. Jetzt stand er jedenfalls nicht da.

Der Halter des Wagens war ein gewisser Dick Scales – oder war es zumindest gewesen. Scales, Fernfahrer von Beruf, war nicht zu Hause, als sie zu seinem Wohnwagen kamen, und Vetch und seine Leute unterhielten sich mit einer Italienerin, die sich zwar Mrs. Scales nannte, im Lauf des Gesprächs jedoch zugeben mußte, daß sie nicht verheiratet war. Vetch bekam nur wenig aus ihr heraus. Sie rief nur immer wieder »mamma mia!« und beteuerte, sie wisse überhaupt nichts von einem Wagen, und an allem sei nur Dick schuld. Sie schaukelte in einem zerbrochenen Stuhl, während sie sprach, und preßte dabei einen tückisch aussehenden Terrierbastard an sich. Wann Dick zurückkam? Das wisse sie nicht. Morgen, übermorgen. Und der Wagen? Sie brauchten sie nicht nach irgendwelchen Wagen zu fragen, sie verstehe nichts von Autos, könne nicht fahren. Sie war vor Weihnachten mit ihren Eltern nach Mailand gereist und erst in der vorigen Woche zurückgekommen, und sie wünschte jetzt, sie wäre nie in dieses kalte, gräßliche, gottlose Land zurückgekehrt.

Die Polizei wartete auf der M I auf Dick Scales. Irgendwie verpaßten sie ihn, während Vetch sich in Clacton voller Unbehagen fragte, wie die Carters, die Baalhams, die Meadows und der Angestellte der Tankstelle einen Mann von fünfzig mit einem hochgewachsenen dunkelhaarigen Jugendlichen verwechseln konnten – immer vorausgesetzt natürlich, daß Scales schuldig war.

Der Salon in Lowfield Hall blieb versiegelt, und wenn Eunice mehrmals täglich herunterkam und in die Küche ging, mußte sie immer an der versiegelten Tür vorbei. Sie dachte nie daran, in das Zimmer einzudringen, obwohl es nicht sehr schwierig gewesen wäre, wenn sie es wirklich versucht hätte. Die Verandatüren waren verschlossen, aber die Schlüssel hingen im Gewehrraum an ihrem Haken. Die Polizei neigt oft dazu, derlei Kleinigkeiten zu übersehen. Doch in diesem Fall schadete ihre mangelnde Vorsicht weder ihr selbst, noch nutzte sie Eunice, denn sie hatte keine Ahnung, daß das einzige Beweisstück, durch das sie überführt werden konnte, hinter jener Tür lag, und die Polizei hatte das Beweisstück oder was sie davon gesehen hatte, als Altpapier abgetan.

Das eine Beweisstück? Ja, denn wenn sie es an sich genommen hätte und wenn sie imstande gewesen wäre zu lesen, was darauf stand, hätte sie das inzwischen zu jenem anderen geführt. Genauer gesagt, sie hätte dann gewußt, was dieses andere Beweisstück war, und hätte es zu gegebener Zeit nicht mit gedankenloser Gleichgültigkeit behandelt.

Sie war ruhig, und sie fühlte sich sicher. Sie saß vor dem Fernseher und plünderte den Tiefkühlschrank, um sich reichliche und ihren Magen zufriedenstellende Mahlzeiten zu bereiten. Zwischen den Mahlzeiten aß sie Schokolade, mehr als ihr übliches Quantum, denn obwohl sie sich keiner nervösen inneren Anspannung bewußt war, brachte es sie ein wenig aus der Fassung, tagtäglich mit Polizisten zusammenzukommen. Um ihren Vorrat an Süßigkeiten zu ergänzen, ging sie in den Laden, wo Norman Smith allein residierte und aus alter Gewohnheit Kaugummi kaute.

Am Morgen hatte die Frau des Kirchenältesten Barnstaple ihn angerufen und ihm gesagt, sie wolle vorbeikommen und die Exemplare von »Folge meinem Stern« abholen, die Joan nicht mehr verteilen konnte. Norman nahm sie aus dem Regal und mit ihnen den Gegenstand, der im Fond seines Kombis gefunden worden war. Aber er zeigte ihn Eunice nicht. Er erwähnte ihn nur, während er ihr drei Marsriegel verkaufte.

»Joan hat sich nicht zufällig ein Radio von Ihnen ausgeliehen, oder?«

»Ich habe kein Radio«, erwiderte Eunice und lehnte so das Geschenk ihrer Zukunft und ihrer Freiheit ab. Sie verließ das Geschäft, ohne sich nach Joan zu erkundigen oder sie grüßen zu lassen. Leicht interessiert stellte sie fest, daß heute weniger Polizisten unterwegs waren als sonst und Vetchs Auto nicht an seinem üblichen Platz vor dem Rathaus stand. Mrs. Barnstaple, die eben eintraf, stellte ihren Wagen dort ab, und Eunice ließ ihr die Ehre eines kurzen Nickens und des ihr eigenen gepreßten Lächelns zuteil werden.

Norman Smith führte seine zweite Besucherin ins Wohnzimmer.

»Das ist aber ein hübscher kleiner Kassettenrecorder, den Sie da haben«, sagte Mrs. Barnstaple.

»Ach, das ist es also! Ich hab's für ein Radio gehalten.«

Mrs. Barnstaple bekräftigte, es sei ein Kassettenrecorder, und fragte, wem er denn gehöre, da er offenbar nicht Mr. Smiths Eigentum sei? Norman sagte, er wisse es nicht, er habe ihn nach dem Unfall im Wagen gefunden. Vielleicht gehöre er sogar einem Bruder oder einer Schwester der Gemeinde. Mrs. Barnstaples Ansicht nach war das unwahrscheinlich, doch sie wollte sich erkundigen.

Fast jeder, in dem auch nur ein Funken von Neugier gebrannt hätte, hätte sich nunmehr mit dem Gerät beschäftigt und herauszufinden versucht, wie es funktioniert. Nicht Norman. Er war überzeugt, nur Hymnen oder Bekenntnisse zu hören, also legte er es auf das jetzt fast leere Regal zurück und ging in den Laden, wo er Barbara Baalham Luftpostpapier verkaufte.

Ein paar Stunden bevor der tief beunruhigte Dick Scales seine Rückfahrt von Hendon in Nordwestlondon nach Clacton antrat, kam ein junger Mann mit langem dunklem Haar in die Polizeistation von Hendon und stellte sich selbst.

Freitag, der Tag der Beerdigung.

Sie fand um zwei Uhr nachmittags statt und war gut besucht. Die Presse und ein paar sorgfältig ausgewählte Polizisten waren ebenfalls anwesend. Brian Caswall kam aus London und Audrey Coverdale aus Nordstaffordshire, dem Zentrum der keramischen Industrie. Jeffrey Mont, der leider – oder glücklicherweise – getrunken hatte, war da, ebenso Eunice Parchman, die Jameson-Kerrs, die Roystons, Mary Cairne, die Baalhams, die

Meadows, die Higgs und die Newsteads. Unter einem Himmel, so strahlend blau wie an jenem Tag, an dem Giles Caswall getauft worden war, folgten die Trauernden dem Pfarrer durch das Kirchentor, einen schmalen, gewundenen Pfad entlang zur Südwestecke des Friedhofs. Vom Wetter zerzauste Ulmen und die Schatten von Eibenbäumen säumten den Weg. Der Ostwind wehte. George Coverdale hatte eine Grabstelle unter den Eiben gekauft, und in dieses Grab wurden seine sterblichen Überreste gebettet, zusammen mit jenen seiner Frau und seiner jüngsten Tochter.

Mr. Archer hatte seine Grabrede aus den Weisheiten des Salomon gewählt: »Wenn sie auch bestraft worden sind in den Augen der Menschen, ist ihre Hoffnung doch erfüllt von Unsterblichkeit. Und nachdem sie gezüchtigt wurden, wird ihnen hoher Lohn zuteil . . .«

Giles wurde auf das Ersuchen seines Vaters in Stantwich eingeäschert, und bei der kurzen Messe, die für ihn gehalten wurde, gab es keine Blumen. Die Kränze, die für die Coverdales geschickt wurden, erreichten nie den Bestimmungsort, den Peter ihnen zugedacht hatte, das Krankenhaus in Stantwich – um Joan Smiths Krankenzimmer zu schmücken? –, sondern welkten innerhalb einer Stunde im Februarfrost dahin.

Auf Eva Baalhams Vorschlag hin besorgte Eunice einen Strauß gelber Chrysanthemen, bezahlte jedoch nie die Rechnung, die der Blumenhändler eine Woche später schickte.

Peter fuhr Eunice nach Lowfield Hall zurück und riet ihr, hinaufzugehen und sich hinzulegen, ein Vorschlag, dem sie nicht widersprach, da sie an den Fernseher und ihre Marsriegel dachte. In ihrer Abwesenheit und in Abwesenheit der Polizei, in der schrecklichen Stille und der beißenden Kälte trug er den Küchentisch hinaus, zerhieb ihn mit dem Beil und verbrannte ihn bei der Schwarzdornhecke, als die frostige rote Sonne unterging.

Vetch wohnte der Beerdigung nicht bei. Er war in London. Dort hörte er sich von Keith Lovat die Geschichte an, die der junge Mann auch der Polizei in Henderson erzählt hatte, und begleitet von Lovat, fuhr er in das Haus in West Hendon, wo Michael Scales ein möbliertes Zimmer bewohnte und Lovat ein zweites. Am Ende des Gartens standen drei verschließbare Garagen, die von einem hohen Zaun umgeben waren. Hinter dem Zaun auf dem betonierten Garagenvorplatz zeigte man Vetch etwas, das wie ein unter einer Zeltplane verstecktes Auto aussah. Lovat entfernte die Plane und enthüllte einen kastanienbraunen Morris Minor Traveller, den er, wie er Vetch erzählte, am vergangenen Sonntag von Michaels Vater, Dick Scales, gekauft hatte.

Der Wagen, berichtete Lovat, sei für achtzig Pfund zu haben gewesen, und er und Michael seien mit dem Zug nach Clacton gefahren, um sich ihn anzusehen. Sie seien um drei Uhr dort eingetroffen und hätten mit Dick Scales und der Italienerin im Wohnwagen etwas gegessen. Lovat nannte die Italienerin Maria und bezeichnete sie als Michaels Stiefmutter

»Maria hatte da diesen kleinen Hund«, fuhr Lovat fort. »Sie hat ihn in einem zugedeckten Korb aus Italien mitgebracht und durch den Zoll geschmuggelt. Der kleine Teufel schnappte immerzu, und ich ließ ihn in Ruhe, aber Michael spielte mit ihm und neckte ihn.« Er sah Vetch an. »So ist es passiert, daher hatte Michael die Verletzung.«

Nachdem sie das Reserverad aufmontiert hatten, waren er und Michael gegen sieben aufgebrochen, um nach

Hause zu fahren. Doch sie hatten von Nunchester aus nicht die A 12 genommen, eine Autobahn, die sie direkt nach Ostlondon geführt hätte. Sie beschlossen, in westlicher Richtung nach Gosbury und dann südwärts über Dunmow und Ongar und über die A 11 nach London zu fahren. Aber bevor sie abfuhren, spielte Michael wieder mit dem Hund, hielt ihm ein Stück Schokolade unter die Nase und zog es wieder weg, wenn der Hund es nehmen wollte.

»Und da hat der Hund ihn in die linke Hand gebissen. Wir sind trotzdem gefahren. Maria hat Michael die Hand mit einem Taschentuch verbunden, und ich sagte, er müsse damit unbedingt zum Arzt, sobald wir zu Hause wären. Dick und Maria gerieten ein bißchen in Panik, weil sie das Tier ja ins Land geschmuggelt hat, und Dick sagte, sie könnten Hunderte und Aberhunderte Strafe zahlen, wenn man sie erwischte. Na ja, da hat Mike ihnen versprochen, er würde weder zum Arzt noch ins Krankenhaus gehen, obwohl der Verband schon ganz blutdurchtränkt war. Wir hauten ab, und ich verfuhr mich. Die Straßen waren stockdunkel, und ich dachte, ich hätte die Straße nach Gosbury verfehlt, obwohl es sich dann herausstellte, daß sie es war, über die wir fuhren. Mike hatte keine Ahnung, daß man Tiere nach England nicht einführen darf, wenn sie vorher nicht ein paar Monate lang in Quarantäne waren, also erzählte ich ihm ein bißchen was drüber, und als er fragte, warum es eigentlich nicht erlaubt ist, sagte ich ihm, man will verhindern, daß sich die Tollwut ausbreitet. Da kriegte er richtig Angst, und das war der Anfang von allem.«

Sie waren in eine Straße eingebogen, die sich dann als die Greeving Lane herausstellte. Um wieviel Uhr? Ungefähr zwanzig vor acht, sagte Lovat. Im *Blue Boar* in

Greeving wusch Michael sich gründlich die Hand und trank einen doppelten Brandy. Weil sie tanken mußten, schickte man sie zur Selbstbedienungstankstelle an der Gosbury Road, jener Straße, von der sie eine halbe Stunde vorher irrtümlich abgebogen waren.

»Mike war inzwischen richtig hysterisch geworden. Er hatte schreckliche Angst, die Tollwut zu bekommen, wollte aber auch nicht ins Krankenhaus, um seinem Dad keine Schwierigkeiten zu machen. Wir waren gegen elf Uhr zu Hause, ich konnte nämlich nicht mehr als vierzig aus dem Wagen rausholen, und als wir da waren, parkte ich ihn hier und deckte ihn mit der Plane ab.«

Lowfield Hall? sagte Vetch. Sie müßten doch zweimal an Lowfield Hall vorbeigekommen sein, auf dem Hinweg nach und dem Rückweg von Greeving.

Zum erstenmal klang Lovats Stimme unsicher. Er habe, als er durch die Greeving Lane fuhr, kein alleinstehendes Haus bemerkt. Merkwürdig, dachte Vetch, wenn man berücksichtigt, daß das Farmhaus der Meadows auf seiner kleinen Anhöhe die einzige echte Kurve auf der Straße überragt. Doch für den Augenblick ließ er es dabei bewenden, und Lovat fuhr fort mit der Feststellung, daß ihm am Dienstag klargeworden sei, daß es sich bei den beiden jungen Männern, nach denen die Polizei fahndete, um Michael Scales und ihn handeln mußte. Er bat Michael, ihn zur Ortspolizei zu begleiten, aber Michael, der mit seinem Vater telefoniert hatte, lehnte das ab. Seine Hand hatte sich entzündet und war angeschwollen, und er war seit Mittwoch nicht mehr in der Arbeit gewesen.

Donnerstag vormittag rief Dick Scales von einer Telefonzelle in Nordengland in Hendon an, und als er vom Zustand seines Sohnes erfuhr, sagte er, er habe eine Fahrt nach dem Süden und käme bei ihnen vorbei. Er traf um neun Uhr abends in London ein, und sie hätten zu dritt die ganze Nacht wach gesessen und überlegt, was sie tun sollten. Dick wollte, daß Michael zu einem Arzt ging und sagte, ein streunender Hund habe ihn gebissen, ohne etwas von dem Wagen oder ihrem Besuch im Wohnwagen zu erwähnen, und Michael war damit einverstanden. Lovat war nicht imstande gewesen, sie davon zu überzeugen, daß sie sich selbst nur immer tiefer in Schwierigkeiten brachten und auch noch wegen Behinderung der Polizei bestraft werden konnten. Mehr noch, man hinderte ihn sogar daran, den Wagen reparieren zu lassen, und soweit er es übersah, konnte er ihn noch auf Monate hinaus nicht benutzen. Endlich beschloß er, auf eigene Faust zu handeln. Als Dick gegangen war, hatte er auch das Haus verlassen und sich bei der Polizei von Hendon gemeldet.

Die Geschichte stimmte nicht hundertprozentig mit jener überein, die Vetch schließlich von Michael Scales erzählt bekam. Scales lag in einem schmutzigen Bett, sein Arm war bis zum Ellenbogen dick angeschwollen und von langen roten Streifen durchzogen, und als Vetch und sein Sergeant erschienen, begann er zu schluchzen. Als Vetch ihm sagte, er wisse alles über den Wagen, den möglicherweise tollwütigen Hund, den Besuch im *Blue Boar* von Greeving, gab er alles zu – und gestand auch noch etwas anderes. Auf der Fahrt nach Greeving hatten sie vor dem Tor der Einfahrt eines großen, hell erleuchteten Hauses angehalten, und Lovat war ein Stück die Einfahrt hinaufgegangen, um sich nach dem Weg nach Gosbury zu erkundigen. Bevor er das Haus jedoch erreichte, hatte ihn der Mut verlassen, und zwar, wie Scales sagte, wegen der Kleidung, die er trug, und weil er vom Manipulieren mit dem Wagen schmutzige Hände hatte.

Nach einigen Ausflüchten gab Lovat das auch zu. »Ich habe aber nicht an die Tür geklopft«, sagte er. »Ich wollte die Leute nicht erschrecken, nicht so spät abends und in einem so einsam gelegenen Haus.«

Das konnte zutreffen. Lovat und Scales schienen Vetch das kleinmütigste und unentschlossenste Paar junger Männer zu sein, dem er bisher begegnet war. »Beschreiben Sie das Haus«, sagte er, und Lovat sagte, es sei ein großes Haus mit je zwei langen Fenstern zu beiden Seiten der Haustür, und er setzte hinzu, er habe, als er unschlüssig auf der Zufahrt stand, Musik gehört, die aus dem Haus kam. Um welche Zeit das war? Zwanzig vor acht, sagte Lovat, und Scales meinte, eher Viertel vor.

Vetch erstattete Anzeige gegen Maria Scales, weil sie die Quarantänebestimmungen umgangen hatte, und Michael Scales wurde ins Krankenhaus eingeliefert, wo man ihn auf die Isolierstation legte. Was sollte Vetch mit Lovat tun? Er hatte noch nicht genug Beweise, um die beiden wegen Mordes zu verhaften, doch es gelang ihm, einen Amtsarzt zu überreden, Lovat zur Beobachtung ins Krankenhaus einweisen zu lassen. Dort konnten die beiden im Augenblick keinen Schaden anrichten, und Vetch, dem eine kleine Atempause gegönnt war, dachte über das nach, was man ihm über die Musik und die Zeit gesagt hatte.

Was für eine Musik? Die Stereoanlage, das Radio und der Fernseher der Coverdales standen im Morgenzimmer. Daher sah es so aus, als sei die Musik eine Erfindung von Lovat, obwohl es keinen Grund zu geben schien, warum er sie erfunden haben sollte. Viel wahrscheinlicher war, daß er und Scales früher in Lowfield Hall gewesen waren und die Coverdales getötet hatten. Aber warum? Es war nicht Vetchs Sache, einen Grund zu finden. Aber sie konnten Lowfield Hall betreten haben, um sich zu waschen, um etwas zu trinken zu erbitten, das Telefon zu benutzen, und waren vielleicht bei George Coverdale und seinem Stiefsohn auf physischen Widerstand gestoßen. Das paßte, und wenn Lovat wegen der Zeit log, paßte auch sie. Aber Lovat mußte wenigstens in einer Beziehung recht haben oder, wie er sich in den nächsten Tagen immer wieder sagte, die Folgen tragen.

Er wandte sich an die jungen Coverdales um Hilfe, und sofort sagte ihm Audrey Coverdale etwas, worüber sie höchst verblüfft gewesen war, das die Untersuchungsbeamten jedoch für völlig unwichtig abgetan hatten.

»Ich begreife heute noch nicht, wieso sie sich nicht den Don Giovanni angesehen haben. Jacqueline hätte die Aufführung um keinen Preis der Welt versäumt. Genauso könnte man annehmen, ein leidenschaftlicher Fußballfan würde sich das Endspiel um die Weltmeisterschaft nicht ansehen.«

Aber der Fernsehapparat stand im Damenzimmer, und sie konnten sich nach sieben Uhr nicht mehr im Damenzimmer aufgehalten haben, denn sie hatten den Kaffee im Salon getrunken, und wie man auch mit der Zeit jonglieren mochte, der Kaffee war auf keinen Fall vor sieben Uhr getrunken worden. Andererseits hatte Lovat, schuldig oder nicht, Musik gehört.

Am Sonntagnachmittag erbrach Vetch das Siegel an der Salontür und suchte noch einmal den Schauplatz des Verbrechens auf. Er suchte nach Anzeichen dafür, daß der Fernseher in diesem Raum gestanden hatte, da er jedoch keine fand, wollte er nachprüfen, wann die

Opernaufführung begonnen hatte. Vetch hätte sich sehr leicht die *Radio Times* für die laufende Woche bei einem Zeitungshändler besorgen können. Er weiß bis heute nicht, warum er den *Observer* vom Kaffeetisch nahm, um nachzusehen, ob darunter vielleicht eine *Radio Times* lag.

Sie war da. Er schlug sie auf und stellte fest, daß die entsprechenden Seiten mit Blut getränkt waren. Falls das schon früher jemand aufgefallen war, hatte man es ihm nicht berichtet. Auf dem Rand, zwischen und unter den Blutflecken, standen drei flüchtig hingekritzelte Sätze:

»Ouvertüre gekürzt. Gewiß keine übermäßige Septime im letzten Takt von La Ci Darem. Anhand von Ms Aufnahme überprüfen.«

Vetch hatte ausreichend viele Proben von Jacquelines Handschrift gesehen, um zu wissen, daß die Notizen von ihr stammten. Und zweifellos hatte sie sie auf den Rand der Zeitung gekritzelt, während die Oper gesendet wurde. Daher mußte sie einen Teil der Übertragung gesehen haben, die ebenso ohne Zweifel um sieben Uhr begonnen hatte. Die einzige Sachverständige, die er im Augenblick bei der Hand hatte – und wie sachverständig sie war, konnte er nicht beurteilen, da er nichts von Musik verstand –, war Audrey Coverdale. Er ließ die Tür wieder versiegeln und hielt sich dann noch zehn Minuten im Haus auf, um den Tee zu trinken, den Eunice Parchman ihm gemacht hatte.

Während er mit ihr schwatzte und sie ihm sagte, sie habe keine Musik gehört, als sie fünf vor oder fünf nach acht nach Hause gekommen war, daß der Fernseher immer im Damenzimmer stehe und dort auch gestanden habe, als sie die Leichen entdeckte, steckte die *Radio*

Times nur ein paar Meter von ihr entfernt in Vetchs Aktenmappe.

Audrey Coverdale bereitete sich auf die Abreise vor, da sie am nächsten Morgen wieder zur Arbeit mußte. Sie bestätigte ihm, daß die Notizen von Jacquelines Hand stammten, begann beim Anblick der Blutflecken zu zittern, froh, daß ihr Mann nicht anwesend war und sie sah.

»Was bedeutet das?« fragte Vetch.

»*La Ci Darem* ist ein Duett in der dritten Szene des ersten Aktes.« Audrey hätte jede Arie aus dem Don Giovanni singen können und nannte Vetch innerhalb weniger Minuten die genaue Zeit, zu der diese Arien gesungen wurden. »Wenn Sie wissen wollen, wann das Duett kommt . . . Lassen Sie mich mal überlegen – es wird etwa vierzig Minuten nach Beginn der Oper gesungen.«

Zwanzig vor acht. Vetch glaubte ihr einfach nicht. Es hatte keinen Sinn, Amateure um Rat zu fragen. Am Montag vormittag schickte er seinen Sergeant mit dem Auftrag nach Stantwich, eine vollständige Schallplattenaufnahme der Oper zu kaufen. Er spielte sie auf einer geliehenen Stereoanlage in seinem provisorischen Dienstzimmer im Rathaus von Greeving ab, und zu seinem Erstaunen und seiner Bestürzung wurde *La Ci Darem* beinahe auf die Minute genau zu dem Zeitpunkt gesungen, den Audrey ihm angegeben hatte, zweiundvierzig Minuten nach Beginn der Ouvertüre. »Ouvertüre gekürzt«, hatte Jacqueline geschrieben. Vielleicht hatte man die ganze Oper gekürzt? Vetch setzte sich mit der BBC in Verbindung, die ihm ihre eigene Aufnahme überließ. Die Oper war leicht gekürzt worden, aber nur um drei Minuten in den drei ersten Szenen des ersten Aktes, und in dieser Aufnahme war *La Ci Darem* um sieben Uhr neununddreißig erklungen. Daher war Jacqueline um sieben Uhr neununddreißig noch am Leben und völlig unbeschwert gewesen und hatte sich aufs Fernsehprogramm konzentriert. Es war ungewöhnlich weit hergeholt, daß die Mörder um diese Zeit überhaupt schon das Haus betreten hatten. Doch Lovat und Scales waren zehn Minuten vor acht von neun unabhängigen Zeugen im *Blue Boar* gesehen worden. Jemand anders hatte Lowfield Hall betreten, nachdem Lovat wieder abgefahren war, und zwar gegen fünf nach acht – es mußte jetzt fünf nach acht gewesen sein.

Vetch studierte Jacquelines Notizen, beinahe das einzige konkrete Beweisstück, das er hatte.

24

Unter »Verschiedenes« fand Norman Smith in der *East Anglian Daily Times* das Inserat eines Mannes, der einen Kassettenrecorder aus zweiter Hand suchte. Norman zögerte nicht lange, ehe er zum Telefon griff. Mrs. Barnstaple hatte mit ihren Rückfragen nach dem Eigentümer des Recorders bei den Mitgliedern der Kirchengemeinde keinen Erfolg gehabt. Joan konnte noch immer nicht sprechen und sich überhaupt nicht verständlich machen, doch der Gedanke, das Ding zur Polizei zu bringen, kam Norman nicht.

Vielmehr, er kam ihm schon, wurde jedoch als zu trivial beiseite geschoben, nachdem die Polizei im Augenblick doch Wichtigeres zu tun hatte. Außerdem bekam er vielleicht fünfzig Pfund dafür, und die wären ihm im Augenblick sehr willkommen gewesen, da er kaum

Einnahmen und außerdem keinen Wagen mehr hatte. Fünfzig Pfund zu der jämmerlichen Summe, die er von der Versicherung bekommen hatte, würden ihm gestatten, den Kombi durch einen ähnlichen Autoveteranen zu ersetzen. Er wählte die Nummer. Der Mann, der das Inserat aufgegeben hatte, war freiberuflicher Journalist. Er hieß John Plover und sagte Norman, er käme am nächsten Tag nach Greeving, um sich den Recorder anzusehen.

Das tat er auch. Er kaufte den Recorder nicht nur auf der Stelle, sondern brachte Norman auch mit seinem Auto zum Krankenhaus, damit er rechtzeitig zur Besuchszeit kam.

In der Zwischenzeit entlockte Vetch den Notizen auf dem Rand der *Radio Times* weitere Informationen. »Anhand von Ms Aufnahme überprüfen« schien ihm keine allzugroße Bedeutung zu haben. Er hatte schon zwei Aufnahmen überprüft – wenn auch nicht auf der Jagd nach einer falschen übermäßigen Septime, was immer das sein mochte –, und nichts konnte dieses Duett verschieben oder zehn Minuten früher erklingen lassen, als es sollte. Es sei denn, Jacqueline hatte die Notizen gemacht, bevor sie das Duett im Fernsehen hörte, hatte es sich am Nachmittag auf einer von Melindas Platten angehört und wollte es während der Fernsehaufzeichnung nachprüfen. Aber was sie geschrieben hatte, war das genaue Gegenteil davon. Mehr noch, er konnte in ganz Lowfield Hall keine Schallplattenaufnahme des *Don Giovanni* finden.

»Ich glaube nicht, daß meine Schwester Klassikplatten hatte«, sagte Peter Coverdale. »Aber mein Vater hat ihr Weihnachten einen Kassettenrecorder geschenkt.«

Vetch starrte ihn an. Zum erstenmal kam ihm zum Bewußtsein, daß eine »Aufnahme« nicht unbedingt eine schwarze Musikscheibe sein mußte. »Es gibt im ganzen Haus keinen Kassettenrecorder.«

»Wahrscheinlich hat sie ihn zur Universität mitgenommen.«

Die Möglichkeit, die sich Vetch damit eröffnete, ging weit über die Träume eines realistischen Polizeibeamten hinaus – daß Melinda Coverdale tatsächlich den Recorder eingeschaltet hatte, um die Oper aufzunehmen, daß er lief, als die Mörder ins Haus kamen, daß dadurch die genaue Zeit festgehalten und die Stimmen der Eindringlinge aufgenommen worden waren. Er verbot es sich jedoch, über diesen Aspekt nachzudenken. Die Mörder hätten als erstes das Band herausgenommen und vernichtet und sich dann des Apparates selbst entledigt. Die unersetzliche Eunice, die Starzeugin, wurde hereingerufen.

Sie sagte: »Ich erinnere mich, daß ihr Dad es ihr Weihnachten geschenkt hat. Es lag in einem Ledereтui in ihrem Zimmer, und ich hab's immer abgestaubt. Sie hat es im Januar ins College mitgenommen und nicht mehr nach Hause gebracht.« Eunice sprach die Wahrheit. Sie hatte den Recorder seit jenem Morgen nicht mehr gesehen, an dem sie Melindas Telefongespräch belauscht hatte. Joan hatte ihn mitgenommen, Joan, die in ihrem Wahnsinn tausendmal intelligenter war, als Eunice je sein würde, und Eunice hatte nicht einmal gemerkt, daß sie etwas in der Hand hatte.

Während Vetchs Leute in Norwich nach dem Recorder suchten und jeden befragten, den Melinda gekannt hatte, marschierte Eunice nach Gallows Corner und fuhr mit dem Bus nach Stantwich. In einem winzigen Einzelzimmerchen traf sie mit Norman Smith zusammen, der am Bett seiner Frau saß. Sie hatte ihm nicht gesagt, daß sie kommen wollte. Und sie war aus demselben Grund gekommen wie er – weil es sich nun mal so gehört. Genauso wie man zu Hochzeiten und Beerdigungen von Leuten ging, die man kannte, besuchte man sie im Krankenhaus, wenn sie krank waren.

Joan war sehr krank. Sie lag mit geschlossenen Augen auf dem Rücken, und hätte sich die Bettdecke nicht im Rhythmus ihres Atems gehoben und gesenkt, hätte man denken können, sie sei tot. Eunice betrachtete ihr Gesicht. Es interessierte sie, wie es ohne die dicke Kriegsbemalung aussah. Wie straff gezogene Leinwand sah es aus, gelbbraun und zerknittert. Sie sprach nicht mit diesem Gesicht.

»Sie halten sie recht sauber und ordentlich, nicht wahr?« sagte sie zu Norman, nachdem sie unter dem Bett nach Staubflocken gesucht hatte. Vielleicht glaubte er, sie spreche von seiner Frau, die »sie recht sauber und ordentlich hielten«, an dem Tropf mit künstlicher Ernährung hängend, mit einem sauberen Laken zugedeckt, denn er antwortete nicht. Sie hofften beide, aus sehr unterschiedlichen Gründen, daß Joan immer so bleiben würde, und als sie gemeinsam mit dem Bus nach Hause fuhren, drückten beide den frommen Wunsch aus, daß sie von diesem jämmerlichen Dahinvegetieren bald erlöst werden möge.

Mit von vornherein vergeblicher Hoffnung ließ Vetch Lowfield Hall vom Keller bis unter das Dach nach dem Recorder absuchen, und als er nicht auftauchte, begannen sie die froststarren Blumenbeete umzugraben.

Eunice wußte nicht, was sie suchten, und es interessierte sie auch kaum. Sie machte Tee und brachte ihn den Männern hinaus, die Freundin der Polizei. Wichtiger war für sie ihr Lohn oder besser, das Ausbleiben ihres Lohnes. George Coverdale hatte ihr das Geld für einen Monat immer am letzten Freitag eines jeden Monats gegeben. Der letzte Freitag, der 26. Februar, war morgen, doch bisher hatte Peter Coverdale nicht erkennen lassen, daß er diese von seinem Vater ererbte Pflicht übernehmen wollte, was Eunice sehr nachlässig vorkam. Sie wollte nicht telefonieren, also ging sie nach Cattingham und erkundigte sich im *Angel* nach ihm. Aber Peter war nicht da. Peter brachte, was Eunice nicht wußte, seine Schwester zu ihrem Mann und zu ihren Kindern nach London zurück.

Vetch kam am nächsten Morgen nach Lowfield Hall, und Eunice beschloß, ihn als Vermittler zu benutzen. Und dieser Chief Superintendent von Scotland Yard, Vetch von der Mordkommission, tat ihr nur allzugern den Gefallen. Selbstverständlich wollte er sich im Lauf des Tages mit Peter Coverdale in Verbindung setzen und ihm von Mrs. Parchmans Dilemma berichten.

»Ich habe Schokoladekuchen gebacken«, sagte Eunice. »Ich bringe Ihnen ein Stück mit dem Tee, soll ich?«

»Das ist sehr liebenswürdig von Ihnen, Miss Parchman.«

Es erwies sich jedoch, daß Eunice nicht nur ein Stück, sondern den ganzen Kuchen opfern mußte, denn Vetch hatte für elf Uhr eine Sitzung mit drei hohen Beamten der Grafschaftspolizei von Suffolk anberaumt. Sie verließ ihn mit einem ruhigen »Danke, Sir« und ging in die Küche zurück, um mit der Zubereitung ihres Lunchs zu beginnen. Sie aß ihn Punkt zwölf auf der Arbeitsplatte, da der Tisch nicht mehr da war, als Vetchs Sergeant mit einem jungen Mann im Schlepptau, den Eunice noch nie gesehen hatte, durch den Gewehrraum die Küche betrat.

Der Sergeant trug einen großen braunen Umschlag, der einen umfangreichen Gegenstand enthielt. Er lächelte Eunice freundlich an und fragte, ob Mr. Vetch anwesend sei.

»Im Damenzimmer«, erwiderte Eunice, die genau wußte, zu wem man »Sir« sagte und zu wem nicht. »Er hat einen Haufen Leute bei sich.«

»Danke, wir finden schon den Weg.« Der Sergeant ging auf die Tür zu, die in die Halle führte, aber der junge Mann blieb stehen und starrte Eunice an. Alle Farbe war ihm aus dem Gesicht gewichen. Seine Augen weiteten sich, und er zuckte zusammen, als habe sie ihn beschimpft und nicht ganz normal angesprochen. Er erinnerte sie an Melinda, die ihr vor drei Wochen hier in der Küche gegenübergestanden hatte, und sie war recht erleichtert, als der Sergeant sagte: »Hier geht's lang, Mr. Plover« und ihn aus der Küche zog.

Eunice spülte das Geschirr mit der Hand und aß ihre letzte Tafel Schokolade. Buchstäblich ihre letzte. Sie fragte sich, ob Vetch schon mit Peter Coverdale wegen ihres Geldes gesprochen hatte. Draußen gruben sie noch bei scharfem Ostwind und gelegentlichen Schneeschauern den Garten um. Heute abend gab es im Fernsehen ihre Lieblingsserie. Lieutenant Steve in Hollywood oder Malibu Beach, aber sie würde die Sendung nur richtig genießen können, wenn sie wußte, daß sie ihr Geld bekam. Sie ging in die Halle hinaus und hörte Musik.

Die Musik kam aus dem Morgenzimmer. Das bedeutete, daß sie dort drin gerade nichts sehr Wichtiges taten, nichts jedenfalls, bei dem man sie nicht mit aller Höflichkeit stören durfte. Die Musik war ihr irgendwie bekannt. Sie hatte sie schon früher gehört. Hatte ihr Vater sie gesungen? Kannte sie sie vom Fernsehen? Jemand sang ausländische Worte, es konnte also keines von Dads Liedern sein.

Eunice hob die Hand, um an die Tür zu klopfen, und ließ sie wieder fallen, als im Zimmer eine Stimme, die Musik übertönend, schrie:

»O Jesus Christus!«

Sie erkannte die Stimme nicht, aber sie kannte jene, die gleich darauf sprach, eine Stimme, die jetzt durch eine schwere Gehirnverletzung verstummt war.

»Zurück ins Zimmer mit dir! Wir haben Gewehre!«

Und die anderen. Und ihre eigene. Alle vermischt mit der Musik, mit ihr wetteifernd, in Wahnsinn und Angst ertrinkend.

»Wo ist mein Mann?«

»In der Küche. Er ist tot.«

»Sie sind wahnsinnig, Sie sind verrückt! Ich will zu meinem Mann, lassen Sie mich zu meinem Mann! Giles, das Telefon ... Nein, nein ... Giles!«

Eunice sprach über Tage hinweg zu Eunice: »Du solltest dich lieber setzen. Es ist jetzt nämlich aus mit dir.«

Ein Gackern von Joan. »Ich bin das Werkzeug des Allmächtigen!« Ein Schuß. Und noch einer. Lauter als Musik und Schrei das Geräusch von etwas Schwerem, das umfiel. »Bitte! Bitte!« von dem Mädchen, und die frisch geladenen Gewehre feuerten ein letztes Mal. Musik, Musik. Stille.

Eunice dachte, es sei wohl am besten, hinaufzugehen und ihre Sachen wieder zu packen, bevor die Vergeltung kam von jenem Unbegreiflichen dort drinnen, das auf irgendeine Weise, die sie nicht verstand, den Tod der Coverdales nachvollzogen hatte. Doch ihr Gehirn war wie betäubt, und sie war weniger denn je imstande, vernünftig zu denken. Sie begann auf die Treppe zuzugehen und verließ sich auf ihren kräftigen Körper, auf den sie bisher immer vertrauen konnte. Und dann ließ dieser Körper, der alles war, was sie hatte, sie heimtückisch im Stich. Am Fuß der Treppe, auf demselben Fleck, auf dem sie neun Monate vorher stand, als sie Lowfield Hall zum erstenmal betreten und sich in dem hohen Spiegel gemustert hatte, knickten die Knie unter Eunice Parchman ein, und sie fiel in Ohnmacht.

Das Geräusch ihres Sturzes erreichte Vetch, der sich eben dazu überwand, das Band den Polizeibeamten noch einmal vorzuspielen, die jetzt blaß und starr in ihren Sesseln saßen. Er kam heraus und fand Eunice, brachte es aber nicht fertig, sie aufzuheben oder auch nur mit den Händen zu berühren.

25

Joan Smith dämmert noch immer der Sprache beraubt und bewegungslos im allgemeinen Krankenhaus von Stantwich dahin. Sie liegt in einer Maschine, die ihr Herz und ihre Lunge funktionsfähig erhält, und die Ärzteschaft ist dabei zu entscheiden, ob es nicht barmherzig wäre, die Maschine abzuschalten. Ihr Mann arbeitet jetzt in einem Postamt in Wales. Den Namen Smith hat er behalten. Es gibt schließlich eine Menge davon.

Peter Coverdale hält noch immer Vorlesungen über Wirtschaftspolitik in Staffordshire. Seine Schwester Paula hat sich vom Tod ihres Vaters und ihrer Schwester Melinda nie erholt und mußte während der letzten zwei Jahre dreimal mit Elektroschocks behandelt werden. Jef-

frey Mont trinkt sehr viel und steuert auf das Ende zu, das Joan Smith ihm bei ihrer zweiten Begegnung mit Eunice Parchman prophezeit hat. Die drei prozessieren ständig miteinander, denn es konnte nie endgültig festgestellt werden, ob Jacqueline vor oder nach ihrem Sohn gestorben war. War sie zuerst gestorben, hatte Giles für wenige Augenblicke Lowfield Hall geerbt, und dann gehörte es jetzt seinem Vater als seinem nächsten Verwandten. Doch war er vor seiner Mutter gestorben, mußte der Besitz auf Georges natürliche Erben übergehen.

Jonathan Dexter, von dem man ein erstklassiges Examen erwartet hatte, schaffte es mit Müh und Not. Aber das ist lange her. Jetzt unterrichtet er Französisch an einer Gesamtschule in Essex, hat Melinda beinahe vergessen und ist mit einer Kunsterzieherin fest befreundet.

Barbara Baalham schenkte einer Tochter das Leben, die sie Anne tauften, da ihnen Melinda, wie Geoff sie ursprünglich nennen wollte, doch ein wenig zu morbid schien. Eva putzt bei den Jameson-Kerrs und bekommt fünfundsiebzig Cent für die Stunde. Man spricht in Greeving noch immer von dem Massenmord am St.-Valentins-Tag, besonders an Sommerabenden im *Blue Boar,* wenn die Touristen kommen.

Eunice Parchman wurde in Old Baily, dem zentralen Kriminalgericht, der Prozeß gemacht, weil man in Bury St. Edmunds keine unparteiische Geschworenenjury fand. Sie wurde zu lebenslanger Haft verurteilt, was praktisch nicht mehr als fünfzehn Jahre bedeutet. Viele Leute sagten, diese Strafe sei völlig ungenügend und viel zu human. Aber Eunice wurde bestraft. Der vernichtende Schlag traf sie noch vor dem Urteil und bevor sie ihre Strafe antrat. Er kam, als ihr Verteidiger der Welt, dem Richter, dem Staatsanwalt, dem Publikum auf der Galerie und den an den Pressetischen eifrig mitschreibenden Reportern sagte, daß sie weder lesen noch schreiben könne.

»Sie sind Analphabetin?« fragte Richter Manaton. »Sie können nicht lesen?«

Sie antwortete, als er sie dazu drängte. Sie antwortete mit feuerrotem Gesicht und zitternd und sah jene, die keine solchen Außenseiter oder Krüppel waren wie sie, eifrig hinkritzeln, was sie sagte.

Man hat versucht, Eunice zu bessern, indem man sie ermutigte, ihren so schwerwiegenden Defekt zu heilen, zu beheben. Doch sie weigerte sich eigensinnig, etwas dagegen zu tun. Es ist zu spät. Zu spät, zu ändern oder abzuwenden, was sie getan und was sie verursacht hat.

Staub, Asche, Verfall, Not, Vernichtung, Verzweiflung, Wahnsinn, Tod, Heimtücke, Narrheit, Worte, Streit, Lumpen, Schaffell, Plünderung, Vorrecht, Geschwätz, Schinken und Spinat.